2021 사화집

역

한국시인협회

2021 한국시인협회
연간 사화집 - 역

1판 1쇄 | 2021년 12월 18일 발행
지 은 이 | 나태주 외
엮 은 이 | 사단법인 한국시인협회
편집위원 | 김지헌 한영숙 김 산
교 정 | 우중화 문 설
주 소 | 서울시 종로구 율곡로 6길 36 (월드오피스텔)1006 (운니동)
전 화 | 02-764-4596
팩 스 | 02-764-5006
홈페이지 | www.koreapoet.ong
이 메 일 | kpoem21@hanmail.net

펴 낸 이 | 유재영 · 유정융
펴 낸 곳 | 주식회사 동학사
주 소 | 04083 서울시 마포구 토정로 53 (합정동)
대표전화 | 02-324-6130
팩 스 | 02-324-6135
이 메 일 | dhsbook@hanmail.net
홈페이지 | www.donghaksa.co.kr www.greene-home.co.kr
등록번호 | 1987년 11월 27일 제10-149

ISBN 978-89-7190-797-9 03810

우리의 역을 위하여

그리운 이름, 역. 반쯤은 미지에 묻히고 반쯤은 햇빛에 열린 동경의 창문. 그 너머 어디쯤 우리의 역은 있습니다. 그 역에는 우리의 유소년의 날들이 있고 청년의 날들이 있고 다시금 장년의 날들이 있습니다. 아직도 손을 저어 어디론가 떠나는 우리를 전송하고 있고 언젠가는 돌아올 우리를 마중하고 있습니다.

들판 끝, 산모롱이를 돌아 아지랑이처럼 안개처럼 아, 무지개처럼 우리를 기다려주는 역이여.

지금은 세월이 많이 지나 옛 모습이 변했을 당신. 거기 잠시만 기다려주세요. 네, 네, 우리가 갑니다. 한국시인협회 좋으신 시인님들과 함께 당신을 찾아갑니다.

물론, 시인들이 찾아가는 역은 제각기 다른 이름의 역입니다. 다른 모양 다른 빛깔의 역입니다. 마음속 숨겨둔 역이지요. 그 역에서 우리는 모두 반갑고도 기꺼운 친구가 되어 만날 것입니다. 그렇습니다. 잘 오셨습니다. 잘 사셨습니다. 우리는 서로가 손님이고 주인입니다.

2021년 세밑

나태주 씁니다.

2021 사화집

차 례

한국시인협회

승부역*

강세화

영동선 철길 따라
승부역에 다다랐다.

열차가 당도하자
꽃망울이 눈을 떴다.

하늘도 세 평
꽃밭도 세 평

사람들 마음 평수도
하늘만치 땅만치

* 승부역 : 경상북도 봉화군 석포면 소재 대한민국 최고의 오지 역.

내 고향 간이역

강애나

내가 어렸을 때 물망초 같은 사람들이 모여 사는 그곳에 가면 신림역이라는 간이역이 있다. 태백산 능선을 따라 흰 눈이 제일 먼저 내리는 골짜기 초라한 가로수들이 차창 밖으로 밀려 나가는 곳 뱀 꼬리 같은 열차 하나 폐광촌 언덕을 힘겹게 넘고 있다.

멀리서 범종 소리가 바람결에 날아오고 덜커덩 기차는 범종 소리도 싣고 떠난다. 집집마다 달빛에 곶감이 무르익는 밤이면 달빛에 젖은 초가삼간은 더덕술 향기에 젖는다.

신림역에서 용암리로 돌아서면 싸리나무 숲이 들어차 있다. 애꿎은 달을 보고 짖는 늑대들의 하소연도 들린다. 아직도 그곳에 가면 할매가 반겨주실 듯한 옛 고향 역이 눈에 선하다.

진해역

강영은

철길 위로 흩날리는 벚꽃들, 당신의 속눈썹 같네
좋지, 정말 좋지, 속삭이는 풍경은 미간 따라 달리네
철로 변 간이의자에 홀로 넘은 기다림
날아갈 앉을 곳 없는 슬픔도 환하게 피네
붉은 지붕은 굳어진 어깨를 펴고 개찰구를 나서는
사람들의 파안破顔은 벚꽃으로 팡팡 터지네
두 줄기 평행선을 굴러온 바퀴는 어제처럼 나란한 데
당신과 내가 발목 디딘 간이역이 아닌 듯
낡아가는 역사驛舍의 한 모퉁이가 활짝 피네
장목터널 지나 벚꽃 터널 어디쯤 스무 살 적
당신이 서 있을지 몰라,
더듬어 찾아간 꽃 터널이 한순간 환해지네
나는 그때 아주 어린 소녀였고 당신을 스쳐 지나갔을 뿐,
만개한 내가 벚꽃인지, 벚꽃이 나인지
아침부터 밤까지 바퀴 굴리는 벚나무의 노고勞苦도
청춘의 날개 접은 사랑도 꽃꿈 꾸는 진해역,
만灣으로 이어질 듯 뻗은 선로와 플랫폼, 임시매표소가
반갑게 맞아주는 종착역 향해 벚꽃 열차는 달리네
눈부신 봄 속으로 진입하네

여행 3

강진규

하늘이 한꺼번에 내려와 숨을 쉰다
땅이 다가오며 설레는 오늘이 있다
몸과 마음 하나가 되어 열고만 싶은 내일
오래도록 기다리다 쳐다보는 풍경이 있다

오늘이 오늘로 서 있는 사실을 본다
동행하는 사람들의 인정 속에 꿈꾸는 세상
새로운 내일의 풍경을 열고 싶다

언제나 어디론가 우리가 떠난다면
넓고 깊어진 마음은 행복한 일
활기찬 내일의 날개도 달고 싶다,
행복으로 달려가는 강릉역 열차도 타고 싶다

또 다른 오늘이 보여주는 새로운 세상
또 다른 내일이 보여줄 가득한 마음
언제나 마음을 열고 함께 춤을 추고 싶다
언제나 가슴을 열고 내일을 위해 살고 싶다

청담역

고경자

청담역에 내리는 전설은
밤하늘 별을 따는 청숫골 여울물 소리

    "숨. 뜰.못.별"
우주를 담아 무환승 철도역을 꽃피운 스토리텔링
발걸음의 대화는 한강을 달리는
경주마의 말발굽처럼 훈훈하기만 하다

천량금 붉게 영그는 가을
아름다운 선율로 탄주하는 푸른 쉼터
희망이 꽃씨를 품어
르네상스를 열어가는 새로운 길

태양이 웃는 오후
가던 걸음 멈춰선
'미세먼지 프리존' 청담역

열차는 떠나고

고안나

의식을 지배당한 깊은 잠에서
사슬이 풀릴 때
열차는 예정된 행로를 향해
기적소리마저 속으로 삼키며 떠났다
교행의 순간처럼
문을 반쯤 나선 어깨가 사라지자
그 다음은 본능적이다
완벽한 잠의 포로가 되어
잘못 내린 구포역
휘황찬란한 모텔 간판들
시야를 빠져 달아난 열차 꽁무니
물끄러미 바라본다
놓쳐버린 것에 대하여
놓치고 산 것에 대하여
가서 오지 않을 것과
영영 다시 오지 않을 것에 대하여
떠나버린 흔적 지우며
초승달이 빙긋 웃고 있다

상주행 완행열차

– 상주역에서

고영섭

마음이 느긋해지면 길이 보여요

저 풍경을 내 안으로 불러오려고

이따금씩 나는 완행열차를 타요

자가용과 버스보단 기차가 제격

서울역서 경부선 새마을 타고

김천역서 무궁화 갈아 타면은

조선시대 경상감영 자리하였던

큰고을 문 상주역에 도착하지요

거리엔 자전거가 흘러넘치고

집집마다 감나무가 지천인 고장

엄마 계신 곳에 오면 무장해제 돼요

온갖 긴장 갖은 경직 다 풀어져요

멈추고 또 멈추어 숨 끊어지듯

생각을 쉬어 버리면 내가 보여요

보는 게 또 보는 게 딱 끊어지듯

마음을 내려놓으면 고향 보여요.

원동시편 · 9

– 간이역

고영조

작은 것은
보이지 않습니다.

너무 작은 것은
몸으로 봅니다.

내 몸이 머무는 곳에
보랏빛 제비꽃은
피어 있습니다.

언덕아래
몸을 숨기고

원동역은 아득히
그곳에 있습니다.

마중 가는 날

고정애

한껏 목을 빼고 두리번거려도
기다리는 낭군郞君은 보이지 않고
인파만 밀려오다 썰렁해진 구내에서
아쉬움에 쓸쓸히 서성거린다.

돌아온다는 5일이면
역으로 마중 가는 펑완위*

살았으니 부디 내게 돌아와 주오
비가 오나 눈이 오나
간절한 희망 품어 마중 가는 아내인데

어쩔까 나는
저런 희망마저 허무하게 무너졌으니.

---

* 2014년 중국 장이머우감독 영화 (5일의 마중) 주연 역

종착역

곽문연

지나간 사람도 지나갈 사람도
종착역의 이름을 정하지 않았다
아무도 말해주지 않았고 묻지도 않았다

자타 불이심으로 살거나
악심을 지니지 않으면
비명하지 않으며 순탄할 것이라 믿으며

이따금 삐걱거리는 육신의 소리에
불길함이 스치는 나날들 깊다
마음은 아직도 유록인데

뒷산에서 까마귀 운다
생의 소실점
누군가의 종착역을 알린다는
영물 까마귀를 쫓는다 퉤 퉤 퉤!

능내역을 출발하다

곽인숙

길을 따라 걷다 보니 생채기를 보듬고
견디어온 능내역이 웅성거리며
나에게 말을 거는데
기억이 녹슨 철길 위로 동행하던
느릿한 한숨 떠나보내라고
4킬로만 더 가면 북한강이라고
표지판을 앞세워 등을 떠미는데
분수처럼 쏟아지는 햇볕을 마재성당
기와집이 받아내며 마리아 수녀는
다산 선생의 생가를 가리키는데
다산이 손을 흔들고 정조의 반짝이는
눈길은 피폐했었던 마을을 향하는데
늙은 부모 같은 기차 칸
오래된 책 냄새에 이끌려 커피
한잔을 시켜놓고 기차의 두 바퀴처럼
달려온 욕망에 속도를 계산해 보다가
나그네의 피곤한 마음도 강진 땅
어디쯤 유배되었으며 하다가

원정역

구명숙

집에서 10리 길을 걸어가야 빼꼼히
얼굴을 내밀던 아주 작은 기차역
서울로 가려면 그 원정역 고개를 넘어야 했네

괴나리봇짐을 메고
꿈을 찾아 떠나던 고무신 발길들
무엇이든 배우고 만들어보려던 다짐들

고개를 넘고 넘어 오이밭 수박밭을 지나
위대한 원정역에 이르면
들꽃들이 가냘픈 몸을 흔들며 반겼지
기차에 올라 서로 손을 흔들며 헤어지던
미지의 인생 출발역

강물은 흘러흘러 세상을 바꾸고
사랑하던 그대마저도 유행을 좇아가 버렸네

뉴욕만큼이나 찬란한 서울에서
반세기 전 나의 고향역을 그려본다
지금은 죽어서 하늘 높이 떠 있는
내 마음의 푯대, 우주 정거장을

장항선의 역사 청소역

구순자

나의 고향 보령에는 청소역이 있다
천안과 장항을 잇는 간이역으로
60년의 역사를 자랑하는 역이다
한국전쟁 후 건축양식이 잘 보존이 되어있어
근대문화유산 등록문화제
제 305호로 지정이 되어있다
그 마을 자체도 옛 모습 그대로 남아있어
코로나의 바이러스 시대에도 관광객이 찾아와
맑은 하늘 맑은 공기에 취해 힐링을 하고 간다
여기에 한 가지 팁을 더하면
친구가 들려준 아름다운 이야기도 있다
그때의 역 이름이 진죽역이었을 때
역 주변에 사는 젊은 청년이 있었다고 한다
어스름한 저녁 마지막 기차를 놓친 사람이 있으면
그 사람을 자기 집에 데리고 가서
저녁밥을 주고 재워주었다고 한다
친구도 어렸을 때 증조할머니와 함께
그 청년의 안내를 받아 그 청년의 집에서
저녁을 먹었던 추억을 잊지 못한다고 했다

간이역이 있던 자리

구재기

아무렴, 간이역이 있던 자리에는
코스모스 한 두 포기 막심을 다하여 흔들어대겠다
간이역이 사라져 멈출 일이 전혀 있을 리 없는
기차는 그냥 바람결로 지나쳐 버리고
기다릴 일도 손 흔들어 줄 일도
슬퍼할 일도 반가운 일도 없어진
지금은, 해가 서쪽으로 넘어가는 해거름녘
달빛 가득한 야음을 틈타 간이역에 내린
바람 한 줄기로 남아 쭈욱, 기운이 빠져버린
코스모스 간신히 꽃대궁을 흔들어대는 데야
그림자인들 바로 세워질 수 있으랴, 그래도
기찻길 위에는 희끄무레 쇠잔한 햇살이 비쳐 들어와
일상의 하루를 마무리 하려는데 한 차례의 습격처럼
급행열차는 재빠른 회오리로 바람을 거두어간다
아무렴, 간이역임에랴 저녁햇살로나
등에 받아들고, 머언 산기슭의 외딴 초가
골짝 안개로 깊어가는 곳으로
코스모스 꽃 한 송이 무거운 등짐인 듯 짊어지고,
동녘으로 향한 걸음을 서둘러야겠다

명절 역에서

구회남

한가윗날 집에서 나가다가 본 쓰레기장에서
누군가의 결혼사진 액자를 음화로 읽고
얼른 집어 검은 무덤 트렁크에 넣었다
누군지 모르지만 나의 뱀, 쥐, 원숭이, 돼지 같기도 하고
범이나 용일 것만도 같아 종일 맘이 편치 않았다
명절에 맞은 42번째 결혼기념일에
작은 케이크를 사면서도 내내 가시지 않는 모래 섞인 흙먼지 같은 맘 이었다
가로와 세로가 쓰던 침대도 나와 아파트 구석에 벌거벗은 채 버려져 있었다
옷장이나 다른 부속품들도 줄줄이 팽개쳐졌다
집에 들어오다가 만난 소파의 한마디는
왜 남의 결혼사진 액자를 차에 넣어놨냐며 타박을 했다
액자가 좋은 것 같아서 라고 말끝을 흐렸지만
나도 너와 찢어지고 싶다는 답도 모르나 싶어 오던 길을 뒤돌아가
황단보도를 건너 그늘과 다른 길로 돌아서 집으로 왔다
42년 전의 우리들의 기념일을 축하할 맘도 없이
구수한 짚불 연기 내음만 고팠다
오늘따라 안개가 깊을 것이라는 뉴스가 귀에 와 뾰족하게 박혔다

먼 왕십리

권달웅

1964년 초겨울 역마다 서는 완행열차는 경상북도 봉화에서 청량리까지 아홉 시간이 걸렸다. 어머니가 고추장항아리 쌀 한말을 이고 내린 보퉁이에는 큰 장닭 한 마리가 대가리를 내밀고 있었다.

나는 어머니와 이십 오원 하는 전차를 탔다. 사람들은 맨드라미처럼 새빨간 닭 볏을 신기한 듯 들여다보았다. 나는 닭대가리를 보퉁이 속으로 꾹꾹 눌러 넣었다. 아무리 꾹꾹 눌러 넣어도 힘 센 장닭은 계속 꾹꾹거리며 대가리를 내밀었다.

빨리 전차에서 내리고 싶었다. 손바닥에서 진땀이 났다. 전차는 땡땡거리고 가도 가도 왕십리는 멀기만 했다.

간이역

권동지

바람이 엿보이므로 아득하게 멀어져 견고한 마을이라 하지 않아도 수많은 변덕이 촘촘한 장막 아래 가려있어 흐미한 안개에 젖어있는 거나 다르지 않습니다 밥상 위에 도사리고 있는 것 같아 술렁이어도 어리둥절하지 않죠 낮은 기적소리는 미루나무 가까이 빠져나가지 못해 건너오지 못한 소녀가 근심거리로 단조로웁긴 하죠 막막하게 나타나서 우렁차지 않지만 빡빡한 여백 하나로도 손색이 없어 보이죠 수월하게 호전이라 밝히지 않아도 애처로운 종말은 말하지 않을 수 없습니다 안주에는 미치지 못하지만 먼 길 보내오지 않고 있으므로 불현듯 잦아오는 적막이 확연하죠 홀대하지 않고 진솔함이 참담한 회색 의혹을 들여보내도 정녕 길든 인연으로 확신이 없으니까 우울하게 적막이 드리워져 있는 건 아니죠 투신하는 풀잎이 무성히 자라고 있으므로 북북 찢긴 글귀의 적막으로 철길은 녹슬어 있습니다 이 모든 사연이 모자라지 않게 자란 탓이란 걸 아는지 끝없는 역풍에 시달리고 있는 중이죠 아무튼 바닥으로 군살을 펴 보이거나 그렇다고 남아있는 울분이 해 너머 어둠을 통과하지 않는다 해서 기차가 가까이 오지 않는 건 아닙니다 계면쩍기는 해서 수군거리다 사라진 불문이 불쑥 나타나서 그저 홀연히 꺼지기도 하는 것이 신기하고 놀랍습니다

혼자서 노는 아이

— 채운역(彩雲驛)*

권선옥

이웃이 없는
외딴집 아이는
늘 혼자서 논다.
가끔씩 좁은 마당을
서성이는 나비와
낮은 지붕에
내려앉는 작은 새들과
눈을 맞추고
손을 잡아 보지만
아이는 언제나 혼자다.
하루 종일
혼자 노는 아이는
심심해 투정 부리지 않고
외롭다고 울지 않는다.
마을과 멀리 떨어진
구름 속 들판 가운데
외딴 오두막집 아이.
조그맣고 까만 눈동자에
푸른 하늘을 담은 아이.

---

* 채운역(彩雲驛) : 충청남도 논산시 채운면에 있는 역으로 호남선 논산역과 강경역 사이에 있음.

서울역에서

권순자

세찬 바람이 겁 없이 다녀가는
겨울 새벽 플랫폼에 섰네
설렘과 불안이 한 지점에 섞였네

검은 파문이 아로새겨져
어깨가 맥없이 낮아지던

창창히 뻗은 선로 따라
휘어진 일상이 바람 속으로 줄행랑치며
안개 속을 헤쳐
바다의 안부를 물으러 떠났네

푸른 위로慰勞 한다발 쓸어안고
출렁이다가 돌아오는 지점에

흔들리지 않고 단단히 서서
너는 나를 기다리고 있었네
그리운 묵은 냄새 풍기며
허물도 눈부시게 펄럭거렸네

다 잘 될 것이다

권순학

이곳을 떠도
다 잘 될 것이다
어딘가에 슬픔을 심고 가겠지만
홀로 자라겠지만

슬픔을 싸기에 좋은 색 있다면
뜨면, 뜰 것이다

어디를 가도 다 잘 될 것이다
구겨지기 쉬운 것 기적 소리라면
타래로 주머니에 넣고 떠날 것이다
풀며 어디라도 갈 것이다

꽁꽁 언 다짐만 있다면
언제 떠나도 다 잘 될 것이다

밤은 너의 슬픔보다 더 늦게 도착할 것이므로
역은 더 늦게 잠들 것이므로

종착역 길

권영주

낙동강 물줄기
흘러 흘러 몇 갈래 길

수 천리
부산 온천천 길까지 가고

지금 내가 사는 구미 집
아파트 뒷문 복개천 길

산업도로 길
동아백화점 길
시청 길
여러 갈래 길

인생길도 가지가지
하지만 종착역 길은
단 하나뿐……

용궁역龍宮驛에서

권영해

떠나야 하는 것은 떠나더라도
머물러야 할 것은 머물러야 하리

그 흔한 기적 한 마디 없이
삼강三江 나루터를 향해 선 철마야
비룡산 흘러내린 끝자락 잡고
내성천 돌고돌아 회룡포 사랑
몌별袂別의 슬픈 사연 너는 아느냐

속 깊은 용궁역 플랫폼에서
야속하게 떠나가는 김천행 동차動車
마음은 썰어놓은 순대처럼 끊어지고
부엔 까미노Buen Camino!
출발의 깃발 흔들 역무원조차 없는
투박한 경북선의 안타까운 간이역
기차는 꼬리를 감추며 사라지는데
명맥만 유지하는 외줄기 철길 따라
'토끼간 빵'만
내 마음을 지키고 있네

이별의 안동역

권옥희

오래된 음악처럼 아날로그 선로 따라
백 년을 산 안동역이 새 집을 얻었다
첫눈 오는 날 만나자는 약속은 어찌하라고
약속을 잊은 연인들은 어디로 가라고
세월에 무릎 꺾이듯 안동역이 문을 닫았다
철길이 놓이면서 바깥세계가 열리고
안동사람들은 그 길 따라 떠났다가
그 길 따라 고향으로 돌아왔다
직선의 신안동역에서 오래된 사랑을 더듬으며
곡선이 닿는 그곳에 역이 있었다는 걸 기억하리라

잃어버린 나라를 찾겠다고 멀고 먼 만주로 떠난
독립운동가의 망향의 이별역
물에 잠긴 고향을 버리고 살길 찾아 떠난
수몰민들의 회한의 이별역
열여덟 명자가 보따리 하나 안고
일자리 찾아 눈물바람 하며 떠난 청춘의 이별역
기적소리 끊긴 채 굳게 닫힌 역사 위로
내 눈에 이별을 부르는 저 서울행 철길
나는 오래도록 눈부처가 되어
첫눈이 오지 않은 안동역 앞에 서 있었다.

청담역에 내리면 도원挑園에 들 수 있다

권이영

7호선 청담역 1번 출구에서 50M 직진 후 아이파크 건물(일층 신한은행)에서 우회전하여 길을 따라 올라오시다가 아이파크 입구에서 좌측길로 50M 거리의 사거리에 위치한 놀이터에서 삼성제일교회 쪽으로 직진하여 50M 정도 내려오시면 사거리 오른쪽으로 교회 건물이 보이고 왼쪽 모퉁이 빨간 벽돌집이 挑園빌라입니다 찾아오시면 꽃차 한잔 올리겠습니다

옛날에, 승부역

권이화

새들이 사는 마을 한쪽에 승부역이 있었어요
마을 한복판으로 휙 별똥별이 지나가던 옛날
승부 겨루기를 좋아하는 어린 승부사들 살았어요
승부는 오늘의 손가락을 걸고 내일의 기차를 타는 것
승부수를 먼 곳으로 던지면, 오지의 철도
기적을 울리곤 했어요

승부를 겨루던 어린 승부사들 떠나고
눈조차 뿔뿔이 먼 곳으로 흩어지던 그때도 옛날이었어요
태양이 어제를 버리듯 승부를 버리고
별똥별 저편으로 날아간 희고 가벼운 깃털들은
새들의 새카만 전설이에요

어쩌면 그때 그랬을지도 모를
옛날이야기라고, 하루에 한 번씩 오늘의 기차가 와요
그때는 같고 지금은 다른 승부역으로,
그대 한복판으로 휙 별똥별이 지나가던
승부역은 내 마음 안쪽에 있어요

속초엔 속초역이 있다

권정남

속초역이 사라졌다
청호동 판잣집과 오징어 덕장이
자취를 감춘 자리에
고층 아파트만 하늘을 찌르고
기차 소리 들리지 않는다

피난보따리 머리에 이고
개찰구를 빠져 나올 때
따라 나오던 기적소리

오징어 배를 따던 손길들
영혼이나마 고향땅으로 가려는 듯
이산 일 세대 봉분들이
동해 북부선이 되어
북쪽을 향해 달려가고 있다

칠십 년 세월, 실향민들 가슴 속에
울고 있는 기적 소리
속초엔 속초역이 있다.

숨어 있는 평은역

권정순

울며 발버둥 치고 아무리 생떼를 써도 갈 수 없는 곳
역전에 다방 대신 낙동강 야트막한 갈래 반짝이며 누워있던 곳,
진월사를 품은 산이 검게 보이는 굽이진 철로, 상행선 급행 무궁화호와 하행선 새마을호를 보내느라 비켜서 있던 완행열차.

손바닥 꽃고무신, 운동화, 흰 말표 고무신, 검정 큰 고무신 손님들을
맞이하고 보내드리던 다알리아, 개나리, 맨드라미와 백일홍 일행들.
빠르게 지나가는 야간열차 안의
도망 보따리 안은 처자들에게도 가슴에 바람 든 건달들에게도
은하수 아래서 손 흔들던 나팔꽃들

산발치 따라 외가쪽으로 동행하던 낙동강 줄기
장날 풀 먹인 주우적삼 그림자가 외나무다리를 건너고
능수버들 지나 백사장에 들어서는 양산에도
잠자리 날개 같은 저고리 치마에도 어른거리던 꽃무늬들처럼
물속에 사라진 폐역廢驛*의 이 세상에서 제일 예쁜 꽃들은
내 원피스에 블라우스에 계절마다 피어서 살랑거리고 있다

---

* 평은역(平恩驛): 영주시 평은면에 있던 중앙선의 역. 영주댐 건설로 2013년에 수몰됨.

동점역

권주열

쇠는 결코 슬픔이 묻어날 수 없는
오로지
단단하게 뭉쳐진
각오 같은 힘들인데

그곳에 가면
레일이 연한 강물처럼 흐른다

레일 속에 밤마다 백악기의
별들이 스며든다

별 속에 오래 머문 마음들이
잉크처럼 번지고
그 속과 속을 잇대 칸칸이 누운
침묵의 지층

여전히 당도하지 못한
그리움의 기척들이
곤한
석탄처럼 묻혀 있다

현대판 용

- 6.25 전쟁 70주년에

권채영

전설 속 용마산의 용마는 아기장수를 태우고
하늘에 올랐다고 하는데—

용마산이 올려다 보이는 망우역
전동차를 기다리고 있는데
철로 위에 둥근 쇠발을 단 용 떼들이 나타났다

똬리를 틀고 앉아 언제 불을 뿜을까 숨죽이고 있다
전동차를 기다리며 두려운 눈으로 용들을 바라보는 순간
머릿속에서 번쩍하며 나타난 또 한 마리 용

그 등을 타고 앉아 아기장수가 되어야 했던
육이오 참전 유공자인 아버지의 상처
결혼 70주년 그 갈피 속에서 태어난
내가 어린 날 부르던 노래는
아— 아— 잊으랴 어찌 우리 이날을—

치솟는 검은 연기 속 울음소리 가득하던 마을
부서지고 뭉개져 피 흘리던 산하
그 신음 소리 잊혀져가는 한반도 골골이
푸른 소나무 아래 붉은 진달래꽃
흐드러지게 피어나고 있는 봄날

바다 건너 산을 넘고 서울까지 꿈틀거리며 기어 온
스물도 넘는 얼룩무늬 전차포 용 떼들
그물을 덮어 쓰고 지금 어디를 향해 가고 있는 것일까?

전설 속 용마는 푸른 내 품에서
아기장수를 태우고 하늘에 올랐다고 하는데……

---

* 육이오 참전 유공자인 아버지를 따라 화천에서 초등학교를 다닌 적이 있는 저는 군인의 딸입니다. 아침 등교 때마다 육이오 노래가 흘러나오는 운동장을 가로질러가며 나도 모르게 따라 불렀던 육이오 노래가 지금도 생생합니다. 전쟁으로 인해 희생된 모든 분들께 깊이 고개 숙여 극락왕생하길 빕니다.

출발 서울역!

권천학

뛰뛰빵빵 뛰빵뛰빵 기차를 타자
뚜우뚜우 뚜뚜뚜 여기는 서울역!
어릴 적 기차놀이 신이 났었다
칙칙폭폭 칙폭칙폭 꿈의 종착역
동대문도 남산도 여기서부터
젊은 가슴 펼치려고 서울로 서울로!

붕붕 부우우웅 밀레니엄 21세기
내닫고 뛰면서 비지땀도 흘렸다
더 멀리 뻗기 위해 날개도 달고
더 큰 꿈의 씨앗 가슴에 품었으니
이제는 뻗어가자! 유럽으로 세계로!

큰 걸음 잰걸음으로 떠나자 서울역
이곳에서 시작하자 출발 서울역!

순천역

- 남도 기행

권태주

서울역에서 순천행 통일호 기차가
지네 같은 몸 한 번 흔들어 대고
쇳소리와 함께 힘을 주며 출발했다.
쿨럭거리며 종착역 향해 전진하는 기차
비껴 지나가는 풍경에서 시선을 거두고
초라했던 일상들을 하나씩 창밖으로 버렸다.
기차를 끈질기게 따라오던 아파트 무리가
대전을 지나니 자취를 감추기 시작했다. 대신
초록으로 변장한 산과 들판들이 나 보란 듯
가슴속으로 불쑥불쑥 머리를 들이밀어
회색 도시에 진저리난 마음을 쓸어갔다.
유배의 땅 등 굽은 채 신음하던 세월
지금도 달라진 것은 없지 않냐며
너는 또 뭐하러 오느냐. 돌아가라 하며
남도의 산하가 핀잔을 주었는지
따가운 햇볕 창문으로 몰려와서 잉잉거렸다.
팔월 남도 통일호 기차의 그르렁거리는 소리
바다가 가까워졌는지 낯선 여행의 그리움들이
복병처럼 한꺼번에 달라붙어 엉겨와 목이 말라왔다.

벚꽃 정거장

권혁희

부산한 자리를 털고
올해도 벚꽃은 이 세상을 다녀간다
후두둑
꽃비 내리는 나무 아래를 걸으면
숨가쁜 들숨마다 수 천 수 만의
빛줄기들이 빨려 들어와
허파꽈리 가득 봇물로 출렁이고

둥그렇게 이어지는 벚꽃 터널
저 어디쯤 소맷자락 휘저으며
춤추듯 쓸쓸하게 지나야 할
세상으로 난 싸늘한 출구까지

아직도 가슴 깊이 탁본 떠 둔 첫사랑이
꽃물로 범람한다

시간의 레일

권현수

날개달린 기차를 타고 시간의 레일 위를 나르자
시작도 없고 끝도 없는 시간의 선로
여름의 한가운데는 몽불랑 역을
사막을 지나는 자리에는 파라다이스 역을
오물냄새 넘치는 도시에는 페파민트 역이 제격이지

역마다 이름에 맞는 역사를 짓고
앞마당에는 철마다 피고 지는
마음의 꽃들도 심어서
지나는 순간순간이 향기로 넘치게 하자

나는 날개달린 기차를 타고
아름다운 옛날은 오래 머물고
상처받은 오늘은 펄쩍 건너뛰면서
보고 싶은 내일은 꿈속에 그리며
그렇게 시간의 레일 위를 날아다니리라

날개달린 기차를 타고.

김유정역

금시아

노란 동백꽃을 흩뿌려 꽃점을 쳐요

툭 잘린 봄의 매듭을 쫓아요
절명한 문장들, 소낙비에 젖어요

오행이 조화로운
아직 한 일생도 기웃거려 보지 않은
노란 꽃 사주 한 아름 넣고
서러운 영혼을 우려요
산골나그네 젖은 눈웃음
동백숲길에 노랗게 번져요

봉당을 오르면
우주에서 떨어지는 노란 꽃잎 하나,
중력을 거슬러 다시 도래할까요?
활짝 핀 봄,
꽃점의 수작이 아늑하군요

이번 역은 김유정역입니다

추전역

김경성

꼬리지느러미 오른편에 앉았다
한 번씩 몸을 비틀 때마다
오른쪽으로 기울어지는 아가미 속으로
산길 꾸러미가 흘러들어 갔다
검은 길은 등지느러미를 따라 흘러가고
물박달나무는 제 몸의 비늘을 벗겨서 속 길을 그렸다
미처 다하지 못한 말들이 얼마나 많은지
연필심이 제 몸의 뼈대가 된 추전역,
이따금 밑줄 긋고 가는 물고기가 없다면
문장을 이어나가지 못할 것이다
4B연필로 그어놓은 산길 위에 산란하는 물고기 떼,
배지느러미에 말간 알을 가득 안고 바다 쪽으로 흘러갔다

당신의 옆줄*에 기대어서 내 생도 저물어간다

---

* 물고기의 옆줄(측선)은 물의 온도, 흐름, 수압, 진동을 감지한다.

옥수역에 내리면

김경수(서울)

옥수역에 눈을 뜨면
물장구치는 해를 볼 수 있다
그 찬란한 금빛들 속으로
광란과 역경의 시간이 들춰지면

내 어릴 적 고향의
딸 부잣집 딸고마니에 대한
어른들의 천대와 구박받던 일들
일순간 수면위로 떠올라
일천오백 볼트* 고압이
침묵했던 뺨을 후려친다

슬픔과 고통
안타까움의 분노들이
레일을 온 몸으로 끌어안고
뽀얀 안개 뒤집어 쓴 채 잠에서 덜 깬
서울의 물방울들을 거둬들인다

우린,
옥수역에 내리면
意識을 일깨워 물장구치는
해를 볼 수 있어 좋다.

---

* 전동차 직류공급전압

역

김경호

먼저 고향이 생각난다
철둑가에 줄 지어선
하늘하늘 고운 코스모스
눈에 아련하다
꽥꽥~ 칙칙폭포 칙칙폭포
기차 소리 들린다

역에서 역으로 이어져 지름길이 되고
사람과 물건을 건네주는
징검다리 같은 인상을 준다

오가는 사람이 모여들어 광장을 이루고
만남과 환희와 이별의 장소
기다림과 대화와 휴식의 장소
작은 비행장과 비교해도 될까

한번 자리 잡은 곳에 변함없이 모두를
품어주는 편안한 엄마의 마음이다
역은 그 나라의 얼굴이다

간이역은 빈집

김계영

하늘이 늘어져 내리는 아침
바쁘던 개찰구엔 하얗게 핀 개망초가 길을 묻고
지나간 북적임은 아무 것도 아님을 말해주듯
비바람에 지친 잡초들만 무성하다

이제는 오후에도 기차가 멈추지 않아
모른 척 속으로만 웃는데
농담을 걸고 장난을 치며 사근 거리는 구애
시간은 어디론가 쓸려가고

시골뜨기처럼
손가락이나 만지작거리며 누군가를 기다린다는 건
조용한 복종 같아
기척도 없는 문틈 사이로
마음을 재지 못한 사랑이 간이역을 다독이다가

고속 열차가 유령처럼 휘익 사라질 때도
담백한 여백이 되고 말았어

이별역

김관옥

슬픔에게 패배하고
울고 싶으면 영구차에 올라라
담낭 즙 보다 쓰디쓴
이별의 간을 보려면 화장장에 가라
흰 옷을 입고
천도의 화덕 속으로
뚜벅뚜벅 걸어가는 뒷모습

세상사.
파동 치는 나뭇잎처럼
살라고 손 흔드시는 이와
이별하는 곳

논산역

– 바람의 종점

김광순

황모필黃毛筆 한 자루로 단검을 벼리다가

반야산 허리 숙여 은진미륵 품다가

바람은 돌탑 아래로 묵은 허물 벗다가

계룡 지나 지평선 놀뫼 샛강 건너가

그득히 별이 숨은 곳, 강경포구 머물다가

논산역 마냥 푸르러 발을 멈춘 밤기차

하얼빈 역 현장에서*

김광옥

1909년 10월 26일
역사상 가장 역설적逆說的인 날이었으니
군악이 바로 역 하얼빈 역 플랫폼 [이 곳]에서 연주되고 있었으니
동양평화라는 너울을 쓴 이토히로부미가
군의 사열을 받고 있었으니
탕— 탕— 탕—
세 발의 총성이 환영곡을 곧 장송곡으로 바꾸어 버렸으니

안중근장군은 몇 달 전 11인의 의사義士들과 모여 자른
맹세의 손가락을 탄환삼아
이등박문의 가슴을 꿰뚫었으니

에스페란토 국제어로 외친 코레아 우라Korea ura!
대한국 만세! 동양평화 만세! 국권 회복 만세!
일본제국이 흠칫 놀라고 온 누리에
기적소리와 함께 울려 퍼지게 했으니

총소리 멈추지 않은 시대에
끝나지 않은 평화의 메아리가 지금

---

* 2005년 8월 안중근 장군 전투 96주년, 하얼빈 역 이토히로부미 사살 현장에서 낭송하다.

이 자리에 선 우리 귓가에 밀려오고 있으니
그때의 외침은 파도가 되어
우리 가슴속에 울려 퍼지고 있는 것을

우리는 알고 있네
님이 남기신 정신 따라 그 길을 이어가리니!

그때

김광자

단 한번 인연이 된 향수
내 맘에 지지 않는 석탄 증기기관차의
뚜— 뚜— 나팔소리

태백산맥 끌어올리는 철마바퀴소리 칙 -칙
하루 두 번 산간마을 올랐다 내리는
탄광촌 개척시대 강원도 영월
마치 미국의 남서부 개척시대를 떠올리게 했던
오랜 간이역

휑그렇게 달 뜬 겨울 초입 달빛이
사기 날처럼 시퍼런, 구름 한 점 없는 냉랭한 하늘
괴괴한 칼바람소리를 데우는 역 안의 석탄난로

떠돌이 묵객인양 역사 안, 긴 의자에 詩봇짐을 베고
태백산 등줄기에 졸음 붙여 뉘우던 곳
낮차를 놓쳐 야간 완행열차 기다리는
연착도 늘어지던 태평시대

자정을 건너가는 객은 가득한데
역사 밖은 인적 없어 나처럼 공허했던 역사.

해미海美역

김구슬

그림처럼 하늘에 매달린
나무 몇 그루 본 적이 있다

죽기 전 나무 한 그루 꼭 심고 싶은
마음이 향했던 해미
영양이 부실해 크지 못한 어린아이처럼
자라다 만 작은 나무에
조막만 한 못난이 복숭아 빼곡하다

물을 충분히 주지 않아
잎은 시들었으나
열매가 가득하다니
죽어가는 순간
찾아오는 생존의 절박함이다

열매를 모두 따주었더니
시들어가던 잎에 푸르름 분주하고
저 멀리 비명의 옹이 박힌 회화나무*
햇살에 초연하다

---

* 한국 천주교 3대 성지중 하나로, 1,000여 명의 천주교 신자들이 처형당한 곳이며 회화나무에서 사형이 집행되었다고 한다.

예미역을 지나며

김규은

는개 어리는 정선 행
영월 지날 때 창연한 기와 지붕
수막새에 머무는 누기 무거워
청령포의 어린 단종 편안 하신지
와석리 노루목의 김삿갓도 스쳐만 가는 예미
소설 속의 이름인 듯 산야초 이름인 듯
는개 자우룩한 표지판 뒤돌아보는
정선은 안개 속이다
예미禮美,
벼랑에 서신 임금 우러른 뉘 댁 규수의 이름인가
관음송 오르시는 왕 위태로워 우는 산골아이 이름일까
비약의 날개 만항재 쉬어 함백산 오르나
지척도 알 수 없는 함구의 묵언
수마노 탑 맴돌며 내 마음 아뢸 때
깊은 예불 삼천 배에 드시는지
천지를 에워 덮는 안개 장삼
다소곳이 마음 다스려도 산 너머 산 너머
예미가 보인다 시처럼 소설처럼.

춘천역

김금분

춘천 근화동 자취방에 경춘선 기적소리 멈춘 적 없다
입석 버스 십원 아끼려고 교동 36번지까지 걸어다닐 때
친구와 나는 그 기차를 타본 적은 없다
역 광장까지 가서도 상행선 기차표를 끊지는 못했다
함께 자취하는 친구는 왕국회관 파수대 시험공부에 푹 빠져들고
나는 기말고사 범위 안에서 몇 밤을 뱅뱅 돌았다
잠을 쫓기 위해 춘천역까지 달리기 하던 한여름 밤,
윗동네 홍등가에서는 홀딱 벗은 불빛이 으시시 겁을 주고
미군부대 서치라이트는 빠른 물레방아처럼 돌고 있었다
딱정벌레 같았던 자취집은
명 질기게 버텨서 아직도 허물어지지 않았는데,
진학 상담 없이 졸업을 하고 친구는 소식이 끊겼다
비둘기, 통일호, 무궁화호 다 사라지고
청춘열차 ITX 으스대고 내달리지만
상경에 서툴렀던 여고시절만큼이나
춘천역 개찰구는 여전히 낯설고 아득한 이정표다
한 칸 방 기차에 세 들어 살았던 근화동,
덜컹덜컹 닳아 없어진 미군부대, 난초촌, 옛 춘천역사
기억의 철길 따라 춘천의 낯익은 이름들이 귀청을 울린다

무인역

김금아

빗줄기가 쏟아지는 PC 홈 화면 속으로
완행열차가 휩쓸려간다.
사진틀에 걸터앉은 역무원이
물에 젖은 소식을 건져내어 점멸등에 걸어둔다
나는 안내판을 열고 들어선다.
트랩을 매단 환승 표가
빗물을 빨아올릴 때마다 쇳소리를 낸다
좁은 철길을 누비는 캠코더,
나는 #6호 팔레트를 열어 물방울무늬 우산을 그린다.
우산이 하늘을 끌어당긴다.
태풍 11호를 뿌리는 사이클 리스트들이
톱날 같은 빗줄기를 튕겨낼 때마다
액자 속 초상화가 부르르 떤다
텅 빈 승강장에 강수량 그래프가 넘나들자
나는 위험 수위표를 펼쳐놓고 피아노를 친다
멜로디가 한 옥타브씩 올라가면서
빗방울을 지운다.
땅딸막한 사내가
소매에 붙은 멜로디를 털어내며 창을 닫는다.

주머니 속에 든 모형집이 따뜻해지고 있다

별똥별, 역

김금옥

오늘밤엔 어머니 따라 별똥별을 주우러 가겠습니다.

쑥향따라 오시는 길목에

홍시와 모란꽃 따
낮달을 닮은 바구니에 담아
풀잎가에 올라온 옥수수 대에 걸어 놓겠습니다

두 섬지기 밭 가득
심어놓은 목화의 푸른 잎은 하늘색으로
덮여 있고

어머니께서 수없이 뽑아내셨던
목화솜만큼이나

하늘을 막 날아 다니네요.

아~ 이런 날 밤엔
별들이 유독 더 많이 뜰 거라네요

이런 날 밤엔
어머니 닮은 별똥별, 역을 한없이 달리고 싶어요.

빨간 양말 신은 비둘기

김금용

뚝섬역 역사로 들어온 빨간 양말 신은 비둘기
조심성 없이 사람 사이를 비집으며 내게 다가온다
전철 천장 틈으로 들어오는 오후 햇살을 등에 지고
사각으로 쪼개진 그림자 가운데 멈춰 선다
빛과 어둠을 십자가 창틀에 세워놓고
그 경계선을 밟고 선 비둘기
그는 예수인가 홈리스인가

바퀴소리 시끄러운 아수라장에 왜 들어온 것일까
도심 속에서 쳇바퀴 돌리는 나를 왜 찾아 왔을까
지네 다리를 흔들며 달려오는 쇳덩이 바람을 타고
겨울 햇살 넘치는 밖으로 나가자고 말하러 왔을까

그의 희고 검은 반점의 날개
날개만 펼치면 어디든 날아갈 꿈이 있는 비둘기

그를 쫓아 달리는 빨간 모자 쓴 어린아이처럼
나도 그를 쫓아 달릴까 보다
내 안에도 빨간 피터 팬 모자가 있으니깐
날갯짓해볼 붉은 심장이 있으니깐

서천역에서

김기덕

코스모스 핀 철길에 하모니카 소리 아다지오 완행열차로 지나고 바람은 들숨과 날숨으로 낙엽의 곡조를 엮는다 차창에 스치는 코스모스 얼굴, 풀잎의 흐느낌에 젖는 하모니카 입맞춤이 노을로 흐른다 도·미·솔·도 추억을 들여 마시면 레·파·라·시·레 꽃잎들도 몸을 흔든다 당신은 만날 수 없는 철길이었지 하나의 레일엔 내가 또 하나의 레일엔 그대가, 침목들이 떠받친 십자가 위를 우린 한때 하나의 방향을 바라보며 기우뚱 손잡고 걸었다

들녘의 기찻길은 끝이 보이지 않아서 우리의 동행은 영원할 것 같았다

자갈들 아픔을 다진 지평 위로 욕망이 질주한 후 우린 손을 놓쳤다 그리고 좁힐 수 없는 간극을 발견했다 탈선을 꿈꾸면서도 벗어날 수 없는 운명이라는 걸 알았다 서로 등 돌리면서 생긴 상행선과 하행선, 각자의 세월은 역방향을 질주했다 코스모스 붉은 가을이어도 풍선이 되어 다시 손잡을 순 없겠지 바퀴들이 미끄러지던 레일엔 마모된 시간들이 반짝이고, 나뭇잎 뒹구는 철로 위로 구름 따라 흐르던 하모니카 소리 연분홍 꽃잎으로 진다

기차는 올까

김기연

가을, 간이역 구석진 곳부터 싸늘히 식고 있다

고개 돌린 해바라기가 건너다보는 들녘
하롱하롱 고추잠자리 떼
액자 속으로 들어갔다가
나직한 담장에 기대어선
개망초 시든 이마 쓰다듬고 있다

기차는 좀처럼 오지 않고

시선 자주 역사 밖 철로를 서성이는 여자
비스듬히 길어진 그림자
흔들어 깨우는 스피커의 비음
'새마을호 열차를 먼저 보내는 관계로 무궁화호 열차가 연착하겠음'을
알리는 사이 저무는 들녘
빤한 길속으로 휘어진 햇살
꽁무니 말아 쥐며 달아나고 있다

언제쯤 기차는 여자를 만나러올까

계절의 공간역

김길자

순환열차를 탄 가을이
선선한 바람 품고
계절의 공간역 플랫폼에 내린다
평생 누릴 것처럼 당당하게
기승부리던 무더위 열대야도
기세가 한풀 꺾인다
가을은 여름 속에 공존하며
온 세상을 그리움으로 물들 만산홍엽滿山紅葉
가을빛을 모으느라 분주한데
순환열차 플랫폼엔
선선한 바람에 밀려 탑승하려는
무더위 열대야 폭염 찜통더위랑
장마 태풍도 이별이 아쉬워 서성인다
안내방송은 출발을 서두르는데
플랫폼엔
이별의 아쉬움과
서늘한 바람만 맴돌고…,

기차

김남조

기차가 멈추고
사람 하나 내 앞에 내렸다

그 사람은
나의 식탁에서
내 마음 몇 접시를 먹곤
그의 종착역으로
다시 떠났다

그 후에도
기차는 간혹 내 앞에 멈췄으나
누구도 내리질 않았다

세월이 내 눈썹에
설풋이 하얀 안개를 덮는 날
내가 기차를 타고
그의 세상으로 갔더니
그 사람이 마중 나와 있었다

창동역

김다솜

1층에서 2층까지 계단으로 갔으나
가방을 든 굽은 허리와 관절들 위해
오래 전에 엘리베이터가 생겼습니다

2번 출구에서 1번 출구 계단으로 갔으나
얼마 전 에스컬레이터 개통식을 했습니다

그리고 창동역 아래 지나다 본 런닝 입은 김수영 시인 액자는 어느 날 사라지고 함석헌기념관, 둘리뮤지엄, 김수영문학관, 원당샘 공원, 방학동 은행나무, 연산군 묘, 정의 공주 묘, 간송 옛집 액자들이 걸렸습니다

1호선, 4호선 달리는 창동역을 지키던
붉은 구조물은 침묵의 세월을 보상 받듯
아레나X스퀘어 건물을 밤낮 불 밝히리라

흔적 남기고 사라진 역이 있다면
날마다 리모델링하는 역도 있지요

역 안

김대봉

지금쯤 텔레비전은 들려주고
신발은 듣는다

불빛의 깊은 잠

사람들이
약속처럼
풀어 본 문제를 또 푼다

어둠이 움직인다
잔말이 섞이고

안과
그 안에서
자신을 닮는 꿈

바람이라는 바람은 다
문이 있는 쪽으로 앉는다

석계역

김리영

시간을 가로막는 벽이 없다.
꽃샘바람이 기둥 안쪽 헤치고
돌아선 마음을 훑고 간다.

기다림에 당당하게 길들여져
다가온 열차의 빛을 놓쳤는지,
담장 밖 뒤늦게 맺힌 꽃멍울이
흘깃 변해가는 내 얼굴 알아볼까?

보내야 했던 미안한 앙금이
열차가 들어오는 플랫폼에 뭉클 일어서고
노란 안전선 밖, 줄 서 있던 뭇사람들
열차의 따스한 품으로 들어서는데

기다린다. 앞만 보고 달려온 열차가
나를 싣고 다시 출발하기를……
왜 그 한 열차만 오지 않는지,
별들에게 물어보려 해도 별들도 사라진……

좌천역

김무영

바람에 실려 온 가쁜 숨
현해탄으로 드린 운애雲靉
좌광천에 들어

닿을락 말락 읊조리는 기적汽笛
중생도 부처로 드는 불광산 장안사 풍경소리
동해로 져도 솟아오르건만

여인아
그 미소 딱 한 번만이라도
좌천역에 내려다오

오슬로의 아침(트램역)

김문중

눈뜨는 태양은 새벽이슬처럼
사르르 눈을 감고 내려선다.

고요한 은색 숲 물잔디를 어루만지며
운명의 신들처럼 숨어들고
난고를 끝내지 못한 교향곡
세월을 달고 가는 시어들
꿈의 동산 거닐어 본다.

슬픈 미소는 강을 흘러가는데
그림자는 샛별처럼
몰래 내 가슴에 눈빛만 남긴다

그대 고적한 눈길 돌리지 말고
이 숲길 아름답게 걷기만 하구려…

그런 어느 하루 오슬로 트램역에서
내 곁에 다가왔던 것처럼 내 고운 연인이 되구려…

별빛 흐르는, 바람불어오듯
은빛의 길 걸으며
즐거운 여로 향해 달려가려 한다오

옛날이란 이름을 가진

– 서도역에서

김밝은

차마 떠나지 못하고 주저앉았던
늙은 벚나무의 몸에 손을 얹으면

오가는 사람들의 웃음소리로 꽃을 피우고
경적에 실어 부지런히 올려 보내던 꽃소식이나
오후 세시의 꽃그늘 아래 다정한 이름을 부르던
우리도, 모두 오래전 소식일 뿐이라고

오늘은 조금 더 그렁그렁해진 벚나무 아래
길을 놓쳐버린 서도역, 그 쓸쓸한 얼굴 위에

봄이,
혼불 같은 치맛자락을 오래오래
깃발처럼 흔들고 있다

서울역

김병중

시간이 멎지 않는
그 섬이 그리우면 서울역을 가라
앞으로는 차의 강물이 흐르고
뒤로는 만리재 그림자가 노를 젓는 곳
그 섬을 제국이라 부르면
여왕이 앉아 있고 공주도 나온다
살기 좋은 그 나라에는
평등의 철길이 있어
함부로 앞서거나 뒤처지지 않는
불문법이 지켜진다
마음이 허허하면 사람을 만나고
마음이 충만하면 기차를 타며
북으로 가려면 경의선을 타고
남으로 가려면 경부선을 타라
떠나면 외길이고
설레면 젊은 여행이니
사람이 멎지 않는
그 나라가 그리우면 서울역을 가라

신동역 연가戀歌

김병해

톨스토이의 절명지였다는
아스타포보 역* 가보진 않았지만
어느 예스런 타관 역무원의 저무는 마중과 배웅
왕년 무용담 질주하던 시절 왜 아니 없었겠냐만

저번 장날 힐끔 마주친 노쇠한 촌로의 얼굴 너머
고단한 이륙 뒤의 활주로마냥 가물대는 철둑길
제때 가서 오지 않는 것들, 풍화의 종적 따라
기다림 없이도 멀어지기 딱 좋은 건널목 둘레

비루먹은 당산나무 낯익은 허우대 되돌아보여
산 밑 에움길 긴 비탈처럼 뻗쳐 휘던 객차 불빛
인적 끊긴 그리움마저 가뭇없이 지워내면
저릿한 외사랑의 떠남이며 만남 또한 없으려니

어느새 제가끔 살뜰하게 손닿는 냇둑길 살사리꽃
가던 길 놓고 줄창 까닭없이 맘껏 출렁이는 곳
이제 미쁜 절명지 하나 가지게 될 것도 같아
굳이 아스타포보 역 가보지 않아도 되겠네

---

* 톨스토이가 말년, 방랑의 여행길에서 쓰러져 생을 마감한 시골 간이역

모슬포역

김산

속눈썹 길어 눈이 항상 촉촉한 황구가
닭처럼 목을 빼고 해를 보며 기지개를 켭니다
나보다 늦게 일어난 적 없는 과부댁 울 어멍
오늘도 부뚜막에 물 한 그릇 떠놓고
손금이 닳도록 공손하게 손을 비비는 새벽
한 번도 본 적 없는 액자 속의 아방도
어린 내 머리를 따뜻하게 쓰다듬습니다
쪽빛 파도가 남색 크레파스보다 더 새파란
모슬포로 모슬포로 새벽 댓바람 맞으며
울 어멍, 통통통 머구리배 타러 떠납니다
머리에 하얀 수건 두르고 바다로 가는 울 어멍
먼저 온 아방 갈매기와 새끼 갈매기가
벌써부터 포구의 하늘 위에서 손을 흔듭니다
어린 나는 자고 일어나면 눈을 비비고
서랍 위의 소라껍데기를 작은 귀에 갖다 댑니다
한 손엔 망사리 한 손엔 갈갱이 든 울 어멍
작은 파도에도 철렁 철렁 가슴 쓸어내리는 소리
가만히 가만히 들으며 너른 바다를 껴안습니다

덕하역에서

김삼환

삼월 초봄의 날씨는
차가운 바람을 내게 보냈지
바람은 사나웠고 눈보라가
울먹울먹 날렸었지
덕하역 옆 민박집 창문은 수시로
누가 찾아오는지 덜컹거렸지
마음은 말라 먼지가 날리듯
뼈는 버석거렸고
먼 길을 나와 함께
걸어온 신발은
피부가 헐어 너덜거렸지
만나고 헤어지는
덕하역 역사 슬레이트지붕을
타다닥 두드리는 빗방울은
동이 틀 때까지
눈물처럼 서러웠지

푸른길역 기찻길을 거닐며

김상률

여우눈 내리는 초저녁
간이역에서 만나 그녀와 기찻길을 걷는다
한때 펄펄 끓던 우리 사이가 싸늘하게 식어갔듯
구경 나온 하얀 자갈이 철길 아래 누워 쓰르륵 볼멘소리를 낸다

무등산 어귀 지산유원지엔 소나무가 군락을 이루며
푸른 달밤을 연출하고 있다
등급이 없어 무등이라는데
그래서 모두가 친구라는데
그녀의 후배는 내게 언니와 우정을 꽃피우고
마지막 열차는 타지 말라며 신신당부를 했었는데
그녀는 정작 그 후배를 내게
껌딱지처럼 붙여주고 떠났다

간이역엔 매표가 끊긴 지 오래
눈송이가 달빛처럼 은은하게 뿌린다
그녀의 함박웃음 같은 함박눈이 좀 내렸으면 하는데
그마저도 꿈속이어서 쌓이지도 않고 녹는다

해운대역

김상미

떠나자, 떠나자로 시작되는 시를 읽으며 기차를 기다렸던
시가 뭐길래 이처럼 사람을 뜨겁게 하나, 목이 메워 기차를 기다렸던
언제나 그리운 못 잊을 파도소리에 시린 발끝 후후 불어가며 기차를 기다렸던
내리는 사람도 타는 사람도 아직 읽지 않은 시처럼 두근두근 기차를 기다렸던
차마 너를 잊지 못해 달리는 기차 바퀴와 한통속이 되어
온몸 온 마음이 모눈종이처럼 쓸모없이 작아지고 작아지면서도
두려움과 절망 사이 겨우 붙잡은 희망조각과 통성명하며
하염없이 기차를 기다리고 기다렸던

해운대역,
내 사랑

생의 간이역에서

김상현

"다음은 대전역입니다
내리시기 전에 잊으신 물건이 없는지 살펴봅시다"

내 생애 잊고 내린 소중한 것들이
얼마나 많았던가
눈물 나도록 감사했던 일들과
사랑했던 이름들과
때론 추억까지도 잊고
훌쩍 내려버린 시간

아 내리기 전에
한 번쯤 살펴보는 것이었는데

다음 역
내 생의 간이역에 내릴 때는
또 무엇을 두고 내리게 될는지

종착역까지
제대로 가지고 갈 것이
할머니, 어머니 말고
또 무엇이 있을까.

목행역 소묘

김생수

버들개지 하얗게 눈뜨던 봄날 열네 살 소년은 가출 하였다가
목행역*에서 눈밝은 역무원에 붙들렸다

남한강 바람 개나리꽃을 피우는 목행역에 삼생이 함께 서 있었다
아무 말 없이, 아무런 말도 없이 기차가 왔다
노년이 올랐다
중년이 올랐다
소년이 올랐다
과거와 현재와 미래가 나란히 올랐다
덜컹거리며, 울먹거리며 기차가 출발했다
삼생이 한 자리에, 한 순간으로 멈춰 서 있었다

버들개지 피고지고 세월은 흘러 소년은 이쁜 각시와 결혼했고
남한강 바람 개나리꽃을 피우는 선로를 따라 기차는 달렸지만, 오늘도 달리지만
해를 돌며 옛 추억 속에 역은 멈췄다

까까머리 소년은 기차를 타고 철길을 따라 아득한 곳으로 떠나려 하였지만

---

* 충주시 목행동 170번지 위치, 1956년 4월 12일 영업 개시. 충주 비료공장 준공과 함께 우리나라 산업근대화에 일익을 담당했던 역, 2010년 11월 개정 때 전 열차 통과역(무배치 간이역) 개정.

개교기념일이라고 속였다가 아버지 같은 역무원에 붙들렸다
교복을 입고 책가방을 든 그 날은 일요일이었다

종착역에 닿으면

김서희

한 뭉텅이씩 불어오는 바람결로
있는 듯 없는 듯 늘
내 곁을 맴도는 듯한 당신들
타닥타닥 한 줌 재로 떠나간 당신들
어릴적 TV에서 본 은하철도 999를 타고 가면
철이와 메텔이 헤어졌다 다시 만나듯
당신들을 다시 만날 수 있을까
기차는 언제나 떠남의 출발점이었고
역은 늘 도착의 종점이었지
여기에선 가 볼 수 없는 그곳을
은하철도 999를 타고 가면
그대들이 있는 그 종착역에 닿을 수 있을까
큰엄마 큰아버지 할머니 할아버지 그리고 엄마
보고싶은 당신들과 함께했던 시간들
다시 만날 수 있을까
없는 사람 무지 그리운 계절이
지금 내 앞에 서 있다

당산과 여의 지하 9호선역

김석

켜켜이 퇴적 모래 섬 여의도는
도투마리 가시씨방 옷섶 박혀 매달리듯
팔도 사람들의 말놀이 말 사막 난장으로
웃음과 울음 침묵과 설경舌耕 혈전의 섬
술책과 의도意韜가 여의주랄까 때로 재칼이랄까
유언비어 여의도汝矣島는 집권 당파의 뜻대로?
홍수 때면 밀려온 부유물 속 쇠파리떼라 할까

지하 여의도와 지상 당산으로 이어지는
옛 당산나무 잘린 터엔 형형 1회용 비닐 조각들
출세와 일확천금, 붉은 부적이 조각 비닐에 섞여
부적은 베델광야 야곱의 하늘까지 사닥다리 랄까
이적도 입시철 선거철이면 사닥다리 붙들기 위해
사람들 두 손 모으는 당산 점집은 문전성시라는
여의 지하와 지상 당산동과 당산철교 하늘까지 길

수직 50m, 일백육십 여덟 계단 쯤? 에스컬레이터
지하 지상 걸린 전자동 검은 쇠 사닥다리
삐걱 때로 철거덕, 밀물과 썰물의 소용돌이
만원 9호선 에스컬레이터 몸 실어 오르내렸다.

마을버스 이야기

김선아(부산)

내일 도시락 싸가 일광 가자이
열한 시 온천장 지하철역에서 만나자이
도시락 쌀 거 머 있노
내일 삼십만 들어오는 날인데
국수나 한 그릇 사무모 되지
살다 보이 돈도 다 주고 참 좋은 세상인 기라

온천장에서 일광 가는 차가 있습니까
하이고마 안주꺼지 모르능 가배요
온천장에서 지하철 타고 부전역서 내리가
동해 부전역에서 일광역 가는 거 타고 종점에서 내리모
거가 바로 일광 바닷가 아잉교

우리는 마 지하철이 공짜라 그거 타고 일광 가가
한 그릇 사 묵든지 도시락 까묵든지
바다도 보고 쫌 걸으모 운동도 되고
부전시장에서 시장 바가 집에 오서 저녁 하모
딱 맞는 기라요 시간도 잘 가고 스트레스도 풀고
밸 거 있능교 아푸모 내만 손해지.

나이롱박수

김선아(서울)

서리 내렸을까.

나선형 거미줄이 진득진득한 영등포역이었다. 벌어먹기 힘들어 죽겠다는 반백의 사내, 손발이 유난히 가늘고 차가운 사내는, 기차가 도착하자 노인이 수확해 온 포대자루를 부리염낭거미처럼 낚아챈다. 오싹한 손이 직조한 거미줄일수록 먹잇감을 더 힘껏 조인다. 그리고는 나선형 계단 아래로 사라져간다. 잽싸다. 그 뒤쪽, 말라비틀어진 호박오가리처럼 눈빛 까칠한 노인, 부리염낭거미보다 손발이 큼지막하니 따뜻하다. 나선형 실 한 줄 녹아내린다. 거미줄이 느슨해진다.

서리 견혔을까. 제 몸 텅 빈 주제에 고향집 뒷마루 누런 호박잎은 할랑할랑 나이롱박수나 치고.

그 역에 가고싶다

김선영

막힌 내 고향 철벽 70년
내 떠날 때 글썽이던 역의 불빛
그 쪽을 바라보면 내 마음도 글썽인다
폭죽같이 터지던 역 마당 개나리꽃
그립다 그립다
자동차로는 사오십년
(허리 잘린 나라의 상처, 그 역)
세계에서 제일 먼 곳
별보다 멀다

문득
기쁨에 기차가 울고
뚜우 기적소리
잠결에 그 역에
내가 닿는다
내가 나에게로 가는 역.

목포역에 가면

김선희

목포역에 내릴 때면
들리는 어머님 목소리

인자 오냐, 힘들었지
속정 깊은 소리가
빨리 집에가, 밥 먹자로 들린다

음식 맛은 손맛일까, 어머님 손맛이지,
그리움을 부르는 맛 목포까지 가야 알지

목포역 기차를 타고
훌쩍 가보고 싶지만

갈치속젓 넣은 김장만이
덩그러니 웃고
하늘나라 가신 어머님

초끈이론

김성백

소요산역 15분 거리에 신창역 43분 거리에 아현역 23분 거리에 삼성역 1분 거리에 대화역 18분 거리에 오금역 2분 거리에 당고개역 29분 거리에 오이도역 44분 거리에 방화역 9분 거리에 마천역 7분 거리에 독바위역 20분 거리에 신내역 8분 거리에 장암역 26분 거리에 부평구청역 27분 거리에 모란역 5분 거리에 암사역 10분 거리에 개화역 17분 거리에 중앙보훈병원역 13분 거리에 국제업무지구역 21분 거리에 계양역 30분 거리에 운연역 39분 거리에 검단오류역 28분 거리에 수원역 25분 거리에 청량리역 6분 거리에 강남역 10초 거리에 광교역 16분 거리에 지평역 35분 거리에 문산역 38분 거리에 광운대역 19분 거리에 춘천역 40분 거리에 서울역 3분 거리에 인천공항2터미널역 22분 거리에 탑석역 34분 거리에 발곡역 45분 거리에 인천역 32분 거리에 오이도역 31분 거리에 기흥역 33분 거리에 전대·에버랜드역 14분 거리에 인천공항1터미널역 50분 거리에 용유역 60분 거리에 판교역 4분 거리에 여주역 41분 거리에 북한산우이역 24분 거리에 신설동역 12분 거리에 소사역 37분 거리에 원시역 46분 거리에 김포공항역 11분 거리에 양촌역 36분 거리에 다대포해수욕장역 42분 거리에 노포역 55분 거리에 양산역 48분 거리에 장산역 51분 거리에 수영역 47분 거리에 대저역 49분 거리에 안평역 58분 거리에 미남역 53분 거리에 사상역 56분 거리에 가야대역 57분 거리에 부전역 54분 거리에 일광역 52분 거리에 설화명곡역 59분 거리에 안심역 61분 거리에 문양역 62분 거리에 영남대역 63분 거리에 칠곡경대병원역 66분 거리에 용지역 65분 거리에 판암역 67분 거리에 반석역 64분 거리에 녹동역 68분 거리에 평동역 69분 거리에

지나쳐버린 정거장

김성옥

그 역, 내리지 못하고 지나친 적이 있는가

기차가 잠시 멈추었을 때
그 순간, 내리지 못하고 놓쳐버린 정거장처럼
내 지난 어느 날
잡지 못하고 지나친 그대

긴 그리움을 남긴 정거장처럼
이적지도 설레이며
아름답게 남아있는 그 날

간이역

김성조

저물녘을 좋아하는 나무와 새벽녘을 좋아하는
나무가 등을 대고 체온을 나누고 있다 마지막
한 잎 결별을 뜯어내며 남은 불꽃을 소진하고 있다

따뜻함은 동그라미 안에서 피어난다고
손끝마다 바람을 피워 물던 동상이몽의 간이역들

잠깐 머물거나 스쳐 지나는 풍경을 좇아
나무들은 태양의 일대기를 걸어왔다
코스모스 꽃대를 사르던 빈 가을의 일몰
누구나 실핏줄 속에 간이역 하나쯤 묻어두고 산다

하나의 채반 위에 살을 헐어내면서도 각각의 춤사위를
펼쳐드는 진눈깨비들 네모로 만났다가 동그라미가 되고
다시 세모로 돌아간다 해도 우리의 잘못은 아니다

낮은 가로등 한 마을을 내어 돌아갈 식탁을 풀어놓지만
아직은 잠들 때가 아니다 돌아갈 때가 아니다

역

\- 당신에게로 가는 길

김성춘

내가 사는 경주엔 오래된 역이 있다
바람 부는 날 나는 가끔 역 대합실로 가서
배낭을 메고 어디론가 총총히 떠나는 사람들을
바라보길 좋아 한다

역엔 언제나 진눈깨비가 뿌리고
바람 불고 비가와도
만남과 이별은 밤낮없이 출렁거린다

당신은 그날 차창 밖으로 손수건 흔들며
뜨거운 목소리로 말했지
마리아… 만큼 당신을 사랑한다고
잊지 못한다고 낮은 목소리로 말했지

오늘, 단풍잎 같은 사람들
단풍잎 같은 추억을 만들며
침묵 속으로 얼굴을 감춘다

잊혀 지지 않는 추억 하나

시그널처럼 걸려 있다
세상의 모든 역은
추억에 뼈가 시리다.

하늘공원 역

김세영

슬퍼도 들뜨게 하는 오방색 바람이
깃발을 펄럭이는 장날, 시골 역전 시장 같다
적석총積石塚 계단을 밟으며 하늘 정거장에 올라갔다
강 건너 권역 공항에서 뜨고 내리는
고니들의 긴 날개의 쇳소리,
우는지 노래인지 불명한 방풍림의 새소리,
수천의 시공을 건너온 아로*의 소맷자락에
향나무 가지가 흔들리는 소리,
손바닥 흔드는 소리, 상여 노랫소리…

수천억 새 떼가 살다 간, 플랫폼에는
계주 트랙의 배턴 체인지 선수들처럼
환승을 기다리는 혼령들이
자투리 시간을 바람개비로 돌리고 있다
바람개비와 풍차의 회전수가 같아질 때
공명의 회오리가 일어나서
풍력발전기 타워의 전자기력이
낮달의 선미를 당겨 플랫폼에 세운다
호명하는 소리에 기억 기파 덩어리들이 승선한다
만선이 된 흰 우주선이 대항해의 방주처럼,
하늘을 가득 채운 닻줄 풀린 풍선처럼 떠올라 간다.

---

* 신라의 시조 혁거세 거서간의 딸이며, 여제사장으로서 시조묘의 제사를 주관하였다.

서울역에서

김소엽

오늘도 나는 서울역에서
수없는 이별과 만남의
축복 속에 싸여
슬픔과 기쁨의 눈물 흘리며
인생을 배우나니

가야 할 사람은 가고
남아 있을 사람 남아 있어
가고 오는 인생을 누가 탓하랴
모든 것이 삶의 순리인 것을

우리도 머지않아
다시는 돌아오지 못할 강 건너
종착역에 닿으리니

잠시 함께 여행하는 동안
동행하는 너와의 인연
이 얼마나 기막히게 소중한가
나의 친구, 나의 연인아

역으로 가고 있다

김소운

어느새 가을이다.
문득, 돌아보니 걸어온 길 아득하네.

평생 누렸던 모든 것들과는
이제 작별이다.
그저 고마움과 감사함을 쟁여
길을 나서다,
여행 가방은 필요 없음.

걷다가 무릎이 아프면
어디서건 쉬어도 무방할 듯
쉬엄쉬엄

즈음하여,
누군가의 배웅은 사양하겠다,
불빛 없어도 괜찮겠다,
별이 보이면 다행이겠다.
간이역이면 한결 좋겠다.

서울역에서

김송배

부산에서 상경하는 친구를 기다린다
현대식 시설로 잘 정돈된 대합실에는
떠나는 사람들과 찾아오는 사람들
그 행렬의 애환 속에서는
눈물과 웃음이 교차하는데
내 친구는 아직도 도착하질 않는다
다시 KTX 시간표를 확인한다
아뿔싸, 잘못 저장된 시간의 개념
어, 벌써 치매인가, 아니 건망증이겠지
'오랜 기다림은 아름다운 약속이다'
오래전 내 싯귀詩句를 되뇌이면서
얼마의 기다림 끝에 그의 손을 잡는다
우리는 옛 서울역사를 방문했다
우아하게 치장된 문화공간은 한가하다
옛날 무작정 상경해서 처음 본 서울
무한의 공포와 용기가 온몸에 전율했는데
친구여, 저 추억의 소리가 들리느냐
그는 부산역에서 나는 서울역에서
지금도 무궁화, 새마을호가 울리는 기적을.

파도가 역을 달린다

김송포

기차는 바다 옆으로 난 길을 달린다 동해의 끝자락 포항역에서 멈춘다 철길도 아니고 푸른 바다를 달리는 일이 두렵기만 하다 망망대해를 노 젓는 것처럼 불안하다 낯선 항구에서 고기 잡을 수 없고 바다를 헤엄칠 수도 없다 역 앞에서 남편이 군청색 제복 차림으로 서 있다 골목을 따라 불빛이 보이는 바다 끝의 집에 아기를 재운다 햇살은 간간이 비추고 포구의 바람은 세차게 몰아치고 파도는 집의 창문을 두드리듯 철썩거린다 기적 소리가 밥 짓는 연기처럼 아득하다 역 골목에서 새벽시장 보며 아기 울음소리가 삼십여 년이 지난 지금 귀에 쟁쟁하다 이제 바다로 갈 수 없는 포항역의 기차가 귓가에 멈춘다 꽃다발 들고 환영나올 것 같은 푸른 역사 앞에 피켓 들고 누가 마중 나올 것인가 기억의 파도처럼 항구의 종을 누가 울릴 것인가

무릉역을 지나며

김수복

무릉역을 지나면 미천眉川에 닿는다 우리 한평생 넘어오는 가을 등 뒤로 연기를 내뿜는 지친 무릉의 어깨를 지나면 미천에 닿는다 사람이 내리지 않는 역사 뒤 늙은 공장 연기 사이로 가을은 사라지고 돌아오지 않는 미천을 따라가면 사람이 내리지 않는 역사를 지나서 미천은 노을 속으로 갈 길을 서두르고 새들은 사라진 가을의 등뒤를 날아오른다

퇴근길

김수정

스무 개의 역을 지나

들러붙는
졸음을 떼어내고

출구로 가는 길

지상역에서 환승한
노을도 내리고

순환선처럼 도는
하루도 내리고

지하철 환승역과 자귀풀

김승기

지하철 환승역은 꿈꾸는 작은 풀꽃들 소통의 터미널이다

도시를 떠나온 풀꽃들과 도시에서 밀려난 풀꽃들
만남보다 헤어짐이 더 많은,
저마다 강을 이루어 물결로 흐르고 있다

낮에는 이파리 펼치고 밤에는 잎을 오므리는
금슬 좋은 이력서 들고
양재역 만남의 광장 한쪽에 우두커니 서 있던 자귀풀,
어느 날 문득 내 가슴마당 한가운데로 들어
와햇빛 한 줄기 들지 않는 가을장마 속에서도
더 이상 이별을 겪지 않는 꽃송이 피우려 하고 있다

몰려 왔다가 몰려가고 금세 또 몰려 왔다가 사라지는
말들의 換乘, 그 밀물과 썰물의 시소게임 위에서
어느 한쪽으로도 치우치지 않는 사랑 지키려는

사랑지기의 呼名이 寂寞했던 나의 맥박을 뛰게 한다

고한역

김승동

갈탄 난로가 식어가는 3등칸
이 안 맞는 차창을 흔들며
덜컹거리는 열차가
시린 어둠 속을 헤쳐 나간다

눈보라 휘날리는 산맥의 허리를
한 구비 한 구비 뚫고 나올 때마다
차가운 막장의 곡괭이 소리
서러운 기적이 되어 산천에 부서진다

허기져 울음조차 말라버린 땅
참새도 굶어죽는다는 고향 버리고
새끼들만은 배불리 먹이겠다고
시커먼 밤열차 지쳐 도착한 고한역

건너편 산비탈 하얗게 펼쳐진 눈밭에
줄지어 반짝이는 사택의 전깃불이
십리 땅속, 검은 사투를 위장한 채
눈부시게 아름답다

푸른 마을 솔숲 역

김시운

사방이 확 터진 솔숲 푸른 역사로 들어선다
입추가 가까워야 한번 떠난다는
가을 열차는 출발 시각이 언제인지도 모른다
역사 대합실에는 티켓을 끊을 생각은 아예 않고
무작정 기다리는 손님들로 꽉 차 있다
역사 주변은 야외 서커스장이 된 지 오래
애기똥풀에 가까이 다가가
뭔 일로 가을로 가냐 물어본다
찔레나무는 하양꽃 질 때도 안 떠나겠지
개망초는 고개를 갸웃거리며 얼굴을 들이밀고
정신 사납게 썰 거리는 개미들이 막 들어선다
벌레니 산새니 이팝나무니 팔배나무 물푸레나무
끝이 보이질 않는다
입추가 언젠데
이별과 만남이 뒤엉키는 푸른 마을 솔숲 역
풀잎에 허물 벗어놓고 날아간 매미를 좇아나가지
손님을 태우고 떠날 솔숲 역 대합실은
밤낮을 가리지 않고 몇 날 며칠을
뭘 그리들 속닥거려 쌌는지 모른다

불정역佛井驛 아카시아꽃

김시종

때 묻은 동정처럼
겉으론 추레해도

바람에 밀려오는
향기가 그윽하다.

나비도 하얀 나비만
꽃을 알고 사귄다.

진주역

김여정

내 고향 경상남도 진주역은
내가 부모님 울타리에서 벗어나는 첫 눈물의 탈출구요
내 생의 전환점이었다

아버지 마흔 살에 어렵게 얻은 애지중지 첫딸의
부모 품 떠난 타지他地에서의 대학입학은 결사반대여서
몇 마디 간단한 사연 적은 엽서 한 장 남기고
십자수十字繡 삯 바늘로 아끼고 아껴 모아 두었던 용돈 챙겨
달랑 책 몇 권 들고 집 나와 난생처음 타 보는 기차

진주역에서 부산역
지금은 가까운 거리가 그 시절 나에게는 머나먼 천릿길이었다
오로지 대학입학의 꿈 하나 안고 떠난 가출
가슴은 마구 떨리고 있었지만
마음은 하늘 높이 날아오른 새가 되어 훨 훨 나래치고 있었다

피난지 대학입학, 9.28 수복으로 대학 서울 복귀
내 문학의 꿈은 진주역 탑승으로 그렇게 이루어졌다.

역

김영곤

쉬고 싶다
자고 싶다
피곤 하다
하늘나라 다 왔다

겨울역

김영은

이별은 흔들의자에 동그마니 앉아
여유 있게 시간을 흔들고 있다 아직
가을편지는 쓰지 못했고
결코 태어나지 않을 긴 편지의 자음과 모음이
눈발로 내린다
박자를 놓친 노래속으로 날아드는 허무
윙윙 잡음만 일으키다
매끄럽던 음의 레코드를 망가트리고
이제 노래는 흐르지 않는다
열정이 죽어 하얗게 부서져내리는
은백양나무 아래 무덤이 생긴다
여기는 사랑의 묘지
모든 사랑이 무덤 속으로 들어가는 차례를 기다린다
무덤으로 뒤덮일 세상 밖으로
영혼들이 소리죽여 떠나고 있다

현재는 겨울역을 지나고 있는 중입니다
누군가 계절을 생방송하고 있다

역사歷史 또는 역사驛舍

김영자

새 잎사귀가 피어 날 무렵
광화문역 지하도 정수리에서
실크스크린을 들여다본다 물살이 넘치고 있다
한참을 구경하다보니 한 개의 물결이 흘러나가고
더 한참을 들어가 보니 두 개의 물살이 감기고
더욱 더 오래 놀다보니 세 개의 물길이 돌아나가고 있다

24년간광화문역에서신문을팔았어요지금은용역2년째3교대하는데교보옆꽃집주인은광화문역지하도를지나는사람들은인상이좋대요68세함경훈할아버지15년동안지하보도에물건을널어놓고팔면두내외가먹고살만하대요소연희씨는세종문화회관에서호스피스교육받고자원봉사할거래요세살박이아이가해맑은풀잎을들고걸어나오고있어요웃음이날개를들어요

역사驛舍가 역사歷史를 안는다
천 겹의 물살이 펌프질을 한다
인왕산은 잎사귀처럼 흔들리며 흔들리지 않고

임계역臨界驛

김영탁

용문사龍門寺 안에 있는 윤장대輪藏臺를 잡고 발걸음을 옮기는 순간, 시계 반대 방향으로 사막의 모래바람이 불어와 온몸의 구멍으로 모래가 금방 꽉 찬다. 시퍼런 검으로 후벼 파고 싶지만 검은 칼집에서 울고, 용문객잔龍門客盞에서 기약한 그녀는 오지 않고, 천 개의 모래시계를 넘어 피리소리만 희미하다. 모래가 좀벌레처럼 수많은 비급과 비약을 갉아먹고 폭풍이 객잔을 한 번 삼키고는 토해낸다. 갈라진 혀와 타는 입술에 독주毒酒는 비상이며 약이다. 한 모금 털어 넣고 남은 술마저 문 앞에 버티고 있는 내 생의 반대쪽에게도 술잔을 돌려야 한다.

---

* 후일담 : 용문사 윤장대(보물 684호)를 시계 반대 방향으로 세 번 돌리며 세 가지 소원을 간절히 빌면 소원이 이루어지죠. 음력 3월 3일과 9월 9일에 돌려야 하는 법인데 요즘 사람들 바쁘니 지금 돌려도 괜찮아요. 내 소원보다 보살이 권유하는 간절함이 소원을 이루어줄 듯했다. 먼저 시주를 하고 돌렸는데 "너무 간절해서 이루어질 거예요."라는 보살의 말씀이었다. 모든 결과물은 숫자로 표시되고, 내 소원이 이루어지면 누군가 이루어지지 않을 것이다. 그러므로 난, 맨발로 걸을 것이다. 아니, 신발을 신고 걸을 테지만.

밴쿠버 기차역

김영호

시애틀 형제교회 실버학생들을 인솔하여 소풍을 갔다. 시애틀에서 캐나다 밴쿠버까지 기차를 타고 가는 소풍은 육의 옷을 벗고 영혼의 날개를 달고 나는 여행이었다. 몸보다 마음이 먼저 맨발로 푸른 초원을 마냥 내달리고 학생들은 소년 소녀들처럼 합창을 부르며 즐거워했다. 기차여행은 자연과 연애를 하는 예술행위였다. 차창 밖에 천국이 따라왔다. 스케짓 밸리의 광활한 튤립화원과 밀밭이 따라왔고 양떼 소떼들이 뛰어왔다. 캐나다 국경선에 마중나온 밴쿠버의 갈매기들과 유채꽃들이 비를 맞으며 다운타운 관광을 안내했다. 그들은 우리와 함께 담배를 피우는 시계탑을 구경한 후 노천카페에서 커피를 마시고 정담을 나누었다. 차이나타운에서 함께 점심을 하고 시애틀로 돌아오는 밴쿠버 기차역의 플랫폼, 이별을 아쉬워하던 갈매기들은 이내 구름 속으로 숨어 울었고 유채꽃들은 우리보다 먼저 기차에 올라타 옆자리에 앉았다. 시애틀 에드먼드역까지 따라온 캐나다의 유채꽃들이 학생들 눈에서 별처럼 반짝였다. 밴쿠버의 갈매기들 우리보다 먼저와 기차에서 내리는 학생들의 가방들을 들어 주었다. 에드먼드 앞바다가 가슴을 열어 파도소리로 사랑의 합창을 불러 주었다. 기차여행은 자연과 연애를 하는 예술행위었다.

망설임, 그 푸른 역

김왕노

택시가 서자 택시에서 꽃이 내렸다
꽃은 기차표를 끊어 남쪽으로 떠났다
봄이면 북상해 오리라는 예감도 약속도 없이
버스가 서자 별이 내렸다 낮달이 내렸다
트럭이 서자 가로수가 내렸다 생잎을 떨구다
가로수도 떠났다

바람이 서자 도시를 부둥켜안고 있던
노래가 내렸다
몇은 떠나갔지만 몇은 혀끝에 잡아두었다
떠나지 않고 남아 있는 나를 위한 작은 배려
저녁나절을 무단 횡단해온 새가 나직이 울어준다

길

- 도라산 역에서

김요아킴

서로를 마주보며 팽팽하게 실핏줄을 당겨야 규정할 수 없는 무게, 시지프스 바위 같은 역사를 굴려갈 수 있다 쉽사리 질러가는 길이 아닌 산모퉁이 아슬히 굽어가는 길에도 한 점의 불 거세당한 땅속 헤매일 때도 좌우 반듯한 간격을 지켜야만 길은 열린다 겨우내 침묵하던 침목이 아래로 더 목소리 낮출 때 객토에 게워지는 날카로운 비명 한없는 울음으로 삼켜질 때 성급한 세월이 몰고 온 바람, 길섶 한 떨기 들꽃마저 온몸으로 감싸 안을 때 길은 제자리를 찾는다 저 멀게만 그리워했던 '희어스름한 머리白頭山의 얼과 불그스름한 고운 아침朝鮮의 빛'* 시방 곧은 손으로 애타게 후비는 그 순간, 길은 마침내 뚫린다

---

* 인용된 부분은 단재 신채호 선생님의 역사 전기소설인 「꿈하늘」에 나오는 한 부분

개화산역

김용국

긴 긴 기차가 불을 켜고
쉼 없이 어둠을 캐서 날라도
무한량의 어둠이
매장돼 있는
우리집 앞
개화산역—

꼭 내 마음속 같은.

도착에 이르기까지

김용하

해 눈뜨자
열쇠 없이 열고 들어와
방 안 가득 몸 풀었다
해는 여기저기 세상 가득 그림자를 세워
기착지를 설계해 역을 오픈하고
바람을 타고 달린다….

빛을 타고 달리는 사람들
역마다 쉬며 통행료를 내나 몰라도
설계대로 꽃 피어나도록 물 흐르도록
어김없이 기착지를 관통한다.
가라면 가는 세월 낮과 밤 없이 달리다.
행로 벗어나지 못하는 발걸음

출발 기적을 울렸던 엊그제
살다 지친 기력으로 소리소문없이 돌아와
지연 부연 미루던 도착을 고백하나?
세상에서 제일 빠른 세월을 말하네!

안동역

김원길

잠이 안 와
밤거리에 나서면
내 발자국 소리 들으며 가는 곳이 있어 좋았다.

찻집도 술집도 불이 꺼지고
도시에 가장 큰 쇼핑몰도 문이 닫기면
가는 곳은 기차역
TV가 있는 대합실.

오는 손님 가는 손님 기다리는 손님
말을 나눌 사람이 있어 좋았다.

낼모레 그 역이
멀고 외진 변두리로 옮긴다 한다.
이젠 너무 멀어서 갈 수가 없다.

고요한 밤거리
내 발자국 소리 들으며 찾아가는
기차역이 있어 좋았다.

동해로 가는 비단구렁이

김원욱

꿈 깨인 새벽, 꽃잎 사이 이슬방울에 갇혀서

투명한 시공 속으로 데굴데굴 구르다가

밤새 바둥대던 누군가의 흔적처럼

수천의 심장 떠도는 공중에서 속절없이 서성이다가

동녘 하늘이 서천꽃밭 뒤덮기 전

푸른 비늘 곧추세우고 환한 바다 건너려 하네

가뭇없는 간이역을 거쳐

별어곡역 골짝에서 잠시 누군가를 기다리다가

수궁 가까운 정동진역쯤, 또르르 또르르

기억을 더듬어 구르고 또 굴러가는

인천역

김월준

인천역은 경인선의 마지막 역이다
기차를 처음 본 당시 사람들은
기차를 쇠당나귀라고 불렀다
서울서 당나귀를 타고 12시간을 가야
인천에 닿을 수 있었는데
기차는 단 2시간 만에 갈 수 있었으니
그야말로 날쌘 쇠당나귀라 부를 만도 했다
경인선*이 처음 개통 되던 날
신기한 쇠당나귀를 보려고
사람들은 인천역에 까치 떼처럼 모여들었다
인천역은 그만큼 깊고 깊은 유서由緖을 품고
오늘에 이르고 있다

* 경인선 : 우리나라에 처음 생긴 철도. 1899년 9월18일 일본에 의해 개통 되었다.

김환기 화폭에서

김유신

전 세계적 대리석 생산지
따라나 하얗게 벗겨진 산자락
남이태리에서 남프랑스 잇는
알프스 해안기슭 터널과 다리 연결한
250여 개가 더 될듯싶은

덜커덩— 푸른 바다— 덜커덩— 흰 파도 거품—
덜커덩— 푸른 바다에
내려앉은 흰 구름— 언듯, 언듯

푸른 목장에 붉은 얼룩무늬 저지 젖소들
건모 논밭이 먼—시야가 모자란
남프랑스 대평원

삼례역

김윤

엄마 같던 언니가
삼례로 시집갔다
베게가 젖게 울었다
주말이면 완행 타고 언니네 집 갔다

역 뒤쪽으로 선로를 건너
풀밭 넘어 직방으로 뛰어가면
후상리 언니 신혼집
마당에 뛰어다니던 닭 잡아서 먹었다
신랑이 투망으로 물고기를 잡아오면
김치 넣고 지졌다
더운 여름 한내에서 물놀이하다가
기차 타고 돌아왔다
언니네는 고향 떠나 서울살이 왔다
신랑은 늙어 삼례로 먼저 돌아가고
언니는 올해 허리 수술했다

삼례역은 등불 속으로 사라졌다
아무도 그때 그 역은 찾을 수 없다

함양역

김윤숭

김혜연 노래 듣네
서울 대전 대구 부산 찍고
서울 전주 광주 목포도 찾아갔다지
모두 기차역의 도시네
경부선과 호남선 철도 없으면
저 노래도 안 나왔겠지
일제가 경남선 계획하였지
김천 거창 함양 진주로 가는
일제가 패망하니 함양의 철도복도 사라졌네
식민지 수탈총독부만도 못한
한국정부는 무얼 해주었나 철도는 안 해주네
대전 무주 함양 진주로 이어지는
대전통영선 오전의 안개처럼 무산되었네
고속철 생쌩 달려도 그림자도 안 비쳤지
백년이 지난 이제 달빛철도 누리려나
달구벌과 빛고을 횡단선 열리면
오지에도 철도복 받는다네
대전통영선이 깔려야 철도복이 오롯하지
십자로 교차중심역 함양역 그 역에 가고 싶다

지축역

김윤아

그렁, 그렁, 그렁,
驛舍에 들어서는 열차
북한산 가슴팍을 헤집고
두고 온 것 무엇인지
연신 맺히는 눈물 대신
푸욱
한숨을 내려놓고

그렁, 그렁, 그렁,
저녁노을 속으로 끌려간다

어둑해지는 驛舍 밑
계단을 내려선
컴컴한 사람들이
먹빛 밤이 되는
재개발구역 B 지구
말뚝에 묶인 흙먼지
풀풀 날리는 공사장 옆길을

마을버스 한 대
탈탈거리며 달려온다

철로에 핀 제비꽃

- 2017년 3월 24일 4호선 금정역 상행 6-1라인에서

김윤자

나는 네가 작아서 봄날이면
먼저 일어서 세월을 달리는 줄 알았다.
작아서 부끄러워
봄 언덕 끝자리에 사는 줄 알았다.
작은 얼굴, 작은 눈과 입으로
할 말을 다 못하고 사는 줄 알았다.
그런데 오늘 나는
철로에 핀 너를 보며
쇠보다 강한 너를 보았다.
쇠를 이기고, 화통을 이기고, 굉음을 이기고
사는 너를 보았다.
죽음의 땅인데, 평화로운 둥지를 틀고
죽고 싶은 자여, 나를 보라
좁은 영토라서 서러운 자여, 나를 보라
숨통이 막히는 자여, 나를 보라
외치는 너를 보았다.
수 없이 넘나드는 전철을 머리에 이고
하루에도 수십 번씩 죽음을 마주하면서도
보랏빛 웃음으로 하늘하늘 웃는 너를 보았다.

가을역

김윤하

폭주하던 여름이어서
네게로 가는 길은 느리다

떠남과 도착, 이쪽과 저쪽 사이
레일 끝이 보이지 않는다
침목의 간격을 밟으며
거리를 좁히지 못한 철길 곁에서
무더위를 견뎌낸
가지 끝 나뭇잎들이 천천히 물들고 있다

계절처럼 기차가 지나가고
햇가을을 실은 바람과 햇빛이
열차 유리창을 따라가며 일렁인다

어디로 가는 걸까
가을 냄새를 맡으러 한 무리 구름 떼가
자리를 옮기고 있다

해인사역

김은정

성취하소서!
내일의 내 마음에게 지금의 내 마음이
팔만대장경 실은 수다라장으로 움직입니다.

사바세계 남섬부주 동양 대한민국 가야산
법보종찰 해인사 국사단 정견모주 할머니
흙과 쑥잎의 귀에 대고 햇살 소리 길 엽니다.

나무아미타불 고려 관음보살 고려 지장보살
그 장엄한 비밀 불복장 연화장세계 해탈지견향
시대 마루 시대 행보 한국유사 세계유사 성지

언제 뵐까요? 해인사역에서
가장 높고 가장 존귀하게 먼 길 가는 수레 우주
나를 바로 보는 마중 나오세요.

옴 아모카 바이로차나 마하 무드라
마니 파드마 즈바라 프라바릍타야 훔!

소역

김이대

내가 바라는 내 모습이
지금 내 얼굴과 너무 달라서
마음속엔 언제나 바람이 불고 있다

가슴속에는 역이 하나 생기고
기차가 지나간다.

모두 가고 없는 빈 역에
혼자 남아서
먼 곳에서 오고 있는
나를 기다린다.

까만 밤이 올 때까지
앉아 있으면

달이 기차 고빼를 타고 들어와
나를 잠재우기도 한다.

첫사랑 역

김인구

바람결 따라 길을 내는 나뭇잎
후두둑 몰려다니다 한 잎,
휘리릭 팔랑거리다 연못에 와
가만 눕네

눈부신 새털구름 이불 끌어다 덮으며
가쁜 숨 한껏 내몰아 쉬며
반짝, 돌아눕네

잊었다,
잊었다고 다짐한 얼굴 하나
따라와 곁에 눕네

툭,
툭 헛웃음
물살 따라 떠다니는 오후
나뭇잎 한 생 반짝,
저물어 가네.

미로역의 향방

김인숙

도경역을 지나면서 이동가판대의 계란 세 알을 산 그녀,
젖은기침을 안개 같이 내뱉으며
낯선 손에 계란 봉지를 건네주고 말없이 자리를 떴다

그 차가운 기억이 불안으로 손끝을 타고 올랐다
밭은기침에도 흔들리던 가냘픈 어깨
흐린 간판 밑 스산한 미로역에
헝클어진 마음만 두고 왔다

가끔 표를 사 들고 시간 속의 그 자리로 되돌아가면
기호 같은 나뭇가지가 스치는 차창으로
계란껍질과 빵 봉지 몇 개가 흩어질 때
눈꺼풀이 감기는 열차 안에 내가 앉아있었다

기억의 서랍장에 접힌 짧게 스쳐 간 예감
그 미로역 간판 밑으로 흩어지고 조립되는 순간들,

미로역이 나를 끌고 간다
나 또한 미로역이었다

회귀역回歸驛 풍경

김인희

'기표의 영역은 모든 무의식의 형성물들의 구조이다'

전철은 떠나고, 발화된 기표, 욕망도 떠난다
철길 위엔 발화할 기표가 또다시 욕망의 형태로 남는다

전철은 떠나고, 한 여자 회기역 벤치에 앉아, 한 남자를 닮은 어린 사내아이와 장난을 치고 있네

까르르 가르르, 봄날 회기역 벤치, 장미보다 화사한 작은 봄꽃들, 송이송이 피어오르네

전철은 지나가고… 또 지나가고…회기역에 내린 한 남자, 가슴에 불빛보다 환한 장미 한 다발 안고,

사방을 어리둥절하게 살피고 있네, 그 여자가 기다리던 저 남자

전철에서 이제 마악 내린, 저 남자의 정원을 나는 본 일이 있네, 바람 부는 날이면, 갖가지 색깔의 꽃 이 파리, 화려하게 창가에 흩어지고, 저 남자의 꽃들은, 그늘까지도 초록의 향기를 지녔다네, 밤이면 진분홍 촛대에 불 밝히고, 꽃그늘 사이로 여자의 그림자를 좇던 남자

전철은 떠나고, 여자도 이미 가고 없네, 남자를 기다리던 여자는, 남자를 닮은 아이와 함께, 남자를 찾아 시간의 저쪽으로 떠나갔네,

전철은 떠나고, '내 여자는 장미보다 아름답지', 중얼거리며, 어리둥절하게 왔다 갔다 하는, 저 남자 눈앞에, 남아 있는, 비어 있는, 잔인한, 빛나는,

---

뚝섬역

김일순

마지막 이삿짐은 민들레 홀씨 같다

오래도록 묵은 짐과
질긴 인연 뒤로하고
뚝섬역 근처에 짐 풀었다

참, 구차한 짐 끌어안고 많이도 다녔다

이 집은, 반지하 월세도 아니고
전세도 아니고
오래도록 살 수 있는 내 집이다

집 근처에 횟집이 있어
좋아하는 회 한 접시 할 수 있고
집 근처에 한강이 있어
은비늘 물결로 마냥 출렁일 수 있으니
이 또한 가볍지 않은가

간이역

김정완

백세를 향한 새로운 십년의 시작
무량시공 세상을 꿈꾸며 한마음으로 이루어온 날들
내 마음 간절함이 꽃으로 붉게 타오른 순간
찰랑이는 파도소리 속삭이는 밤, 바람은 알고 있겠지

일제 식민지 땅에서의 여고시절
전쟁 끝에 찾아온 해방과 자유
내 스물의 6, 25
여름밤 군화발자국이 우리 땅끝까지 짓밟아온 전쟁
고3 때 전선으로 간 돌아오지 못한 영혼들 70년 지난 오늘
어느 하늘 맴돌까?

1960년, 새벽 달빛을 등에 지고 눈바람 별빛 눈짓에도 목마르고
명치끝이 아려오는 막다른 골목
기적소리 아득하게 내 삶이 잠시 머물던 어느 역
대나무 밤열차 칸칸이 빈 간이역

한 잎 이슬 촛불은 잦아들어도
별빛 푸른 폐허의 초가지붕에 자리 잡은 아기 박처럼
내 어린 다섯 자식 키워온
감미로운 설렘
찬란한 내 삶의 간이역이여!

간이역 별리

김정운

산골마을 길들은 읍네 기차역에 닿아있다
그 철길은 강이 있는 도회지
바다가 있는 도회지까지 닿아있다

강바람과 바다내음을 책가방에 한 움큼 담아
기차역 개찰구로 건너와 풀어놓던 너
기차가 잠깐 숨을 고르고 떠나갈 때
코스모스와 백일홍 맨드라미 봉선화 접시꽃이
번갈아 피는 플랫홈 바깥은
설렘과 반가움으로 술렁였다

먼동이 트면 기차역을 향해
미루나무가 그림이 된 신작로를 따라
자전거 페달을 밟으며 달리던 너

달리고 달려서 지금은
향나무가 아름다운 간이역 밤하늘
별이 되는 자리로 달려간 너

부처꽃(종착역)

김정윤

나의 하루는 능소화 피어 있는 붉은 담장처럼 멀고도 지루하다
드디어 발목이 푹푹 빠지는 이름 모를 갯벌에 당도했다
한나절만큼 깎여버린 절벽 앞에서 그냥 울고 싶어졌다
그대는 저 멀리 비껴가 있어 더욱더 내 곡비소리 들릴리 없고 챙강거리는 햇살에 적셔지는 아픈 그대여
갯비린내 물씬 풍기는 한여름 갯벌 위 허연 파도를 뒤집어 말리며 마지막 혼魂 고르기를 한다고 눈 흘기지 마시라
긴 항해 끝 고단한 몸을 뉘인 낡은 폐선 한 척
부처꽃으로 환생한다 한들 못 본 척 해 주시라
곧 물길의 방향성을 잃지 않으려 바람이 불면 노를 저어
부처꽃 그 너른 품속으로 뛰어들 것이므로
향내 진동하는 번질거리는 갯벌 속 고요를 밝히는 밀랍 초 한 자루
바다 한가운데 오롯한 모습의 보랏빛 부처꽃
옆으로만 옆으로만 걷는 민꽃게 그 속으로 들어가고
산 여뀌를 목에 건 하현달 갯벌을 헤쳐나오고
앞을 보니 두 손에 물 뚝 뚝 떨어지는 그대의 뒷모습
산모롱이 돌고 돌아 드디어 종착역이 보인다

간이역

김정조

산골 간이역 문경의 진남
한때 분주히 석탄을 나르던 기차
검은 삶의 무게를 지고
탄가루를 뒤집어 쓰며
박꽃처럼 하얗게 웃던 아버지
고단함을 잠시 접은채
초록빛에 기대어
세상 속으로 잠적하고
녹슬어 가는 철로, 무성한 잡초

레일 바이크를 돌리면
수동으로 움직이는 느릿한 시간
온갖 들꽃의 하늘거림
빨리빨리에 시달리던 강박도
잠시 넋을 놓고
더불어 호흡을 맞추는
느린 자전거로 느리게 가는 숲속 길
잠시 정차한 간이역에서
느리게느리게 아주 느리게

방아다리 역驛

김정환

가실 햇살에
익어가는 들녘
방아다리 개울가

둥근 박 넝쿨로 보름달
매어놓은 후 대나무발 쳐놓고
참게 잡던 어린 시절

막차 타고 오는 누나
기적 소리 들으며
마중 가던 코스모스 길

지금도 방아다리 역驛
개울가엔
참게가 살고 있을까?

뻬쩨르부르그 가는 길

김종해

모스크바에서 뻬쩨르부르그로 가는 밤열차를 타면 차창에 눈발처럼 달라붙는 흰 자작나무숲을 볼 수 있다. 사회주의의 불빛마저 숨어버린 이 평원을 달리며, 까닭없이 아랫도리를 희끗희끗 드러내는 자작나무숲을 보면, 쏘냐, 느닷없이 차창에 네 얼굴이 겹쳐지고, 나는 오늘밤 러시아의 어둠과 눈발 속에 잠을 설친다. 궁핍한 시대의 목마름과 좌절을 자기 것으로 가졌던 라스꼴리니 꼬프도 그랬을까. 눈 오는 언 하늘을 채찍으로 가르며 뻬쩨르부르그로 가는 길, 치마를 벗어버린 내 누이들이 등뒤에서 붙들매, 아, 나는 한 치 앞으로도 나아가지 못한다.

추억으로 가는 간이역

김주혜

아무도 오지 않는 베란다 창가에 서서
뼈마디가 앓는 소리를 듣는다
기다림과 함께 밀려오는 침묵이 더 힘들다
생의 무게를 잃어버린 간이역에 가서
차갑게 녹슨 레일에 뺨을 대고
침묵이 들려주는 발자국 소리가 듣고 싶다
침묵이 받치고 있는 누군가의 울음을 위로하고 싶다
곡선을 그리며 느릿느릿 들어서서
바람이 먼저 나를 와락 껴안는 곳
기차가 내쉬는 들숨 날숨을 들이마시며
간이역에 혼자 두고 온 빈의자에 앉아
한때 뜨거웠던 시절을 추억하고 싶다
바삐 살다 비로소 돌아보니
식구들이 다 가져가버린 빈터,
속도마저 밀려난 간이역이 된 내 자리
가끔 까마귀가 말을 걸어오고
추억 속에 기차가 절규하며 오가는 창가에
낡은 햇살이 잠겨 들어갈 때면
내 눈이 먼저 물든다.

바람은 길을 묻지 않는다.

- 봉화역에서

김준식

포장된 채 그대로 있는
29세와 30세 사이의 바람을 앞세우고
그는 떠났다

기다림이 무슨 소용이 있으랴
봉화에선 슬픔이 절망 보다는
나은 것이었다

지금까지의 모든 익숙한
침묵과 더불어 숨어 지내는
바람이 되었다

어떤 경우에도
바람은 길을 묻지 않는다

그래 잘 왔어

– 강경역

김지헌

학교 갔다 돌아오면
어서오니라
할머니 버선발로 덥석 안아주던,

그 품 벗어나 대문을 나서고 기차를 탔다
붉은 노을이 배웅해 주던 밤기차
다가올 미래는 당연히 순방향일 것이라 믿었다

24시간 편의점 같은 창을 달고
온갖 세상이야기 들어주며
생의 쓴맛 단맛 알게 해준 완행열차
때로는 역방향을 향해 달려가던 나를 주저앉히며
그래 잘 왔어
불콰해진 얼굴로 덥석 품어주던 노을 역
적산 가옥 사이
진한 사투리로 누군가 어깨를 툭 치며
그래 잘 왔어

지하철 환승역

김진명

출근시간 지하철
자리에 앉는 건 하늘의 별 따기
“이번 역은 동대문역사문화공원입니다”
잠자던 앞자리 아가씨 후다닥 내린다
아침부터 행운과 편안함이 밀려온다
갑자기 물려받은 이 자리에는
그녀의 따뜻한 체온까지 물려받았다

눈을 감고 생각하니
살대며 살아온 가족도 아닌데
남을 위해서도 체온을 나누는구나
눈을 뜨고 앞을 보니
엄마 손을 잡은 꼬맹이 하나 서 있다
벌떡 일어나 아이에게 자리를 내어준다
따스한 체온도 함께.

논산역論山驛

– 마음에 고향역을 품은 사람은 누구나 시인이다

김진성

파도를 맞으러
바다에 가듯

기찻바람을 맞으러
역驛에 가곤 했다.

집에서 책을 보다가
지루해지거나

떠나간 여자의 펄럭이는
치맛자락이 그리워질 때면……

논산역論山驛은 내게
그리움의 이목구비

세월이 지나 찾아도
지워지지 않는

부끄러운 실루엣의
비너스의 흔적.

오빈역에 간다

김찬옥

가을 끝자락에 그냥 딸려갈 수 없어
약속도 없이 오빈역에 간다
팔당을 지나 운길산을 지나 양평 어스름
친구와 애인 사이의 거리, 아름다운 정거장이 될까
차창에 비친 풍경이 안으로 밀려들 때마다
핑크빛 입술을 아기처럼 오물거리게도 하는 오~빈
전철은 떠나고, 빈 역사가 스산해질 즈음
오동꽃 진자리에서 빠져나온 보랏빛 바람 한 줄기
씨방 속에 눌려 지내다 먼 기다림의 힘으로
당겨졌을 바람, 잡아볼까 말까
간지럼을 느껴보고 싶은 손끝
숲길에 쌓인 낙엽층을 한번 가뿐하게 들추어 볼까
바닥 아래 감추어진 뜻밖의 세상이 열리면
앞서간 꽃잎처럼 초록빛 슈즈로 나폴 거닐어도 볼까
벚길을 따라 충주까지 하염없이 흐르고 싶은 날
물가에 늘어선 갈대들의 젖은 발목도 말릴 수 있을까
단 하루만이라도 좋아
너와 내가 웃는 신발로 갈아 신을 수 있다면
낮게 깔린 회색빛구름을 훠이훠이 걷어내며
강물이 하늘에 이르도록 웃는 소리로 떠돌게 할까
오~ 오~ 오~ ~ ~
휘파람 소리가 새어 나와 갈대숲을 흔들 것 같은 오빈,

폭풍의 역에서

- 호모 노마드(homo nomad)

김추인

히스크리프의 돌집이 까마득히 보이는
여기는 폭풍의 역일 것이다
휘어진 등짝으로 뜨겁게 내달렸던 8월의 열차도
9월가고 10월가면
첫눈 닿고 눈보라 몰아칠 바람의 땅
여기, 폭풍의 언덕에서 멈추리

덤불이 폭설을 덮어쓰고
산정을 향해 기고 있을 뿐인 여기는
너덜겅 같은 무어moor*땅 200마일

까르륵 웃음만의 울음만의 세상에 브론테가 세상 하나를 더 던져주던 것을 기억한다 슬픈 사랑만이 사랑이었고 내 사랑도 그리 창백해야 한다 믿었던 초경 즈음도 아득히 지나 생가生家에 입성하자 저기 목 계단 위, 레이스 모자에 허리 잘룩한 여인의 환영幻影에 "아- 브론테" 소리칠 뻔 했던 내 꿈의 노정

순결한 두 연인이 눈보라 속으로 스러져 갔을
여기는 눈 폭풍의 역일 것이다

* 작가, 브론테의 유적이 있는 영국 '하워즈'의 황무지

화본역

김택희

저수한 시간 끌어올린다

물길 닿을 때의 심장박동 아직도 생생한데
바람 안은
급수탑은 목마르다

그림자 너머
멀어진 증기기관차의 기적 들리는지
먼 곳을 보며

꽃 한철 잠깐이라고
온몸으로 긴 편지를 쓴다

간이역

김태호

손 흔들지 마셔요
그냥 가세요
사라지는 뒷모습이나
볼 수 있게요

철 따라 꽃 한 송이 피워 놓고
빛바랜 이름 석 자 나부끼어도
돌아보지 마셔요
지나치셔요

외딴 녘 달이 밝아도
찬바람 숭숭 가슴 뚫려도
기적 소리나 마시리라요
검은 연기나 쏘이리라요

눈 날리는 철길 가
외로운 성채
차마 고개조차 못 흔드는
간이역 하나 떨고 섰다

가봐야 역

김한순

나 좀 역으로 데려다줘. 안 돼요. 그러지 말고 딱 한 번만. 손가락을 내 얼굴에 갖다 대고는 한 번만 데려가 달라고 조른다. 매달린다. 날 잡고 운다. 내일 가요. 내일. 어머니가 바닥에 드러눕고 발버둥 친다. 그래요, 가요. 갑시다. 진짜 가는 거다. 네, 어서 가요. 어머니가 양말을 벗어버린다. 바지를 벗어 버린다. 겉옷을 벗어버리고 목도리도 풀어 버린다. 그러면서 빨리 안 가, 소리 지른다. 지금 가요. 지금. 어머니 기분이 좋아진다. 날씨가 날카롭다. 옷을 두껍게 입고 나가자고 어머니에게 옷을 입혔다. 시간을 본다. 시간은 그 자리에서 움직이지 않는다. "시간이여, 어서 가시오" 시간은 안 가고 단단하다. 응고되어 있다. 어머니가 문밖으로 나간다. 나는 어머니 팔을 집안으로 잡아당기며 "옷 입어요. 옷." 어머니는 힘이 세다. 만류도 안 되고 애원해도 안 된다. 내 손목 인대가 늘어나도 안 된다. 나는 어머니 힘에 끌려서 밖으로 나간다. 어머니가 반대 방향으로 간다. "우리 아버지가 기다린단 말이야. 빨리 가자." "어머니, 거기 가도 아무도 없어요. 가 봐도 아무것도 없잖아요. 가봐야 역이에요. 역." "그러지 마, 아버지가 날 기다려." 어머니는 내 아픈 팔에 매달리고 흔들리는 몸으로 이리로 저리로 돌아다닌다.

간이역에서

김현기

가을 꽃물 번지는
창가에 기대서서
숨어 흐르는 강을 바라본다

호젓한 산마을 철길 위를 달리며
긴 휘파람 뿜는 여운은
뜨거운 열정의
마지막 용트림인가
뒤챈 꿈 한 자락 손에 잡은
기다림에 지친 그리움인가

간이역 철로 변 갈대꽃은
여윈 가지 끝에 매달려
사로잠*을 자고 있다.

* 사로잠 : 마음을 놓지 못하고 조마조마하게 자는 잠

1985년 역사驛舍, 코르프섬*

김현숙

누가 나에게 한 일이 뭐냐 묻는다면
"잣나무 숲의 섬, 부겐빌리아 꽃너울 속에
이오니아 물빛으로 성례聖禮 받은 적 있노라"
신탁神託의 옛 마을에 찾아들어
마리아, 까레, 질베르 같은 시인을 만나
시와 미소와 눈빛으로 말귀 열고
세계끼리 어깨를 맞대는 동안
청옥靑玉 바다를 끼고 모래밭에 누워
죄 벗은 벌거숭이들 햇살에 파묻히고 있었다

해와 같이 떠오르고, 지는 해에 잠기면서
바닷속에 무릎 꿇은 수도원
새어 나오는 기도 소리가 파도를 차고
하오의 햇빛 속으로 나는 걸 보았다
땅의 저편에서 흙을 뒤집고 못질을 하고
둘러쳐 부수어대는 사람들 손을 두려워하며
우리가 가져온 귀와 입을 꼬옥 닫았다
누가 나에게 할 일 있느냐 묻는다면
"코르프 언덕 불어치는 바람에
막판 숨결 씻어 보내리라" 답하리다

---

* 그리스 8차 세계시인대회장(조병화, 황금찬, 김영태, 성춘복) 시인 참가

하얀 종착역

김현신

너에게 도착하면 타인이 되는

아무도 모르는 풍경인 듯
네가 강물, 내가 나뭇잎이었을 때

파란 머플러는
풍경을 지나
무심을 지나
비가 되고 지평선이 되고
기차는 벌판에 도착하였고
그때, 바깥은 가을이었고
유령은 허공을 열었다
종착역의 가슴을 열었다

무심은 기차를 싣고
계절은 무심을 싣고

하얀 종착역엔, 너와 나, 그리고
그림자가 빗금처럼, 서 있었다

역驛

김현자

기쁨과 슬픔 아쉬움을 싣고
떠나는 마지막 열차

달빛마저도 아쉬워
잔잔한 여운 남기며 멀어지는데

모두가 떠난 텅 빈 역사
작은 별 하나 둘 내려앉는다.

은하수 보금자리
오가는 길손 앉혀놓고
긴 겨울밤 소곤거리는
천상의 아이들

세상에서 가장 행복하고 아름다운
꿈을 쫓는 나그네의 노숙

그 마음들이 하나 되어
밤하늘에 꿈의 궁전을 짓는다.

어느 봄밤의 간이역簡易驛

김현지

어머니, 아직 내릴 때가 아니에요.
조금만 더 가면 아침이 오고
천천히 저 오르막만 넘어가면 햇살이 비칠 거예요

아니다, 아니다, 나는 여기서 내려야 해
저기 노란 나비들이 어서 오라고 손짓 하네

… 안돼요, 안돼요, 아직 깜깜 밤인데
무슨 나비 떼가 보인다고 하셔요.

해마다 봄이 와서 앞 내川가 풀리면
어머니 서둘러 하차하신 산기슭 간이역엔
노오란 개나리꽃 지천으로 피어
아롱아롱 그 날의 내 눈물길 뒤덮고 있다

산모롱이 너머로 휘어진 긴 철로 변 사이로
하늘하늘 날갯짓하는 샛노란 나비 떼들,

원동역*

김형술

낙동강 복사꽃행렬 열차를 따라
서울로 북쪽으로 줄지어 달려갈 때
꽃붕어 버들붕어 각시붕어 참붕어
원동천 좁은 지류 수초 속으로 숨는다

봄낮은 짧고 산란기는 길다

노곤한 노동을 가로지르는 실개천
여린 수초 가지마다 안간힘으로 슬어놓은
숨어흘린 눈물방울 같은 알들, 목숨들

꽃으로 달려갔다 잎으로 돌아오는 바람이 품어안는

터널 하나만 지나오면 도시의 끝
강의 초입

버들개 버들치 연준모치 기름종개
어린 물고기 비늘처럼 반짝이는
강가의 작은 점 하나

---

* 원동역: 경부선에 있는 기차역으로 삼랑진역과 물금역 사이에 있다.

서울역에서

김후란

기다리는 설레임
떠나보내는 아쉬움
먼 여정의 교차로에서
우리의 만남은 불꽃이었다

환상의 메시지가
높이 높이 날아오른다
그러나 밀려가는 인파 속에
흔들리는 영상은 어지러웠다

인생은 가파른 언덕길
만남과 헤어짐은
한 폭의 그림이기에
시간을 다투는 철로 위에서
인생을 배우고 절망을 배운다

꽃잎은 어디로 날아 갔을까

나고음

꽃비에 젖은 봄날
왈칵 달려와 안기는 노란 꽃이 불러온 그 날
향긋한 그리움에 빠졌던
후레지어 향 같던 그 봄
다시 갈 수 없는 간이역에 걸어 둔
꽃잎 하나

그 꽃잎 어디로 날아 갔을까
지금쯤 어디서 향기롭게 피어 있을까
간이역에 걸어 둔 그 꽃잎

간이역, 남평

나금숙

정조준한 청춘, 그 뜨거운 탄환이
한 눈금 빗나간 하오의 길,
소실점 흰 옷의 네가
흐린 이정표를 짚고 있다
역 앞 공터에는 이지러진 윤곽들이
마름모로 큐빅으로 굴러다닌다
우리가 던진 직언들이 흰 제트구름을 거느리고
이목구비를 갖춰 날아오는 여기,
가슴에 원형 구멍이 뚫린 청동사람 하나가
손을 내밀고 있어
구멍에 대한 후회가 구멍 속을 드나드는 시간,
유기묘는 언제 어디서부터 따라온 걸까?
긴 행려를 물 위에 비춰보는 얼굴

꿈에 겨운 숲도 물풀들도
참 쉽죠 레테의 도강 인사를 기다리다가
축축한 그림자를 꺼내 볕에 바랜다
철교 아래 푸른 물 위로 구름이 꽃잎처럼 떨어지고 있어
물이 뚝뚝 떨어지는 네 얼굴을 건지고 싶어
역을 곁에 두고 강은 해마다 바닥이 높아지네
홍수가 몇 해 건너 있어 다행이야

환승역에서는 담담하다

나숙자

머물지 않는다
고단도 내려놓는다
그리고 떠난다
갈림길에서는
지그시 눈을 감는다
회오리처럼 몰려오는 바람
사랑도 싣고 간다
흔들리는 영혼도

환승역에서는
그저 담담하다

서천 역사

나태주

거기 가면 해진 바지 차림
입을 외투도 없이
시린 손 호주머니에 찌른 채
쉽게는 오지 않는 서울행 완행열차
기다리고 또 기다리던 열아홉 살
나를 찾을 수 있을까?

거기 가면 인천시 도화동
사랑하는 제물포 처녀를 찾아갔다가
문간에서 쫓겨나 훌쩍이며 흐느끼며
고향 집 찾아오던
어리석고도 어리석었던 스무 살 중반의
나를 만날 수 있을까?

만나게 되면 어깨라도 한번 툭 쳐주며
씨익 한번 웃어주어야지
이봐 젊은이 뭐가 그리 심각한가
인생이란 무작정 그냥 살아보는 거야

지금은 사라지고 없지만
옛날의 서천역, 서천 역사驛舍,
또 하나의 나.

어머니의 종착역

노수빈

103세 아기천사의 어머니가
삼베옷 여미고 땅속 깊이 누워계신다

천수天壽*를 다하고
고요와 정적으로 이승과 저승의 강을 건너
삼베옷에 흙베개 베고 땅속 깊이 주무신다

철길을 따라가
철길만 따라와
인생 한길만 달려와
지나온 이역만리異域萬里 간이역엔
내 눈물 고였어라
삼베옷에 이별눈물 적셔 있더라

하늘과 땅의 경계는 어디까지 한계인가
이승과 저승의 깊이는 얼마나 되나
어머니의 종착역은 얼마나 먼가.

---

* 천수(天壽): 하나님이 만들고 지어주신 천부적인 생명, 혹은 수명을 일컬음

폐역

노현수

다시는
오지 않는 기차
오지 않는 사람들

소리마저 떠난 플랫폼엔
억센 말처럼 잡풀들이 웃자라
허리를 꺾고 있다

가지마다 조밀하게 꽃 피우는 웃음들
추억이 쏟아진다
헤어진 나를 다시 만난다

다그쳐 묻지 않아도
누군가는 지구를 떠메고 여행을 하고
누군가는 쓰디쓴 저녁밥을 먹을 게다

바람이 흔들리고
끊긴 발길들 영영 돌아오지 않고

유적처럼 묻히는 저 허공의 기적소리

삶의 간이역

노현숙

가문 하늘에 샘물을 파고있다

늦가을 볼우물로 움푹 파여있는 간이역
운명의 깃털로
생의 털실을 거룩하게 감고있다

네 생生에 설렘으로 불어와 속삭인다
산다는 것은 늘 떠나는 것이라고

시간의 햇볕으로
시간의 그늘을 말리는 가슴

가슴 가득 바시락 거리던 날들이
묵은 햇빛에 바래어
절름발이 걸음으로 서성이는데

젖은 이마의 능선 위로
갈꽃 바람만 불고 있다

스물한 살의 사랑역

노혜봉

오지인 지리산 거창으로 그는 떠난다 했다
명문대학을 나왔어도 마땅한 일자리가 없었던 시절
겨우 남자 고교 영어 교사로 선택된,
늦여름도 지쳐서 진초록 잎들이 후줄근했다
서울역, 초가을 밤 막차로 그를 보내려니
땀이 밴 손을 놓기가 가벼워서 텅 빈 허전함
플랫폼 표를 끊고 개찰구 안으로 따라 들어갔다
빈 객차가 하행선 건너편 어둠 속에서 외로웠다

감색 벨벳 커버를 씌운 의자가 나란 나란했던
등을 기대고 본 유리창에 얼비친 스산했던 얼굴
— 편지를 쓸게 매일, 퇴근 후 도원*엔 들르지 말고
내 손금 길을 따라가다가 휘파람을 불었다

…가지에 희망의 말 새기어 놓고서…찾아온
(심줄이 툭 불거진 손등, 주머니에 지니고 싶다던 손)
여울 물소리 같은, 찰나를 선뜻 훔친 영원한 손사래
안개처럼 피어올랐던 청춘, 기적 소리의 여운은,
사랑이라는 막막한 역 허공의 밤별만 희부윰했다

---

* 桃園찻집 : 클래식 음악을 전문으로 들려주던 찻집

나폴리

동시영

꿈속으로 흐르는 쉼표

신의 숨소리가 가깝게 들려온다

여기서 슬픔까진 너무나 멀다

한 방울의 만남을 떨구고
어느 낯선 곳
나폴리를 사랑한다

또 한 번의 밤을 짜는 직녀
저녁이 오고 있다

파도가 파도 속에서 길을 찾고 있다

궤도
- 3호선 황금역

류인서

시운전 중인 전동차 유리에 비친 오후가 외계행성 표면처럼 꺼칠하다
은퇴기의 햇덩이가 빈 의자에 있었다
유곽의 뒷문처럼 짧게, 짧게, 공중 해안을 여닫는 자동문

모래가 주식인 이곳 사람들도 위장보다 두꺼운 모래주머니를 품고 있다
주머니 속에서 모래와 함께 삭아 걸쭉해진 햇빛이 아이들의 밥,
모래보다 소화하기 힘든 것이 구름이라는 말도 있다

슬러지 빛깔의 구름을 삼킨 광장비둘기가
콘크리트 숲을 느린 걸음으로 돌고 있다

'익숙한 것들과 결별하세요-스마일대구' 광고탑 아래서
어떤 비둘기는 백 년 전에 이 지상을 아주 떠났다는 여행비둘기*를 기다린다

* 20세기 초에 멸종했다는 야생 비둘기 이름

혁명이후

류정희

아무 일도 없는데 꽃이 지고 있다
그리고는 바람이 세차게 불었다
점점 가까이 바람에도 뼈가 자라고 있었다
걸어둔 문이 소리치며 넘어지고
몸은 뿌리부터 단단했다
아무 일도 없는데 꽃이 지고
흔들리지 않으려고 바위들을 땅에 묻고
하얗게 고인 햇빛에 못질하는 소리 들린다
나는 이 빠진 도끼처럼 만나고 헤어지는
텅 빈 광장에서
없는 소리가 고막을 찢어 놓고
아무 일도 없는데 귀에서 피가 흘러내렸다
꽃들이 포성에 말라가고 있었다
아무 일도 없는데

역

류종민

간이역이야 가볍게 내리고 타지만
종착역은 내리고 타지 못해

인생의 간이역은 쉬어 가지만
인생의 종착역은 돌아오지 못해

볼일 많은 사람
부지런히 타고 내려
간이역 문지방은 쉬 닳지만
아— 종착역 문지방은
왜 이리도 높은지

남춘천역에서 석사동으로

목필균

스무 살 주소가 남아있는 남춘천역에서
공지천 둑길로 가면 석사동으로 들어선다

가난으로 얼룩진 72학번 시절
춘천을 오가며 교사의 길을 닦던 우리들은
7년 선배 외수아저씨*와 추억 놀이를 한다

그 시절 우리들은
첫사랑도, 빈 주머니의 애잔함도 떠나보내며
스무 살 언저리를 흑백사진으로 남겨놓았지만
평생 사도의 길을 걷게 했던 고마운 시간이었다

돌아보니 인생길 마디마디에 서 있던 환승역
선택의 기로에서 갈등의 고난도 겪어내며
어디서 멈출지 모를 세월의 수레바퀴를 따라간다

모르면서 다 아는 것처럼, 다 알면서 모르는 것처럼

---

* 외수아저씨 : 소설가 이외수님을 후배들은 그렇게 불렀다

대천역의 오후

문상재

어디론가 떠나는 사람들과
돌아오는 사람들로 북적이는 대천역
인생의 축소판처럼
가고 또 오는 반복의 땅
저마다의 보따리는 각양각색이다

가까이 있어도 잡을 수 없는
평행의 철로를 보며
내 젊은 날의 방황을 떠 올린다

어느새 계절은 소리 없이 바뀌어
길섶의 코스모스를 피워 내고
하늘을 품은 서해는
황금 비늘로 반짝인다

만남과 이별의 종착역을 향하여 달리는
장항선 열차
덜컹이는 뼈대를 추스르며
오늘도 어둠 내리는 가을 속으로
뱀의 꼬리처럼 묻혀가고 있었네

백 년 동안의 역

문설

별 하나가 눈을 감았다 뜨는 동안
나에게 검은 역 하나가 생겨났습니다

길을 잃어버린 아이는 한 방향으로만 걸어갑니다
길은 아이에게 아무것도 알려주지 않고 안개를 풀어놓습니다

초록이 서툰, 백 년 들판을 바라보고 있는
소리소문없는 내가 보입니다

막소금 냄새를 품고 돌아오는 먼 길
동백꽃이 땅으로 몸을 던지고 내일이 붉게 연장됩니다

오늘보다 별빛 아름다운 역은 너무 멀리 있습니다
한 방향으로 걷던 아이가 빠르게 달려오는 소리가 보입니다

줄무늬를 입은 뭇별의 하늘에 길 잃은 역이 태어납니다

풍경

– 동대구역에서

문수영

오는 사람과 가는 사람이 물밀 거래하는 곳

전을 펼치고 물건을 파는 사람은 없어도 영판 칠성 시장이다 녹슨 시간의 마찰음을 흘리면서 토해진 사람들은 다른 이의 낯선 표정 속에서 무엇인가 찾으려고 두리번거린다 대형 스크린 앞에서 닮은꼴을 보면서 울고 웃으며 무엇을 얻고 무엇을 잃는지 기차는 지치지 않고 사람들을 게워내고

재빨리 뒷모습 감춘 뒤 바람소리 가득 찬…

명봉역*

문정희

아직도 은소금 하얀 햇살 속에 서 있겠지
서울 가는 상행선 기차 앞에
차창을 두드릴 듯
나의 아버지
저녁 노을 목에 감고
벚나무들 슬픔처럼 흰 꽃 터뜨리겠지

지상의 기차는 지금 막 떠나려 하겠지

아버지와 나 마지막 헤어진 간이역
눈앞에 빙판길
미리 알고
봉황새 울어 주던 그날
거기 그대로 내 어린 날
눈 시리게 서 있겠지

---

* 한자로 울 명(鳴) 새 봉(鳳)즉, 새가 운다는 뜻을 가진 광주와 순천 사이에 있는 간이역.

저물역驛에서 곰곰

문창갑

가을 저물역驛 플랫폼에 서서
또 하염없는 마음이 됩니다.

얼마나 좋을까요
먼 데서 그렁그렁 달려온 기차 하나 정말 있다면….

저물역驛 역사 벽에 꾹꾹 눌러 씁니다.
한 사람의 이름을.

잊히지 않았으니 당신은
지금도 여기, 지상의 사람입니다.

월정리역에서

문창길

작은 역마당 햇볕이 차갑다
차가운 햇살만큼 등줄기가 시려오는 것은
철책선을 넘어온 북녘바람 탓일까
아니면 전쟁통에 부서진 증기 기관차에서 흘러나온 냉혈 때문일까
무겁게 쌓인 녹슨 먼지를 털고 삐걱거리는 대합실 문을 밀친다
문이 열리자 기다렸다는 듯 뭉클한 바람이 가슴을 파고든다
아 어쩌란 말인가
반세기 침묵으로 지켜온 냉전의 역사를
초라한 남조선 시인의 가슴으로 어떻게 풀라는 것인가
켜켜이 녹층으로 굳은 철길을 따라 원산행 쪽으로 발길을 옮긴다
두 갈래의 철길이 희망하는 것은 무엇일까를 생각한다
인민해방 아니면 남북통일 또는 개혁개방이나 신자유주의…
한차례의 바람이 더욱 시리게 뒷덜미를 치고 지나간다
'철마는 달리고 싶다'고 써 붙인 표지판에서 걸음을 멈춘다
뜨거운 무엇인가가 목젖을 울린다
끝내 달릴 수 없는 길목
선연한 망초꽃 몇 송이가 초라한 이 남조선 시인을 향해
분연한 꽃눈을 치켜뜬다

구름 노숙

- 추전역

문현미

만약 새가 되어 날 수 있다면

눈과 귀를 씻고 새털구름의 친구가 되어
길고 긴 청강淸江에서 시나브로 흐르고 싶어

높푸른 하늘에 가장 가까운 곳
눈꽃열차를 타고 흩날리며 갈 수 있는 곳

멀리 산 첩첩 능선 너머 불어오는
서리꽃 바람을 온몸으로 맞는다

쉬엄쉬엄 오랜 누추를 활짝 말릴 수 있는
가끔 노루가 쪽잠을 자고 빗방울들이 스치듯 머무는

햇살과 별빛과 바람이 단골 손님인 곳
내 안의 수많은 나, 눈부시게 소멸 되는 곳

마음 한 자락 두둥실, 하루가 천 년인 듯
온갖 시름 사라지는 구름 여관에서

드문드문 길고양이가 기웃거릴 뿐

한참만에 사람을 본 듯

비쩍 마른 개 한 마리가 개집 위로 훌쩍 뛰어 올라
반갑다고 꼬리를 연신 흔들어 댄다

해와 구름이 하루종일 놀다 가고
때때로 찬비가 내리고 거센 바람만이 몰아치는 곳

아무리 둘러 보아도
세상에서 그리도 쏟아내었던 말들이
머물 곳이 하나도 없다

한껏 손을 뻗치면 구름에 닿을 것 같은
즐거운 착각만 무성하게 피어오른다

푸른 하늘에 가장 가까운 역에서
말보따리를 모두 내려 놓고
바람이 들려주는 새 말에 귀를 쫑긋 세운다

답십리

문혜연

당신 없어진 그곳
막 지하철 지나갔습니다
텅 빈 땅
툭툭 두드려봅니다
당신 얼마나 늙었어요?

대답 없는 질문 되돌아옵니다
걷다 보면 오래된 그림들
위로 쏟아지는 빛

모레도 답십리
아이들 잃어버린 술래처럼

부르지도 못하고
걷고 왔습니다
가만히 앓니만 쓸어보면서

남원역

문효치

가을 날 남원역 대합실
춘향의 연심은
이미 한양 가는 열차표를 끊었는데

뒤늦게 완월정에서 달려온 달빛
펄럭이는 치맛자락에 매달리네

철길 위 스치는 바람은
벌써 차가운데
춘향이 마음은 뜨겁기만 하네

이별은 생애의 아픔일 뿐인데
소식 끊긴 님은 무얼 하시나

그 뒷모습에 서려 있는 그리움
세월의 문신으로 새기고 있네

종착역

민영희

재방송이 없는 무대, 옷 한 벌 걸친 무전여행.
바람 길을 육체에 의지해 페달을 밟고 있는 '나'
여행에서 7번의 이별, 그 간이역엔 기도로 충만했다.

엄마! 가본 곳을 기억하세요
어떻게 가지? 생명으로 가세요.
엷은 미소 위로 내 눈물이 진다.
실금 같은 태양이 수평선을 넘는 생명,
그 이름은 엄마였구나.
후— 마지막 숨 뱉으니, 공空의 장막.
방송 랜선 꺼지듯 딸깍, 먹먹한 공허 뿐.
종착역에 닿았을까

흐린 가을 하늘에 짧게 이별을 고한다
고뇌 실패 행복 사랑이 이곳으로 인도하여
세월이 쓰다버린 싸늘한 엄마의 옷 한 벌,
덩그런 종착역

지금 개찰구에서 나 홀로 차례를 기다린다.

30분쯤 지나

박만진

서울역에서
장항선 열차를 타고
천안역을 지나면서부터
마음은 벌써
집에 가 있었다
홍성역에서
서둘러 내려
개찰구로부터 100미터쯤 거리에
직행버스 한 대와
완행버스 한 대가
막차로 기다리고 있어
100미터 달리기 선수처럼
뛰어야만 했다
가까스로 직행버스를 타고
서산 정류장에 도착하여
빠른 걸음으로 집에 이르면
30분쯤 지나
밤 12시 통금
사이렌이 울었다

별어곡別於谷

박무웅

정선선 완행열차를 타고 험준한 산과 굽이진 강을 따라가다 보면
도토리 깍지를 닮은 조그만 간이역이 있다.
세상의 첩첩산중들 다 사라진 줄 알았는데

두꺼운 책갈피 넘기다 만난 흑백의 삽화揷畵같은 별어곡
오래전 나는 그곳에서 미처 이별할 장소를 찾지 못해
미루어 두었던 미련과 집착들을 버렸다.

이별하기 힘든 것들과 이별하는 골짜기
날마다 커다란 가방을 들고 찾아와 오래전 날짜가 찍힌
기차표를 들고 멍하니 서 있는 치매에 든 할머니가 있고
한때 검은 흥망이 회색빛 구름으로 지나가는 곳

지금은 기차가 서지 않는 역
번성했던 시절 수많은 사람들이 만남과 이별을 했을 깊은 굴곡
떠나지 못하는 사람들이 아직도 살고 있다.

별어곡역 광장 억새이야기조형물이
세월의 무게와 이별의 아픔을 이야기하고 있다

기차 여행

박문희

어둠에 익숙해진 깔딱고개
그대 창에 기대어 생각 없이 흐르는 일만
훌쩍 잡아타고 그냥 가는 일만
손 흔드는 소녀의 일만
마음 다해서 하고 싶었습니다

가난한 온기 덜어 낡은 도시락에 담아
침목 위에 침묵으로 내달리며
매일 내뱉는 이별도
공갈빵 한 입 베어 문 그 사연도
칭얼 칭얼거리는 모든 것
차창으로 보이는 먼 먼 곳으로
날리고 싶었습니다

얼비쳐 드는 그믐달 아래도
그대 안에서는
녹슨 마음길
메밀꽃 필 무렵입니다

내 신열의 종착역
내 묵은 것들의 환기
가벼워지는 적적함
그대 안의 일입니다.

동인천역, 1974

박미산

닥터 지바고, 졸업, 러브스토리, 키네마극장에서 함께 본 그들은 의사, 약사, 혁명가, 시인, 소설가로 다가가는 장미였고 화수조합에서 숫자놀음을 하는 난 찢어진 아카시아였다

아카시아도 장미도 디제이에게 쪽지를 건네주던 별다방, 카펜터스의 Close to you를 따라 부르며 별빛 같은 푸른 눈을 가진, 머물고 싶은 그 사람을 기다렸다

한 달 치 월급을 한꺼번에 마셔버린 로젠켈러 우린 비틀스의 Let it be를 목이 터져라 불렀다 호연지기를 키우던 동인천역 주변은 우리의 우주였다

오전 일곱 시 풍경은 건방지고 아름다웠다 미니스커트를 입고 학교로 가는 그들, 장발을 휘날리며 가는 그들, 난 한 편의 시와 어울리지 않는 주판알을 품고 그들을 부러운 눈으로 바라봤다

빈혈 앓는 노란 개나리 통통 튀는 열정 장미를 껴안은 답동성당 종소리는 한밤중에도 불빛이 꺼지지 않는 미풍 미원 간판도 쓰다듬어주었다

칠십 년대 통금이 있던 동인천역, 내일의 향기를 모르는 아카시아였지만 만개의 은밀한 몽상을 키운 나의 화양연화, 그곳

이별역

박병두

저물어 가는 이 가을에 슬픈 날은 슬픈 대로
기쁜 날은 기쁜 대로, 빈 뜰에 씨앗처럼 남겨둔 이별역
어제는 이별하려고 마음 두었지
오늘은 사랑하려고 마음 두었지
전신을 의탁할 명분을 운명처럼 받아들인 날
지우려 했던 망상은 해가 저문 노을에 갇혀 가슴앓이 되었네

노동의 새벽으로 잠이 깬 아침, 슬픈 것들아
기쁨이 달려들거든 내 가슴을 밀어다오
다시 만나 해후하지 않더라도
잘 있었다고, 살아있었다고,

정차역을 통과하는 이 밤, 간절한 슬픔
뜨거운 슬픔의 흔적이 지워지지 않는다.
치열하게 성실하게 글 밭을 가꾼 사람들과
늙어가는 밤의 정적함이 외롭지 않았다고
말할 수 있으려니, 이제 이별해도 좋으리니

모화역

박분필

신라 때 출가자가 이곳에서 긴 머리를 삭발하고
이곳에서 머리카락을 불태우고 떠났다는, 毛火

방학 때마다 경주에서 기차를 타고 모화역에 갔지
오직 한명의 직원인 역장과 알바생 한명 뿐이었지

어느 날부터 더 이상 기차가 멈추지 않았지
휑하니 바람만 일으키고 그냥 지나가벼렸지

지금은 없는 모화역, 소년이 떠나버린 모화역
서글픈 마음이 아프게 누워있는 거기

호랑가시나무 한그루 어둔 구석구석을 밝히며
새빨간 열매로 조롱조롱 추억을 매달고 있지

종착역 여수

박상천

여수역은 종착역이다.

어린 시절 객지에 갔다가 집으로 돌아올 때면
여수역이 종착역이라는 것이
묘하게 마음이 놓였다.

열차가 역으로 들어가기 위해 마지막 터널을 지나고
왼쪽에 바다가 보일 즈음엔
스피커에서 음악과 함께 흘러나오던
종착역 여수라는 안내 멘트.

경유역에서처럼 서두르지 않고
천천히 천천히 짐을 챙겨
플랫폼에 내려서면
아, 그 충만함.

언젠가 종착역에 도착했을 때,
그 완성된 충만함에
웃는 얼굴로 느긋하게 열차에서 내렸으면 좋겠다.

단양역

박세희

소리도 없이 문을 여닫고
작은 가방에 옷 몇 가지 넣고
역으로 갔지

믿음직한 오빠 품 같은 밤기차에 숨어들었지
이쯤에서 누구가의 눈에 띄어
집으로 반송될 수는 없지

기차는 앞으로만 내달리고
다시는 돌아오지 않으리라
내동댕이쳐진 작은 역

밤새 콧구멍이 새까맣게 연기를 뿜으며 달려온
중앙선 완행열차는 지친 몸을 쉬러가고
청량리역 새벽 불빛들이 까르르까르르
놀려대던 말, 어디로 갈 건데?

편도

박수빈

햇빛 달고 바람 맛있기를
내일이라는 당신을 향한다

창을 여는 마음은 백 년 숲의 피톤치드
가로수는 쓰러지는 빗자루 도미노
빈 들판의 허수아비
그 위로 날아가는 새

살다 보니 역방향 좌석
터널 지나 또 터널

돌아갈 수 없는 개찰구들이 지금의 내가 아닌가
앞만 보고 달렸다 싶은데 왜 이리 뒷걸음치기 바쁜가
오후의 태양이 그을린 흉터를 물들인다

속도를 늦춘다
연착이 되어도 괜찮다
모서리 없는 구름 따라간다

밤, 강변역에서

박수중

전차는 떠났다
잘려나간 잠자리의 몸통같은 역사驛舍의 남쪽
밤의 허공속으로 마지막 꼬리등을 점멸하며
아스라이 멀어져 갔다
플랫폼의 콘크리트 바닥에 빈자리만을 내려놓은 채
함께한 세월도 같이 떠나버렸다

'테크노마트'의 반짝이는 조명등이
출렁이는 강물 위로 흔들리는 그림자를 드리운다
불빛에 어른거리는 환영을 지우며
침묵보다도 낯선 황량한 거리로 나선다
봄은 평온하지 않았고 황사를 실은 회오리바람이
주황 불빛 번지는 포장마차의 휘장을 휘젓고 다녔다
불현듯 허기가 몰려온다 밤의 정거장
어둠의 밀도에 일탈은 없다
그 검은 미혹의 시간속으로
나는 완벽하게 빠져 들어갔다

용궁역

박수진

내성천 구비 도는 회룡포를 품고
금천 바위 아래엔 용이 산다는 용두지
낙동강 나루터 삼강주막 지나 용담소 용두소
지나던 왕이 하룻밤 머물었다는 풍설까지
곳곳에 용의 전설 전해오는 용궁龍宮
왔니껴? 가시더이~
가난해도 인정 많고 목소리 큰 사람들
하나둘 꿈 찾아 대처로 떠난 뒤
오가는 사람 적어 간이역 된 지 오래
그래도 빈 대합실에 앉아 있으면
만나고 싶은 사람 돌아올 것만 같은데
예천 지나 영주로
점촌 지나 김천으로
경북선 가는 길 일러주는 이정표만 선명하네
나 태어나 살다가 떠나온 곳
떠돌이 삶 끝내고 돌아갈 그곳
추억이 있는 자리
그리움이 있는 자리
고향 땅 지키는 얼굴 용궁역이라네

청도淸道역

– 청도 맑은 추어탕

박수현

그대, 청도역에 가보았는가
바람에 뒤집히며 흔들리는 감잎 따라
철길도 역사도 환하게 가을물 드는 곳
역 앞 추어탕 거리, 삐걱 간유리문 밀며 들어서면
청시青柿 같은, 반시盤柿 같은 할매들
투박한 손으로 달군 가마솥에서 푹 고은 미꾸리 체에 걸러
토란대, 정구지*, 얼갈이배추 숭숭 썰고
총총 다진 청초 홍초, 돌확에 빻은 재피 넣고
한소끔 바글바글 끓여낸 추어탕 한 투가리
백년손님 맞이하듯 상에 올린다네

뜨끈한 추어탕 한 투가리 후후 들이키면
묵은 허기도 스르르 풀어져 처진 어깨 펴지는 곳
어느새 남새밭 위로 빨간 고추잠자리 날고
장대로 감 따던 옛 기억들이 맑은 길 따라 달려오네
햇장내 풍기는 장독간 반질반질 닦으며
땡초 같고 재피 같고, 감또개 같은 할매들이
쪼글쪼글 한 오백 년 얼크러져 또 살아갈
바람도 푸른 청도역에 내려 보았는가

* 부추의 경상도 사투리

밤이 간이역에 긴 그림자를 풀어놓고

박수화

잠시 종아리 뭉친 피로를 풀고 쉬어가라

종종걸음 치달리는 도시 불빛이여

분분히 흩어지는 시간의 파편들이여

겨울밤이 안개의 포말들을 쓸어 내는지

누군가 간이역 마당을 싸락싸락 비질하는 소리

하루라는 망망한 이름의 쌀자루들을

사람들이 포대 째 메고 와서 쟁여놓는다

저마다 마음의 곳간에 소리를 풀어 놓는다

삼동의 밤이 흑단으로 짙어가고 차창 밖

역 앞마당에 허리 굽은 그림자 하나 바람 분다

퇴역오성五星 문화역서울284

박영덕

1955년부터 통일호열차 운행하여도
서울 유학파들 몸에 밴 근검절약으로
보통급행 특급마저 사절 완행열차 이용

1960연대 디젤기관차 출시 전
하절엔 열차 창 열고 터널 통과로
증기기관차 석탄가루 열차 안에 날려
거무스름 무채색 흰옷에 까만 콧구멍
얼뜬 촌뜨기들 반겨 맞아준 서울역

왜인 추방 후 우리만의 40여 년 동안
출입자들의 애환을 함께 나누었던
일제 산물쯤 불식 믿음직 정감 넘쳐
예찬 받은 국민들 오성 특급이었는데
현대식 서울민자역사에 의무교대
박물관에 전시된 골동품이듯
'문화역서울284'명패의 퇴역 장성
옛 지기知己로 추상함이 애련愛戀

황간역에서

박영배

보이지 않는 사람
주차장은 아침부터 만차다
돌아온 건지 또 떠나려는 건지
역사 안 좁은 갤러리엔
늙은 백수白水*가 아렴풋한
동심童心들 데리고 놀고 있는 사이
금강에서 건져 올린 행복식당
올갱이국으로 어젯밤 숙취나 먼저 풀고
옆집 두바이다방으로 옮겨와
듬뿍 백설탕 넣어 이모가 저어주는
모닝커피로 입가심한다
여기가 저 묻을 자리라고
막 정년 끝낸 친구 불러 내린 바람길
그 속 굳혔는지
말간 장국물에 홀려 끓겨 있던
조상님 말씀 이어보는데
내 어디 있는가,
아직 남아있는 커피 나는 몰라라
기적 울린다.

* 백수(白水) : 시조시인 정완영(鄭椀永)의 호

충무로역

박영하

인생의 반을 조석간 다닌 역
많은 문인들과 만나고 헤어진 충무로역
밥, 술, 영화, 쇼핑, 남산, 장충단, 평양냉면집
박태진, 윤병로 선생님을 자주 만난 곳
문학의 집, 명동, 회현역, 남대문시장, 서울역
눈을 감고도 어디든 찾을 수 있는 고향역
그곳이 충무로역이다
서울 출생인 나는 종로 을지로 퇴계로길을
눈을 감고도 지도로 그려낼 수 있다
월간 순수문학사가 있는 충무로역
애완견과 오토바이 천국인 퇴계로길
충무로역 1번 출구에 대한극장과
시인 박영하가 존재하고 있다.

추전역*

박이도

시근덕시근덕
힘겹게 오르는 기관차
산마루 세평 추전역사에 도착
꽥— 꽥— 경적을 울린다

누가 내리고 누가 탔는지
바랑 속에 술 한 병, 김삿갓 어른이 내리고
바람의 몸짓 바람개비가 흩어버린
한 뼘 구름이 내려와 갈아타고 떠난다

산울타리 너머 솔개 한 마리
맞바람을 안고
머뭇머뭇 바람개비를 좇는다.

---

* 한국 철도역 가운데 제일 높은 곳(태백산)에 자리한 기차역

노량진역

박일만

철로 건너에서 끼쳐오는 물 냄새
한강을 헤엄쳐 온 물고기들 땀 냄새
강은 환승역이다
작은 물고기들 공중부양 할 부레를 키워 가는,
북적대는 흙냄새도 자욱하다
인생역전 물결을 거슬러 오르는
고시원 사람들 등허리에 피는 지느러미
취업의 공식을 풀다가 지친 눈빛으로
가득히 모여드는 포장마차 즐비한 골목길
세상 끝에서 끝을 찾아가는 발걸음들 분주하다
눈물도 사치인 공간
낡은 빌딩 벽에 가득히 새겨 놓은 다짐들
살아간다는 것은 이처럼
냄새 많은 공간을 채워가는 작은 몸짓일지니
얼룩진 골목일수록 머물다 간 사람이 많다
한강을 바라보며
수없이 까치발을 해대는 꿈들이 모여
현재에도 미래에도 오래된 냄새에 젖는

꽃그늘

박자원

간이역에 가 멈춘 듯
빈 역사에 혼자 앉아
찬 빵조각을 베어 문다

바람은 쌀쌀하지만
휘날리는 벚꽃에 진달래며 조팝꽃들이 둘러싸여
토스티의 사월을 중얼거린다

소리 내며 바쁜 양 열차가 지나간 다음
전동열차가 들어서고
천안 가는 차거나 소요산 가는 차거나

느린 걸음과 편안한 기분으로
사람들을 오르내리게 한다
봄꽃 향내 같은 아련함으로.

강변역

박재화

강변역에 부는 바람은
검은 골목에서 허리를 삐어
신새벽과 저물녘 고부랑한 역사를 스치면서
다리를 쉬기도 하지만
사랑도 막막하게 고개를 돌리고
비늘 돋은 탐욕들만 캄캄하게 흐르는
아슬한 거리를 겨우 건너와
이 밤 홀로 여윈 둔덕에
가녈스레 엎드리기도 하지만

강변역에 내리는 눈은
젊은 날 서랍 속 알약 같은 눈은
파리한 싸움과 망각과 잠들지 못하는 노여움
모두를 감싸기도 하지만
더는 앗길 것도 없고
달리 마음 둘 곳 없어
마른 풀들 늪을 이루고
그 늪 위에
이 밤 지새기도 하지만

역

박정남

오랜만에 기차를 탔습니다
세종시에 있는 딸이 이번 추석은 자기 집에서 보내자며 불러
오송역에서 내렸습니다.
오송입니다 다섯 소나무입니다.
딸의 직장은 오송에 있는데, 그리고 한 몇 년 오송에 집을 두고 살았었는데
내년이면 손녀딸을 학교에 보내야 하므로
일찌기 세종시로 이사를 한 것 같습니다.
기차를 타면 내 지난날들이 생각납니다.
학교 간다고 중학교 때부터 대학 때까지 기차를 타고
구미에서 대구까지, 부산까지, 오가며 공부했습니다
집이 얼마나 그리웠는지 왜관쯤에 오면 벌써 자리를 내놓고
서서 창밖만 내다보았습니다.
구미역입니다
금오산이 있는 내 고향 구미역입니다
경북 선산군 구미읍 신평1동 334번지

금산역

박정원

무엇인가 이것은

전봇대가 낮술을 먹을 때 무덤 속에서
흙이 된 뼛조각 몇 그러쥔 윤달로 금강을 건널 때

재밌게 살다 와라
마저 한 잔 비울래?

죽은 어머니 아버지가 나비차림으로
진악산 정수리 쪽에서 고요히 건너와

죽고 사는 것이 매한가지니 굳이 괴로워하지 마라
귀엣말인 듯 말씀 하나 내려놓고 가는 그것이

내 숨결 닿는 곳마다 그리움인데
내 발길 디디는 곳마다 쉬었다 가도 좋을 고향인데

나는 벤치도 없는 역에 앉아 나비 한 마리 좇아가네
잡히지 않는 세월 찾아 비단결로 흐르려하네

수서역에서

박정이

꽃잎을 접은 쓸쓸한 어둠이
푸른 피를 증발시키고
얼룩진 말이 무거워 허공에 눕고 싶은 날
폭압적인 현실을 벗어나
내 안에 울음을 풀어 놓고 싶은 날엔
나는 네게 몰입한 그 시간부터
수서역에서 SRT를 타고 여행을 떠난다
한꺼번에 몰렸던 붉은 수밀도로
안으로만 뒹굴고 있던 통증은 어느새 사라지고
내 처절한 삶의 뿌리에서 벗어난다
늘 휴일의 바람벽에 붙잡혀 몸부림쳤던 알몸의 공허,
오늘은 내 안에 자리 잡고 있던 잡념들을 버린 채
내 소소한 사랑을 수서역에 묻는다

기다림이 있는 곳

박종숙

기차는 정확하게 약속된 시각에 멈추어 섰다
하나둘 셋, 숨을 삼키자 문이 열리고
떠밀리듯 사람들이 쏟아져 나온다
청량리에서 안동까지 가는 KTX 이음709
가장 많은 승객이 타고 내리는 원주역
나는 오늘 딸을 기다리고 서 있다
기차 타는 게 소원이라는 두 아들을 앞세우고
친정에 오는 딸도 얼굴에 꽃이 피었다
할머니! 하며 와락 안기는 손주들
두 팔 벌려 안고 볼을 비비는 사이
열차는 할 일을 마쳤다는 듯 미끄러지듯 멀어지고
철길 옆 코스모스가 배웅하듯 손을 흔든다
날마다 이별이 있고 날마다 설렘이 있는 곳
기차역은 예나 지금이나 기다림이 있어 좋다.

전전 역

박종철

전전 역에서 출발하는 전동차를 기다린다
느긋하게 자판기 커피를 뽑아들고 돌아서자
보이지 않는 손이 얼굴을 가린다
불화살이 과녁을 관통해서
검은 밀림으로 사라졌다
뭇시선이 쏠려있는 다음다음 역으로
끌려가버린 전전 역이다
블랙홀 공간을 스쳐 가는 꿈길 위에
우리는 서 있다.

안개속의 간이역

박종해

어린시절
“기차를 실컷 타 봤으면”하는 것이 나의 소원이었다.
그것은 너무 재미있기 때문이다.
중년이 되어서
차를 타고 어디론가 멀리멀리 떠나가고 싶었다.
그것은
괴롭고 고달픈 삶의 궤도에서 벗어나고 싶었기 때문이다.

팔십 나이가 되어 떠나간다는 것은
얼마나 허망한 일인가를 생각해 본다.
아! 어느새 이만큼 멀리 와 버린 것일까
시속 70킬로로 달리는 나의 열차는
어느샌가 80킬로의 가속도가 붙는데
이러다가 갑자기 어느 간이역에 멈춰 설지도 모른다.

희뿌연 안개 속의 저편
더 이상 갈 수 없는 역에서 내려
세계에서 가장 외로운 길이
실오리처럼 풀어져 있다.

역삼역 3번 출구

박준영

기다린다 직진해 기다린다 역삼역 3번 출구 여기 없는 당신을 기다리고 3번 출구 제우스스타에서 만나기로 한 당신을 무작정 기다린다

신전도 없고 별도 없는 밤, 청라식품 김 사장이 술에 취해 사준 로또를 기다린다 05 06 ** ** ** **번을 보물처럼 기다리다 제주공항 대체기를 기다린다

로또 05 06 22 39 ** **번이 도착하기를 기다리다 일곱 번째 실패한 나의 태양이 떠오르기를 기다리다 쓴 내 시가 햇빛 보기를 기다린다

민들레도 기다리다 꽃을 피우듯 역삼역 3번 출구 제우스스타 앞에서 오늘이 되지 않는 어제를 무작정 기다릴 것이다 '찬란한 슬픔의 내일을'*

---

* 김영란의 시 <모란이 피기까지는>의 시구를 변용

백원역*

박찬선

기차가 서지 않는 백원역에
사람이 모인다.
설렘이 잠든 빛의 적막을 깨우기 위해
사람들이 모인다.

백원역에서 열리는 백원장에는
백원 사람들이 지은 농산물이 나온다
무, 콩, 배, 사과, 우엉, 호박, 시금치…
모두가 백원이다.
백원을 주고받으면서 그저 허허 웃는다.

떠났다가 돌아오고 돌아왔다가 떠나는
삶의 긴 여운
사라진 기적소리가 그리워
무거운 인정을 나눈다.

* 경북 상주시 사벌국면 원흥리에 있는 경북선의 무배차간이역

종착역

박천서

산골외딴집에 국화꽃이 피었습니다.
강아지와 같이 숲을 거닐며 알밤을 줍고
산새 머물다 떠난 자리 바람이 차갑습니다.
벚나무 단풍이 곱기만 한데
홀로 바라보는 아쉬움이 그리움으로
세월은 흐르고 강물은 흘러갑니다.

하늘은 높고 귀뚜라미 울음소리
이름 모르는 들꽃들이 예쁘기만 합니다.
산속 맴도는 걸음이지만 시간은 흐르고
가진 것은 없지만 이제는 편안한 여유로
늙어가고 싶네요. 익어가고 싶네요.
천천히 들어서는 인생에 종착역으로

청춘열차

박해림

용산역 아이티엑스 청춘열차는
늘 혼자이면서
혼자가 아닌 청춘이다
한 권의 책이 되고 싶어
나를 향해 거침없이 달려가는 푸르름이다

아주 오래전
새벽안개를 밀어내고 하루를 쿨럭인 사람들이
잔발을 벗어들고 길을 키웠던
오직 네게로만 내달렸던 그 길을

그러니
길이 끝났다고 생각한 사람들이여
사랑이 끝났다고 생각한 사람들이여

지금 춘천행 청춘열차를 타야 한다
쉼표도 마침표도 없는
촘촘한 햇살이 물방울처럼 울렁출렁하는

숲세권 역

박향숙

육년 여 시간동안 기다리던
서민들의 아파트가
맘 조리는 우여곡절 끝에
내년이면 입주를 할 터인데
그 주변의 역은 가히 가깝지 않아

이웃 아파트 주민과 더불어
사천 여 세대의 주민들이
주변의 역에 역을 더하여
이웃 시로 이어지는 숲세권 역을
희망차게 갈망 하네

목포역

박후식

멀리서도 보인다.
가보지 않아도 다 보인다.
호남선의 시발점이요
종착역인 한반도 서남해의 나들목으로
해가 지고 달이 뜨는 곳
마음은 언제나 그 동북아의 시발점에 서 있다.
신의주로 원산으로
까마득한 두만강 낯설고 물선 온성역까지
옛날, 옛날에도 주먹밥 허리에 차고
그 멀고 먼 국경을 넘었지.
목포역에 내리면
다정한 인정들과 마주친다.
닥지닥지 달라붙은 작은 집들과 형제자매들
구슬을 뿌려놓은 서남해의 저녁바다
그 많은 다도해의 섬들과 만날 수 있다
가슴 아프도록 찡하게 볼 수 있다
멀리서도 보인다.
가보지 않아도 다 보인다.
목포역에 내리면 알 수 있다

삶의 종착역

방순미

삼간초가 구들방에
눕혀 탯줄 끊겼던
당진 고지내

마당 곁까지 갯물이 드나들고
저녁 하늘과 바다는
노을로 붉은 강이었다

지금은 대호방조제로 막혀
바다에 숨은 파도까지 사라지고
허허로운 들판이 되었지만

바지랑대 가까스로
찾아드는 철새 떼
아직 떠나지 않은 노을이 있어

삶의 끝자락엔
태어난 자리, 바로 그곳
땅별에 머물다 가리

간이역

방지원

맘이라도 조금 두고 올 걸
혼자 남겨진 마당엔
목 길어진 꽃들만 한창이겠지
허리 휜 차단기는 그 고요를 어찌 견디려나
가끔 들렀다 가는 바람처럼
선심 쓰듯 머물던 사람을
붙잡지 못한 후회가 막심할지도 몰라

어쩌다 새 길 뚫리면 서둘러
이정표 바꿔 다는 기둥 앞에서
헤어짐과 만남은 여전히 계속되겠지
맘 붙일 곳 없는 바람에겐
정갈한 의자도 권할 거야
살면서 몇 개의 역을 지나왔을까
우린 어쩜 서로의 간이역이었을지도 몰라.

길 떠나지 못하는 나그네가 되어

배윤주

길 떠나는 이가 꽃이 지는 것을 슬퍼하랴
길 떠나지 못하는 이가 별이 지는 것을 절규하랴

내가 선택한 세상에
부여잡은 인연이 구름 같아서
나는 길 떠나지 못하는 나그네가 되어
달이 지는 명命을 거스르지 못하네

길 떠나는 세상의 출구는
절대 드러나지 않는 밀명密命의 코드
선택된 날, 언젠가는 맞이할 접신接神의 찰나에
나는 길 떠나는 나그네가 되려네

내일은 눈을 뜨리라
내일은 꽃을 보리라

내일을 모르고 사는 어리석음으로 하여
명命을 거스르는 역逆으로
나는 천년을 살 것처럼 산다네
길 떠나지 못하는 나그네가 되어

그곳에 살아계신다

– 광양역

백우선

어머니가 서울 병원에서 더는 안 돼
집으로 돌아가는 길이었다.(1985.12)

내가 업고 걷는 걸음마다 아픈 데가 눌려
어머니의 신음이 새어 나왔다.

그 뒤로 열차가 서는 끼익 끽 소리로
어머니는 그곳에 살아계셨다.

역이 근처로 옮겨지자 재건축돼
새로 문을 연(2021.3) 도립미술관,

그 바닥과 신발 마찰음 삐익 삑 소리로도
어머니는 여전히 그곳에 살아계신다.

간이역

백현

누구나 마지막 도피처가 될
간이역 한 군데 쯤은
가슴 속 깊이 간직해야 한다

살면서 어떻게도 할 수 없을 때
잠시 세상이 멎어주기를 바랄 때
코스모스 꽃 흔들리는 간이역이 거기 서 있다

중앙선 열차는 속도를 내고
희방사 간이역이
내가 탄 기차를 추억 속으로 떠나보낸다

뉴욕 훌러싱역

복영미

대낮처럼 환한 불빛 아래 백여 개국 사람들이 오가는
뉴욕 지하 훌러싱 전철역은 인종전시장이다
고국처럼 코스모스 살랑거리는 낭만은 없지만
무명 성악가가 부르는 먼 산타루치아
가난한 기타리스의 애절한 연주는
향수에 젖은 이민자들의 마음을
가을 가랑비처럼 적신다
각국 사람들 옷차림 피부색
귓전을 스치는 낯선 말소리
어디에서도 볼 수 없는 세계무대 전시장
2불75전만 내면 어디든 갈 수 있는
거미줄처럼 연결되어있는 지하역
지하역에는 장래 거물이 될 가난한 화가도 있고
눈이 쑥 들어간 점쟁이도 있고
하얀 설탕가루 솔솔 뿌린 바삭한 쥬로 장사도 있다
은퇴 한국 할아버지들도 출발점 훌러싱역에서
종점 허드슨 야드까지
세상에서 제일 재미있다는
사람 귀경하며 하루를 보낼 수 있는
훌러싱역

청량리역

서경온

중1 담임교사였을 때
가출한 학생을 청량리역에서 찾았다
자그마한 어깨에
아버지의 긴 낚싯대를 메고 있었다
본 적 없는 바다에 가서
고기를 잡아보고 싶었다는 것이다

"청량리, 중랑교 가요"라는
버스 안내양의 다급한 외침이
"차라리 죽는 게 나요"라고 들린다던
60년대 어느 날
어린 나는 어머니의 손을 꼭 잡고
희미한 제천역 대합실 불빛을 떠나
비 내리는 밤 청량리역에 내렸다

멀리 바라보이던
오스카극장의 휘황한 네온싸인이
처음 보는 바다 속
찬란한 물고기들 같았다.

아직도 그 곳엔

서대선

기차 레일 위로 춤추며 오는
아지랑이

옹알이로 말을 건네는
구둔역九屯驛* 느티나무
연두의 손을 흔들어 주네

역무원은 보이지 않고
진돗개 한 마리
봄 햇살 아래
한쪽 눈만 지그시 떴다 감는다.

기찻길 옆 하얀 민들레 홀씨
아지랑이 손잡고
한들한들
춤추며 따라나선다.

* 구둔역-경기도 남양주시 지평면 일신리에 있는 기차역으로 초기모습이 그대로 보존되어 문화재 제296호로 지정된 간이역

대소원大召院

서범석

이태원, 사리원, 장호원, 조치원 등에는 옛
역원驛院의 꼬리가 노선도에 붙어 있다

대소원도 그렇게 설레는 마을이었을 터이나
무엇이 앞을 막아 지금처럼 한산할까
궁금해서 그리워서 승차권을 예매한다

사람들이 말 갈아타던 달맞이꽃 플랫폼
큰 부름을 두루마기 속에 넣고 달리던 상하행선
객창에 그리움의 낙서를 흐리던 구름

아버지의 위 그 위의 할아버지들이 하룻밤을 지새며
한 달 일 년 그리고 수백 년을 만들고
달리며 서고, 서고 달리다가 아주 짐을 푼
대소원, 그리움의 큰 꼬리를 빈 좌석에 앉힌다

떠남은 곧 만남이 된다지만
검표원도 역무원도 보이지 않는 열차
기다리는 사람도 없는 곳을 향해 떠난다

효자역孝子驛*

서상만

가다가 보고 오다가 보며
늘 눈에 담고 다녔지만
孝子도 못된 늙은 나그네
귀향길은 더 멀어져갔네
석탄백탄태운 구만리연기
공복의 汽笛도 끊겨버린
아, 빈손이면 또 어떠리
내 나이만큼 잠 설치며
눈 감고도 달린다 효자역

---

* 영일만(포항시) 진입 효자동에 지금은 폐역이 된 간이역(1970년 4월1일 보통역 출발)

파리 장-조레스 역 근처

서승석

꼬박 마흔해 전, 난생처음
파리4-솔본느대학에 공부하러 갔었지
책 보따리를 푼 것은
장-조레스 역 철그덕거리는
엘리베이터가 있는 집
때도 바로 지금 추석 앞둔 가을입구
길가의 마로니에 잎새 물들고 있었지
깊은 정글 속이나 사막 한가운데쯤
내 혼자서 나를 달래고 있을 때
문득 찾아든 서울 길손 있었지
떠날 때 오를리 공항에서
내 손수건을 흠뻑 젖게 했던 그 사람
돌아가 보내온 편지 한 줄
- "운다, 메트로의 빈칸
　종점에 닿는 네 사랑을." -
나 지금 그날로 돌아가 그를
파리의 그 역 근처에서 기다리고 있네

시가 있는 간이역

- 황간역

서정란

덜컹거리는 완행열차를 타고
계절도 익어가는 가을 속을 간다
차창 밖 풍경은 그대로 만산홍엽
어디에 포커스를 맞추든 한 폭의 시화다
기차는 가을을 싣고 가을가을
느릿한 시그널을 따라 조그만 시골 역에 닿는다

오가는 사람보다 오지항아리가 더 많은
쓸쓸한 역전
시를 품은 항아리가 사람을 맞이하고
나는 낯익은 이름표를 단 시항아리마다
사람인양 반갑다 인사를 건넨다

이층 카페를 들어선다
여기도 무인이다
사람이 없어도 온기가 느껴지는 카페
세월을 넘어온 풍경화들이 추억을 급 소환 하고
겨우 국문을 깨친 노년들이 삐뚤빼뚤하게 쓴 설익은 시가
그 어떤 명시 못지않게 감동을 준다

석양에 젖는 사람도
시간이 멎은 풍경도
한 편의 시가 되는 거기 간이역

반월역

서정임

초저녁 뜬 달의 눈가에 눈물이 번졌다
발밑 편자를 달고 빠져나온 개찰구
바람이 스산하다

달리는 차창 밖 불 꺼진 연탄 같은 연밥이 고개를 꺾고 있다
푸른색 플라스틱 간이의자처럼 펼쳐있던 연잎들
연밭에 나뒹굴고 있다

내가 너에게 머무는 동안
너는 나에게 나는 너에게 어떤 미지였을까
한바탕 어울린 연들이 피운 꽃은 얼마나 순도 높은 색이었을까

역은 언제나 반월역이다
서로를 온전히 내보일 수 없는 우리는
갈구하는 목마름이 깊을수록 더욱더 다르게 굴절하는 프리즘
이다

거울 속 쓸쓸함이 차오른다
뿌옇게 시야를 가리는 연의 잔상을 닦아내는 동안
어둠이 슬며시 달을 집어삼켰다 뱉는다

흑룡강성 밀산역

– 밀산역을 가다

서지월

도산 안창호선생께서 항일독립운동을 했던
만주땅 동북방면 흑룡강성 밀산을 아시는가
연길에서 왕청 지나고 목단강시 가는데 7시간
다시 목단강시역에서 밀산역쯤 거슬러 오르면
도착하는 흑룡강성 밀산역
어디 낯설은 모스크바나 하바로프스크에 온 듯
중국 냄새 전혀 풍기지 않는 밀산역 내렸을 땐
황혼이 내려와 비단융단 펼쳐주었네
기적소리는 나를 내려주곤 다시
북으로 북으로 거슬러 오르며 하늘을 진동시켰는데
그 끝은 어디인지 알 순 없었네
아아, 이국땅! 나는 그때 나를 버리고 떠난 기적소리
꾁!~ 꾁!~ 독수리 울음소리 같기도 하고
해동청 울음소리 같기도 했던 그 소리,
귓속에 담아 온 지도 어언 몇 해 밀산 흥개호
백어白魚가 꿈속에 백발의 신령처럼 나타나
다시 오라 오라고 지느러미로 물결치듯
밀산역이여, 다시 나를 부를 양이면
그날 그 황혼의 비단융단 깔아주렴아

호스피스병동 역

서하

침대칸만 있는 열차, 화장기 하나 없는 얼굴이 시동을 건다
단속이 느슨한 틈을 타 거뭇거뭇 숨어든 검버섯은 무임승차다

점점 헐거워지는 틀니가 받쳐주는 저 승객을
어느 역에다 부리면 벌어진 밤송이처럼 환하게 웃을 수 있을까

덜컥 저승사자가 검표원처럼 언제 들이닥칠지 모르는 만성 불안증 환자들
역무원의 눈빛도 구겨버린 승차권처럼 풀이 죽었다

이 역驛에서는 역逆으로 살자 해도 쉰 소리로 들끓는 투병과 간병 사이,
더 머물기도 마땅찮고 허둥지둥 내려버리기도 마땅찮은 작은 간이역,
경적인 듯 울어대는 신음소리만 살이 올라 통통하다

도착과 출발 사이, 또다시 뿌리 채 기운 뜨뜻미지근한 가을이 탑승을 한다
저녁노을의 일생을 다 실었으므로 열차의 속도는 덜컹 덜컹 최대한 느리다

흔해빠진 코스모스 한 포기 없는 호스피스병동 역,

간이역

– 곡성역

서화경

섬진강 굽이굽이 강줄기 따라 마음 이어주는
이별과 만남으로 여기 저기
북적이던 많은 사람들 그 어디에서 무얼 할까?

어느 시골 아낙네와 남정네들 사는 이야기보따리 주저리주저리 풀어놓았던 옛 곡성역

지금은 시간이 멈춘 곳 어디서부터인가 뿌연 연기 내뿜으며 느린 속도로 달려와 삶의 애환을 토해내는 완행열차 간데없고 지금은 숨 멎은 녹슨 철로

위에 누워 빈 하늘 바라보는 증기 기관차는
수많은 세월을 지켜온 거목이 되었네

옛사람들의 길잡이 오고 가는 인정 속에 녹아나 이젠 아주 작은 간이역이 되어버린 곡성역에서 전동차에 몸을 실어 섬진강 굽이굽이 돌아 지금 나는 산 따라 물 따라 옛 그림자 밟으려 가다

빈 철로 길 따라 먼 길 향하던 옛사람들 발자국
소리 돌아와 있네

밀양역密陽驛에서

석연경

빽빽한 별 아래서
오고 떠나는 기차 소리를 들으며 졸고 있네
나비 수만 마리가 햇살 아래 눈부시게 하늘거리고
무언가 기다리는 나는 향기에 취해 웅크리고 있지

꽃이 폈더라 고목 아래서 참 붉게도 폈더라
당신 생각이 나더라 눈물이 나더라
당신이 누군지 한참 생각해보았지
다른 차원에서 온 듯 미소만 짓던 당신
우주정거장을 거치지도 않고 지구에 와서는
낯선 이 거리를 참 잘도 견디다 갔어 그치?
마치 익숙한 곳처럼 먼지가 날려도 사뿐거렸지

별이 가득 내리쬐는 역에 가면
당신이라는 빽빽한 햇볕이 있지
향기가 되고 나비가 되고 내가 되어 함께 있지

완사역

설태수

스치듯 본 이름, 완사역.
玩沙인 줄 알았는데 浣紗라 한다.
근처 섬진강 백사장과 멀지 않으니
지리산 첩첩산중 저 너머가 궁금하여
모래와 씨름하며 놀기도 했을 거라 짐작했는데
비단 같은 모래를 씻는다는 浣紗.
얼마나 고요했으면
물결에 비단 모래 씻기는 소리가 들렸을까.
놀아도 놀아도 손가락 사이로 빠져나가는 모래.
씻겨도 씻겨도 변하지 않을 모래 빛깔.
붙들리지 않고 변질되지 않는
모래의 덕.
玩沙든 浣紗든
강풍에 문짝이 너덜거려도
미풍에 소문 없이 마모되어도
완사역은 초연하리니.
모래 있는 한
그 이름 변할 수 없으리.

조치원역에서

성배순

떠난다는 것은 다시 돌아오기 위해서라고 외치며
아침 6시 13분, 어둠을 뚫고 기차가 들어온다.
뿌우웅 경적을 울리며 치익칙 역으로 돌아온다.
이번 역은 조치원, 조치원역입니다. 내리실 문은 왼쪽입니다.
왼쪽 출구에 줄을 서자 애인이 귓속말을 한다.
역 주변의 출산율이 왜 높은지 아느냐고 농을 던진다.
6시 13분 경적소리에 잠에서 깬 사람들이
그 시간에 다시 잠들 수 있을까?
우리도 역 주변에 방 하나 얻어 볼까?
아침 햇빛 속으로 주먹만 한 연분홍 복숭아들
주렁주렁 제 모습을 드러내며 웃고 있다.

보이지 않는다고 사라진 것이 아니라던 애인이
만져지지 않는다고 없는 것이 아니라며 내 손을 쥔다.
한때는 별을 보려고 어둠을 기다린 적이 있다.
지금은 북극성이 하나가 아니라는 것을 안다.
새로운 별이 북극성에 올랐다는 것도 안다.
북극성은 생각보다 밝지 않다는 것까지 안다.
기차에서 내려 조치원 역 광장에 서 보니 보인다.
낮에도 반짝이는 별이 있다는 것을.
태양은 언제나 저 자리에서 빛나고 있다는 것을.

경춘선을 타고 청평역을 지나네

손옥자

이팝나무는 홈질하듯
청평역사 앞에 참 촘촘히도 박혀
박혀

저 이팝나무 뒤 어디쯤 남자가 기다리고 있겠거니 그러겠거니

노란색 장미를 뒤에 감추고 이거! 하고 내밀 것 같은 역사를 단호하게 외면하면 할수록 더 선명하게 보이는 —

서럽게 기적은 그가 없는 역사를 두어 번 더 울리고 스크럽을 짜며 다가서던 이팝나무는 사랑의 궤도를 저만큼 벗어나는 나를 보고 하얗게 질리네 질려가네

비는 추적추적 어두운 기억들을 내 안으로 밖으로 사정없이 쏟아붓고

고개 숙인 가로등 밑으로
울음 몇 대롱대롱
대롱
대롱
매달려 있는 저녁

대전역에서

손종호

아주 쓸쓸한 날에는
대전역 플랫홈 낮은 처마에
먼 기적이 와 닿듯
그런 그리움으로 걸어가세.

우리의 마음조차 단풍 지던 날
이별 없는 날을 그리워하며
가난한 열차에 오르던
젖은 눈빛만 기억하며 살아가세.

때로는 세월이 아파
더러는 차창에 시린 어깨 기댈지라도
때로는 낯선 간이역에 내려
못난 발걸음 뉘우칠지라도

세찬 바람 속의 새
먹장구름 위
무한한 푸르름을 믿으며 솟구치듯이

비 내리는 대전역 플랫홈에서
차마 헤어질 수 없어
아프게 손 흔들던
그 사랑으로만 그리워하세.

통리역*

손필영

뒷걸음쳐 올라왔던 기차, 기차는 중력을 밀어낸 만큼씩 협곡을 올랐을까? 땅 가득 찬 눈발, 문 닫힌 통리역에서 내가 걸어온 길을 생각해 본다. 뒷걸음쳐야 오를 수 있었던 길, 깎아지른 절벽.

새 울음에 귀가 트인다.

비인 선로
다시는 만날 수 없는 얼굴들 스친다.

---

* 강원도 태백의 고지대 사북–고한을 잇는 해발 680미터에 있는 역으로 1940년 일본의 석탄 수송 기지로 건설되었다가 1963년 영동선이 개통되면서 스위치백으로 하루에 상행 하행 열다섯 번 기차 왕래가 있었다. 솔안터널 개통으로 2012년 6월에 문을 닫았다.

감꽃역

손한옥

하얀 감꽃 핀 감나무 아래
학교 갈 때마다
열 살 아이가 돌아보는 자리
저 높은 창문에서 아이를 내려보며
손 흔드는 노인은 작은 섬

감꽃은 해해 년년 피고 또 지고
아이는 자라서 중학생 되어 다른 길로 가고
돌아보며 손 흔들던
감나무 벤치 위 마른 감꽃만 또르르 구른다

노인은 아이 먹을 감자와 빵을 사고
백 개의 숨찬 계단을 올라와
감잎처럼 펄럭거리는 가슴을 쓸며
감꽃 그늘역에 앉아 그 아이의 유년을 돌아본다

월정리역

송경애

부러진 길
갈 수 없는 길
뚝 끊긴 철길
붉게 검붉게 녹슨 철길
심장 멈춘 역, 철원군 철원읍 홍원리 월정리역
단 하나뿐인 목숨 적군의 총검 끝에 내 걸고
붉은 심장, 붉은 목숨 던져 싸우던 병사들
다시 푸른 학도병으로 돌아왔네
더러는 보청기를 끼고
더러는 비틀거리며 지팡이를 짚고
휠체어에 몸을 싣고
팔도 곳곳에서 푸른 청년의 기세 앞세워 달려온 병사들
심장 멈춘 지 오랜 월정리역에서 달리고 싶은 등 굽은 장승들 여기 모였다
슬로비디오처럼 돌아가는 월정리역의 찬바람
이 땅을 살린 노병들의 축제가 된
2015년 11월 월정리역
찬 바람결 사이로 눈부신 햇살이 노병들 계급장처럼
월정리역 빈 들판에서 반짝이고 있었다

용궁역*

송미란

북적이던 용궁역은
언제부터인가 역무원도 없는 간이역이 되었다

덜컹덜컹 지나가는 무인역 앞
자라카페와 토끼간빵 가게에는
여전히 사람들의 발걸음 분주하고

햇살 아래 솟아오른 붉은 꽃대처럼
밤낮으로 아련대는 이름들이
어쩌다 오고 가는 기차를 따라나선다

용궁역이 가까워질 때면
기우뚱 가라앉았던 내 추억의 서슬
전신으로 흔들리며 일어나

어느새 회룡포를 돌아온 눈구름은
그리움으로 묻어 둔
쓰다만 편지에 마침표를 찍는다

---

* 龍宮驛 : 경상북도 예천군 용궁면 용궁로 80

경강역*

– 편지

송병숙

절벽 끝에서 피고 폐역사 대합실에서도 피어난다
깎아지른 암벽 기어오르던 십삼 세기 전 신라 노인과 낡은 시멘트벽에 매달렸을 이십일 세기 젊은이
누구는 따기 위해, 누구는 달기 위해 활활 타오른다

냉기 선뜩한 대합실에 들어서면
사연을 품은 종이스티커들이 뜨거운 숨 훅훅 내뿜으며 천정을 향해 기어오른다

더 사랑하는 자가 더 높이 올라간다?

철도는 마지막 기차를 뒤쫓다 길게 눕고 소실점마저 잡초로 아물거리는데
경강역은 떠난 이가 보낸 마지막 편지인양 색 바랜 단풍잎을 폴폴 날리고 있다

쉽게 떼어낼 수 있는 종이스티커처럼
역이란 본시 오래 머무는 곳이 아니라서
나는 다시 동전을 높푸르게 던져본다

네가, 보이다가 보이지 않다가 한다

---

* 춘천과 가평사이에 있는 폐역사로 영화 '편지'의 촬영지

신강성* 몽타주

송소영

유원역 하늘에는 또 별들이 가득하다 날리는 머리카락을 고무밴드로 묶으며 밀쳐놨던 트렁크를 찾는다 바람에 젖혀지는 치맛자락을 누른다. 그녀는 그날처럼 그렇게 서 있고 넌, 떠나지 못한 채 해탈을 꿈꾸며 타르초** 한 장 꺼내들고 아직도 부처를 세고 있을까

투루판행 야간열차에 올라탄다 가쁘게 뛰어온 너의 등은 커다란 카키색 낡은 배낭을 무겁게 매달고 있다. 좁은 간격을 두고 창쪽을 향해 둘로 길쭉하게 배열된 1층 침대칸, 구겨지고 끝이 말려진 시트 위에 무릎을 맞대고 서로를 바라본다 헤매 다녔던 지난날들이 눈 속에 가득하다 소리 없이 창밖으로 시간이 지나간다 칠흑 같은 밤, 숲속에서 환청인 듯 애달프게 뻐꾸기가 울어댄다. 보낼 수 없는 시간이 흐르고, 어슴푸레 밝아오는 여명 속에 황량한 고비사막 풍경들이 창밖을 스쳐간다 곧 선선역이다 우리는 풀지도 않았던 짐을 챙긴다

텅 비어버린 기억의 트렁크가 모래바람 속에 내리뒹굴다 사라진다. 그녀는 쿠무타크 사막의 부드럽게 물결치며 흘러가는 사구 앞에 맨발로 서 있다 너의 흔들리던 눈도 흐려지던 눈자위도 건조한 바람 속으로 사라졌다 이제 세상에는 데일 듯 뜨거운 열기만 남았다

---

* 신강성 : 고대 실크로드의 중간 기착지, 위그르족의 고향
** 타르초 : 티베트불교를 믿는 곳에서 만국기처럼 달아 놓은 오색경문

노인과 돌멩이

송연숙

돌멩이가 줄을 선다
돌멩이 뒤에 우산이 우산 뒤에 배낭이
배낭 뒤에 여러 개의 돌이 열과 행을 맞춘다
대전역 광장, 무료배식을 기다리는 돌멩이들

돌을 던지며 구호 외치던 광장에서
돌멩이가 된 할머니 할아버지들
가슴에서 사리가 된 돌덩이를 분신처럼 꺼내 놓고,
사라진다

화산이 뿜어내는 탄산수소나트륨으로
새가 돌이 되는 나트론호수 같은 광장
목을 구부린 채 건드리면 부서질 것 같은 새
먼 곳을 바라보며 날개를 가슴에 모으고 있는 새는
어쩌면 돌탑을 쌓던 할머니 손이었는지 모른다

차례 없는 차례를 기다리는 돌은 움직이지 않는다
한여름 뙤약볕엔 그림자도 없다
할아버지로 변한 돌멩이가
절뚝이는 걸음으로 식판을 받아 든다

그날의 체감온도

송영희

부글부글 흰거품이 끓어 오른다
맥주 한 잔에 내 느낌도
화르르 솟아오른다
구름으로 흐르는 거품도 느낌

봄의 체감온도도 같이 오른다
석양의 투명한 안개를 앞으로 밀며
벚꽃잎들 휘날릴 때
어디선가 기차소리 아련하고 그 사이로
풀빛 남방의 당신이 오고 있다

소란스런 몇몇의 친구들 함성이 머물다 흩어지고
잠간 당신의 발걸음 내 옆을 스쳐 지나가더니
기적소리만 길게 남는
교외선 막차 일영역

그날처럼 아직도 느낌으로 마시는
첫 이별의 스무 살이 익어가는 밤
엷은 망사의 봄비, 아른아른 창문에 걸려있다

역

송예경

기차만 떠나는 건 아니다.
다 떠나간다.

만나면 반갑다해도
반가움 내려 놓고 다시 떠난다.

평생 떠나지 않는 것은 그림자 뿐이다.
어둠 속에서 잠시 쉬었다 가도
다시 밝은 곳에서 평생을 따른다

역은 언제나 만나고 헤어지는 곳
그걸 알면서도 그곳으로 달려가는 이들

역으로 달려가
만나기도 배웅하기도 놓치기도 하면서
거기서 새 길을 선택하기도 한다
우리들의 역은 도처에 있다.

그런데 많은 사람들은 온갖 삶을 뒤지다가
잠시 멈춘 역에서 갈 곳을 몰라한다.

하지만, 그래도
나는 벤치가 있는 역이 되어
사람들을 맞고 보내리라

역전다방

송유미

오래된 그리움 한 모금 동전과 교환하자
내 심장에서 군용열차가 기적을 울리며 출발했다
아, 생각나, 그 풍년 빵집 옆 역전다방
모나리자 얼굴마담은 농약 마시고 죽은 사촌누이를 참 닮았었지
온종일 사락사락 눈 내리는 소리처럼 양철 챙에 떨어지는 빗소리
그리고 찻잔 씻는 물소리가 넝쿨처럼 푸른 물탱크까지 기어 올라갔지
그 숲속 둥지 같은 2층에서 내려다보면
나는 이방인 거리에 버려진 트렁크 같았지
먼바다 수평선이 짙은 아이라인을 그리는 오후 무렵이면
다투어 손님 찾는 다이얼식 전화벨 소리
마른 냇갈의 물고기처럼 파닥거렸지
밑 빠진 독같이 모두 떠나고 역전다방 불빛만 남아 쓸쓸할 때
푸시시 형광등 나간 수족관 속으로 들어가서
새우잠 청하던 얼굴마담은 우리 누이가
죽었을 때처럼 그렇게 조용했지
정말 나는 착한 외눈박이 물고기 눈으로
모나리자 누이, 참 많이 울렸지

일광역

– 잔느소이 카페에서

송진

지극정성 크로아상 피자 속에 슬픈 내가 앉아 있다 아니 서 있다 아니 누워있다 아니 자고 있다 아니 죽어 있다 붉은 피자는 겹겹이 꽃처럼 피어난다 다시 저녁노을처럼 오므린다 오물오물 토끼처럼 벌린 눈으로 벌어지는 노을의 핵— 보지 벌렁벌렁 노란 콧구멍으로 열고 닫히는 별과 별과 벼와 자지 헥— 헥— 보름달이 줄넘기 줄 목에 감고 보름달이 샤워 스프링클러 목에 감고 보름달이 가죽 가방끈 목에 감고 크로아상 피자 겹겹이 쌓여간다 오물오물- 오믈렛 속에 빠진 분홍 돼지 혓바닥처럼— 슬픔을 충분히 애도하고 나니 멈추지 않을 것 같은 슬픔이 열어졌다 슬픔에 대한 충분한 애도 그것만이 슬픔을 여의게 했다 전화전화전화의 물결들 진화진화진화의 물결들 ㅈㅈㅈㅈㅈㅈㅈㅈㅈㅈㅈㅇㅇㅇㅇㅇㅇㅇㅇㅇ dd dd dd ddd d ttt tt tt ttt

역驛

송희철

나는 육년동안 고등학교를
신태인역에서 이리역까지
기차통학을 했다,

역장이 깃발 두개를 들고나와
붉은 기를 들면 기차가 서고
푸른 깃발을 내저으면 기적소리 요란하게
기차가 떠나가던 시절

석탄 난로 붉게 타던
신태인역 이리역
넓은 줄 금태 모자를 쓰고
힘차게 푸른 깃발 들어올리던 역장들은 모두 어디 가고

지금은
가슴에 순금뱃지 달고
밤낮없이 붉은 기만 들어올리는
막대기만 있느냐.

종착역

수진

“이번 역은 종로 3가, 다음 역은 안국역입니다”
지하철 3호선을 타고
안국역을 가다 보면 쉽게 들을 수 있는 안내문이다
화들짝 내릴 준비를 하다가 그만
종착역까지 가보고 싶은 오기가 발동한다
대화역 아닌 생의 종착역은 어디쯤일까
안내 멘트조차 없는,
하나둘 셋 손가락을 열 번이나 구부렸다 펴 봐도
어느 손가락에도 생의 종착역은 잡히지 않는다
살다가 정거장 하나쯤 남겨놓고
“다음 역은 그대의 종착역입니다”라는
립 서비스를 받을 수 없는 것일까
전광판 안에서는 가을 목을 휘두른 이파리들이
현란한 몸짓으로 이별을 고하는데
아뿔싸! 그만 경복궁역이다
아무렇지도 않은 듯 다시 돌아갈 티켓 한 장으로
반대편 열차에 오르다가 그만
불현듯 생의 종착역에서도
컴백할 수 있는 티켓 한 장 손에 쥘 수만 있다면

지구로부터 격리*된 역에 대한 기록

수피아

내렸다.
여기에는 아무도, 아무 것도 없다
그 흔한 달 주위를 맴도는 별도
회사 늦겠다며 잠을 깨우던 아들의 목소리도
사막을 휩쓸고 다니는 모래바람도
사나운 이빨을 드러내던 상어도 없다
네가 세상에 있었다는 기억은
사실일까 망상일까, 없는 것 빼고 나면
이름 모를 우주를 떠도는 행성처럼
나는 있다. 여기는 무슨 역 일까
하루가 갔다. 탁상달력의 15개 중
하나의 숫자에 동그라미를 그렸다
숫자는 목성의 붉은 띠를 둘렀다
불을 끄고 누우면 천정까지 적막이 차 오른다
눈을 감으면, 네가 끌고 다니던 그림자가
태양 위에 걸터앉는다. 어둠은 왜
그림자와 같은 색 일까
네 이름을 불러본다. 불려진 이름은
고양이 울음처럼 단순하다 의미 없는
숫자에 15번째 띠를 그렸을 때

---

* 나는 코로나19확진자와 점심을 먹은 뒤 밀접접촉자가 되어 2021년 9월 27일부터 10월 11일까지 15일간 자가격리 되었다.

나는 고양이 울음소리와는 다른
언어를 가진 지구인으로 돌아올 것이다

융프라우요흐 산정역山頂驛에서

신기섭

어깨 위 반짝이는 영롱한 별빛인 줄 알았는데
잡을 수 없는 별 되어 저 하늘에 떠 있네.
우렁찬 기적汽笛 앞세워 하늘 땅 울리며
질풍노도로 첫 키스의 황홀함 안겨주던 그대
서둘러 자취 감춘 산모퉁이엔
애잔한 가을 단풍 하늘대누나.
비정한 시간의 블랙홀로 빨려 들어가
더 이상 청춘의 포옹 나눌 수 없는 텅 빈 플랫폼,
역사驛舍 천정은 드높아 더욱 휑뎅그렁하고
팽팽히 죄어왔던 생의 태엽은 헛돌아
궤도이탈 열차같이 멈춰 섰구나.

아이거 빙벽氷壁 비켜 솟구친 융프라우요흐 산정역山頂驛에서
내리닫는 트래킹코스
한때 융성했던 카페 정원에서
아내 먼저 떠나보낸 백발노인이
함께 늙어가는 아들과 폐업 논의 중이다.
옛 추억 더듬어 찾아든 극동나그네에게
향 짙은 페퍼민트 잎사귀 툭 떼어내 뜨거운 잔에 띄워주며…

너를 위한 노래 4

신달자

바람부는 겨울
새벽 역두에 나가고 싶다
쫓겨난 여자처럼 머리카락을 날리며
긴 코트의 주머니에 두 손을 찌르고
느린 걸음으로
역두에 서성이고 싶다
그대여 그런 날 새벽에
우연히 널 만날 수는 없을까
나는 수없이 뒤를 돌아보며 약속 없는
너의 목소리에 귀 기울이며
내가 탈 기차를 보내고
그 다음기차를 보내며
시린 가슴을 떨고 있을 때
두 손을 흔들며 달려오는 널 만날 수 있을까
새벽역두에 나가고 싶다
찬비뿌리는 새벽
우산을 받쳐들고 역두에 서성이면
멀리 보이는 불빛속으로
너는 보이고 그리고 없고…
늦은 밤 자정인들 어떠랴
축축히 젖은채로
널 우연히 만날 수만 있다면.

수정구슬 찾아 나선 아이

신명옥

달을 삼키고 태양을 낳으며 제 꼬리를 물고 도는 우로보로스

보이지 않는 것들이 보고 싶어, 낮과 밤의 선로를 따라 일곱 번 원을 돌고, 서른 차례 능선을 넘어, 열두 개의 역을 지나는 동안

꽃이 피고 잎이 물들고 눈발 흩날린다

크낙새 날개에 실려 대양을 건너고, 거인의 발등에 올라 달리는 길에서, 너와 내가 만나 울고 웃으며 미로를 헤매는 동안

고집스레 서있는 빌딩 사이로 전광판 영상들이 휙휙 바뀐다

창밖을 보며 날아간 금계의 흔적을 더듬는 사이, 수정구슬 속으로 나타났다 사라지는 천의 환영들

중심점에서 멀어지는 노정에서 여기는 어디쯤일까?

궁수좌에서 쏘아 보낸 화살이 불에도 타지 않고 물에도 젖지 않는 몸으로
항상 오늘이라는 역의 궤도를 돌고 있는

출발역을 떠나는 疒들
누가 던지는지 어디서 멈추는지 알 수 없는 날들 속으로, 선분의 끝을 향해 굴러가고 있는

예미역에서

신미균

막차를 놓쳤다
아슬아슬

휭, 바람
분다

아무도 없다

아, 미안 미안

개금불초 난쟁이바위솔
마타리 기생여뀌

너희들이 있었네

간이역簡易驛

신미철

하늘 푸른 날
먼 곳에서 오는 기차를 기다린다

코스모스 하늘거리고 키 큰 해바라기
황금빛 미소로 목례하는 간이역에서
혼자 서성이며 깊은 가을로 떠나는
기차를 기다린다

낡은 의자에 앉아 차를 기다리는
햇볕에 그을은 촌노村老의 모습!
문득, 지난날의 향수 가슴에 번지는
간이역—
긴 세월 지난 이제야 세상사 모두가
간이역임을 안다

기쁨과 슬픔, 우리의 만남도
그렇게 잠시 머물다 떠나는 것임을…
가을 햇살과 가을바람과
가을 향기 안은 가슴으로
영원을 향해 떠나는 기차를 기다린다

여수역

신병은

역이 웃는다
언제나 웃으며 달려온다
견딜 수 없이 그리울 때 웃는다
후끈 달아오른 간절함으로 저를 품고 웃는다
누군가 들어 설 여백이 마련될 때 웃는다
저 혼자 깊어져 은밀하게 웃는다
소란소란 비소리 들으며 웃는다
낮별이 보이는 오늘 같은 날 웃는다
한겨울의 꽃이 피면 웃는다
동백꽃으로 웃는다
그리우면 그리운 대로 웃는다
기다리면 기다리는 대로 웃는다
만나면 만난 대로 웃는다
헤어지면 헤어진 대로 웃는다
너의 불면이 아름다울 때 웃는다
자박자박 문을 나서는 발길로 웃는다
햇살꽃으로 웃는다
물꽃으로 웃는다
꽃이 된 역이 웃는다

예산역 그때

신봉균

칙칙폭폭 철인처럼 두 발로 걸어 들어오던
증기기관차

예산고을 큰 인물 태워 한양으로 떠날 때
측백나무 길게 늘어서 배웅하고

저녁 먹고 한 바퀴 돌아보면
약속이나 한 듯이
반가운 얼굴들 벌써 나와 있고
우린 쓸데없이 어둠속 플랫폼을 서성거렸지

모래재떨이 위 누가 버린 담배장초일까
꽁초 주워 물고 어설픈 폼 잡아도 보았지

맑은 눈 내 여인 앞에
마음속 큰 꿈 펼쳐 보이던
일제가 지은 일본식 역전 그 집은 새집으로
바뀌어 있고 지금은 휴식공원 같은

오늘도 역사 옆 의자에 앉아
서리서리 추억 속으로 빠져든다

해운대역에서

신선

느닷없이 비가 내리고
젖은 낙엽들이 대합실을 기웃거렸다
어깨 처진 게시판이 피곤한 눈빛을 가물거리자
개찰구를 드나드는 수박등이 온기를 채우고
플랫홈을 떠다니는 신문지 활자들이 몸을 비틀었다

보내는 사람들의 뒤안길에서
떠나는 사람들
저마다 보이지 않는 슬픔 하나를 키우고
가슴에 여린 그림자가 배여 있었다

레일 위에서 미끄럼을 타는 빗줄기 하염없이 손을 흔들었다
침묵 속에 잠겨 있는 자정 속에서
가로등은 저 혼자 조을고
키 큰 송신기가 푸른 숨을 내뱉는 동안
깨어진 보도블럭 사이로 잡풀들이 얼굴을 내밀었다
아직 잠들지 못한 적막 몇 데불고 겨울이 쿨럭이며 지나가고
구겨진 시간이 펄럭이는 역 광장에는
어둠 일천 평 굴러다녔다

간이역

신원철

강릉에서 정동진, 묵호, 미로, 도경, 나한정, 철암
영동선을 따라 점점이 작은 역들
해변과 오십천을
거슬러 태백산맥을 넘는 철로가

강을 따라 저토록 구불대는 데는 이유가 있다
그냥 지나칠 수 없는 사연들
기웃기웃하다 그리된 것

내 불혹과 지천명과 이순, 생의 고비마다
큰 역들이 서기도 했지만
사이사이 작은 간이역들도 많았다

부모님은 늙어가고
만남이 있다가 멀어져 가고
한 사람과 엮이어
아이들이 나고 자라며 하나씩 고개를 넘고
아파서 드러눕는 일은 없었지만
올해처럼 지독한 역병의 여울목도 만나고

사라진 풍경

신중신

역이야 쌔고 널렸지
어딘가 가야할 데가 있어 길을 나섰거나
여행을 떠난 걸음에 우리는 여러 역을 만난다.
비가 내리든 안개 저편으로든

목이 쉰 기적소리와
덜컹거리는 쇠바퀴 소리와…

코스모스 가녀린 허리가 하늘거리는 한낮
그러나 뜨내기에겐 어디서나 역이 보이지 않는다.
차창으로 풍경만 흐를 뿐
바람에게 자신을 맡긴 사람은
그냥 스쳐만 갈 뿐.

호젓하게 자리한 역에는 푸른 시그널이,
한산한 플랫폼에는 이정표가 뚜렷하다.
그런데 웬일일까? 그 간이역에
이제 나그네는 보이지 않는다.

종착역엔 사랑이 살고 있다

신표균

삼백오십 여 임종을 지킨 호스피스
하얀 시트마다 애벌레의 꿈을 심는다
간 쓸개 모두 떼어 준 유충들
꼭 꼭 숨겨 둔 사랑 ∞ 속에 담아
흰배추나방 되어 훨훨 나는 꿈울 꾼다

연인들 하나 둘 떠나가고
어둠은 발자욱 지우며 외로움 쓸어내지만
전나무가지 끝에 매달려
바람의 심장 속을 맴돌던 밀어 한 마디
끝내 떠나지 못하고
저무는 플랫폼 벤치에 내려앉아
사랑을 쓴다

저만치서 멀뚱한 시그널
기차 떠난다고 파란 신호등 다시 켜면
에벌레의 꿈도 깨어나 훨훨 날아 오를테지

종착역엔 사랑이 살고 있다

전동역全東驛*의 추억

신협

선달그믐 오후 세시
급행열차가 뒤도 돌아볼 사이 없이 지나고
나는 눈 덮인 플랫 홈에서
사랑하는 여인을 기다리고 서 있다.

50년이 지난 지금도
그때처럼 그 자리에 서 있는 텅 빈 역사驛舍
전봇대는 반세기 동안 그 자리를 지키고 서서
애인이 돌아오기만을 기다린다.

간이역 전동의 늙은 역장은
눈물도 마른 채 와사등을 켜들고
급행열차가 지날 때마다 손을 흔들며
아련히 세기말을 보내고 있다.

아, 누가 인생은 간이역이라고 말 했던가.
이 쓸쓸한 빈 터에
들국화 한 송이 피어있는 것은
눈밭에 살포시 내려온 천사가 아니려뇨?

---

* 전동역 : 세종특별자치시에 있는 간이역

알 수 없는 역에서

심상옥

당신과 함께 있지 않고도 불행하지 않았을까
알 수 없는 일이다
당신과 함께 있고도 행복하지 않았을까
알 수 없는 일이다
눈앞에 없는 사람을 두고 먼 여행처럼 기억할까
알 수 없는 일이다
밀물도 되고 썰물도 되는 세상에서 소리없이 살려고 한일
알 수 없는 일이다
알 수 없는 일이 나를 살게했다는 사실이
알 수 없는 일이다
알 수 있는 일보다 알 수 없는 일이 많은 세상이
알 수 없는 일이다
누구도 알 수 없는 역에서
우리는 모두 기차처럼 떠난다

일산역

안명옥

어스름 밑 오가는 사람이 줄었다
하나 둘 좌판을 거두고 난 자리마다
적막에 버무려진 쓰레기들이 널렸다
좌판 모서리쯤에
허리가 혹같이 솟은 노파가 앉아
때가 낀 손톱으로
고구마 줄기를 까고 있었다
노파의 양 입가에
허연 침이 거품을 일으키고 있었고
어둠을 틈타 저승꽃의 줄기가
노파의 일굴 가득 새 순을 틔우고 있었다
가끔 멈춰서는 기차가
어둠 덩어리 뭉텅 던져놓고 갈 뿐
아무도 노파의 좌판 앞에
걸음을 멈추지 않았다
차츰, 노파의 몸이 어둠 속에
녹아내리고 있었다

그때 못쓰던 詩, 서울역

안영희

어느 날 편지함에서 발견한
날짜 지나가버린
단 한 줄의 부고 메시지

선 자리 훅 꺼지듯 너 돌연 흔적도 없이 사라져버리고

기다리던 3층 대합실
바라다 뵈던 산꼭대기의 교회, 청파동 언덕배기가
화안히 터트린 저 이팝꽃 하얀 폭죽 너머로

비로소 시가 될 줄은 몰랐다
너 지나가 버림으로써

정동진

안유정

삐걱거리는 새벽바다의 관절들은
바코드 없는 커피 한 잔씩 날라 온다
검은 살갗에 점차 흙빛이 도는
광활한 물살의 가슴팍은
마침내 거대한 커피의 육괴肉塊를 부은 듯
아늑하게 출렁이며 밀려온다
열심히 어둠 속에서
낙엽 타는 냄새를 날리며
머언 수평선에서
다가서는 속삭임에 아랑곳없이
기차는 긴 여운을 밟고 지나간다
이른 아침 눈뜬 산들은 소박한 아침 잔치에
봉안한 흰 구름 한 송이씩 띄우고
둥근 햇살을 포효咆哮하듯
화사한 희망에 실어 보낸다
번요한 도시의 변두리에서
길은 시화호처럼 흐린 매무새로
낙엽의 흔적을 지우고 돌아선다
도처에서 일어서는 물결 따라
더욱 짙은 커피의 그림자가 휘몰아친다

도라지꽃

안현심

대전역 스산한 포장마차에서 부러진 하이힐처럼 널브러져 소주를 들이붓고 있을 때 쓸쓸히, 쓸쓸히 당신이 다가왔지요. 우린 자연스레 입이 맞았고, 술이 맞았고, 외로움이 맞아 허름한 여인숙으로 들어갔어요.

속옷을 벗지 못하고 부끄러워하는 당신, 한 번도 바람을 피워보지 않았군요. 그래요, 노래를 불러줄 테니 편안히 자요. 오늘, 당신은 내 아기예요.

잠속으로 빠져든 얼굴, 그늘은 보이지 않는군요. 부디, 당신의 앞날이 쓸쓸하지 않기를, 플라타너스 잎 뒹구는 뒷골목을 걸었어요.

거리의 여자에게 단비로 온 당신
하얀 꽃잎을 차마 찢을 수 없었어요.

은사시나무 마을 역

양수덕

아직 오지 않는 흰 구름을 기다립니다
내가 타야 할 기차입니다
오기만 한다면 단숨에 그리로 갈 것이기에
구름의 발을 믿습니다

이곳은 별들의 무덤입니다
조각난 별들이 퍼즐처럼 맞춰 달라 보챕니다
제 자리로 가서 반짝이고 싶다 합니다

죄의 값보다 무서운 돈들이 무성하게 자라는
덤불 속에서 겨우 빠져나와
바람 한 줄기 잠시 머무는 역에 이르렀습니다

하얗고 곧은 사람들이 사는 은사시나무 마을에서
흰 구름이 떠났다고 합니다
우리 다시 별의 눈이 되어 거기에서 만나요

천호역

양순복

빗살무늬 출렁거리는
천호역

흙처럼 순하디순한
천호千戶의 마음들이
하늘을 닮아
몸 부대끼며 살아가고 있네

사랑과 인생이 한데 어우러져
녹아내린 천호역은 언제나
나그네도 반기는
강동의 중심

가슴을 열고
정겨움과 환한 미소로
이야기 나누는 사람들 모두
강동의 한 가족

서울역

양은순

많은 사람이 다니고
국제터미널로 갈 수 있는 곳
가난한 사람과 돈 많은 사람과
미용실에서 머리단장한 개와 유기견과
하늘과 땅을 보고 사는 가로수와
매연과 먼지가 바람 따라 오가는 장소
지하철 문이 열리고 닫히면서
자가용과 택시와 빠스에 실려
돌아가는 세상의 굴렁쇠 연결 고리

물 맑은 제주도로 여행 가자
더 빠른 비행기 타러 공항으로 가자
더 멋진 세계로 가자
그렇지만 더 늙기 전에
집으로 돌아가자
고향 마을로 가자
나의 쉼터로 가자

세상을 걷고 싶다, 꿈에서라도

양창삼

교대에서 안국역으로 출근하던 때는
인사동이 날 기다리고 있었지.
곰팡내 나는 책들 사이로 함께 걸어 들어가면
천상병 시인이 즐겼다는 차가 나오곤 했어.
시 "귀천"은 찻잔을 돌아 하늘로 날아가곤 했다.

신도림행 전철에 몸을 실었을 때는
디큐브시티가 자꾸만 유혹을 했어.
"맘마미아"와 "시카고"가 번갈아 잔치를 열면
지나는 전차들마저 어깨를 들썩였다.
아무렴, 흥을 이길 수 있는 것은 없지, 없어.

요즘 나의 열차는 서초역에 머물러 있다.
거리두기 4단계가 우릴 꽁꽁 묶었으니 어찌할까.
마스크가 입과 코까지 지키고 있어 숨을 곳도 없다.
얘야, 눈 딱 감고 있을 터이니 차 한 잔 내오너라.
내 너를 타고 뉴욕에 숨어들고
발리에도 발을 내려 세상을 걷고 싶다. 꿈에서라도

적막이 된 역사

엄계옥

너는 태화강역에서 나는 부전역에서
서로의 먼 그리움이 되던 시절
오후 여섯 시 부전역 정기 노선처럼
하루도 빠짐없이 내게로 왔다
저녁 여덟 시 삼십 분 기적과 함께 너는 떠났지
삼 년을 하루같이
울산 부산 간 무궁화호 삼등열차
시간의 오독에 우리는 역사가 되었던가
너의 부싯돌 같은 심장에 나를 부려놓고
삼십 여 년 안주하다보니 폐역처럼
부부만큼 적막한 풍경도 없더라
변두리 추억의 간이역 아련했던 정취는 간데없고
이 가슴에서 저 가슴으로 만발하던 작은 꽃밭
안개꽃이 산발하고 맨드라미가 자지러져도
선로에 갇힌 두 가슴 켜켜이 적막 쌓는다

환승역

여서완

빨강 노랑 파랑
보라역까지 생겼다

이 삶은 무슨 색일지
내 인생 열차 안을 들여다본다

그 환승역은 이 삶의 마지막 풀어 놓는 그날
그리고
나는
또 어떤 색의 열차를 탈지
아니 다시 열차를 타지 않으려 할지도 모른다

또 한 생의 환승역일지

이번 역은 4호선으로 갈아타는 충무로역입니다
방송 소리에 화들짝 놀라 뛰어내린다

가시리마을

염화출

발자국 따라 굽이굽이 녹산로의 숲길 따라 걷는다 사월의 뇌관은 빙하기의 기압과 맞붙어 병풍으로 둘러싸여 있네 길 따라 가시리 풍차의 동쪽마을 막막한 능선을 떠안고 동남쪽 저, 깊은 한라의 심연에 닿았네 아른대는 수평선 뒤로 하고 먼 지평선에 붙은 봄날의 사진, 갤러리 김영갑은 보이질 않네

비경은 바람 부는 탐방 길에 몰려있네 맨발의 평원 큰 바람개비 장엄한 풍광 빙글빙글 돌아가는 지친 발걸음 네모난 의자에 앉아 있네 인생사진 없는 나는 순례자, 오메기떡 청귤 에이드 이주민의 정착지에서 보드라운 속살을 내보이는 유도화는 지고 누군가 꺾어놓은 가지에 붉은 바람의 생채기가 아물어가네

잠시 머물다 가는 갑마장 길 조랑말과 꽃잎을 맞으며 노랑 물결 따라 걷는 탐라의 여행자 전망대 왼쪽으로 파란 손수건을 흔들다가 울퉁불퉁 어느 모살밭* 꼼지락거리는 무꽃도 부활초를 켜는,

* 모살밭 : 제주의 방언 모래밭

추전역杻田驛*

오세영

세속도시를 버리고
등고선을 좇아 높이 높이 올라왔나니
활엽수림대闊葉樹林帶를 지나서 침엽수림대針葉樹林帶를 지나서
숨가쁘게 달려온 한 생,
드디어 하늘의 문턱을 넘는다.
이번의 정차역은 하늘역
잊지 말고 내리자.
아차, 놓치면 다시 돌아가는 지상은
슬픈 열대熱帶.
내 여기 오르기 위해 얼마나
고심했던가. 허공에
무지개를 하나 끌어와 다리를 놓고
구름밭을 다져 레일을 깔았나니
한 생이 가는 길은 여로旅路,
하늘 가는 티켓하나 덜렁 사서
야간 열차에 오른다.
아, 태백준령太白峻嶺.
그 빛나는 태양아래 문을 연
천제단天祭壇 입구의 그 추전역.

---

* 추전역: 태백산 해발 855m 고지의 우리나라에서 가장 높은 곳에 있는 역

나의 봄은 언제쯤 오는가?

오양심

산이 되어 눕고 싶다
감나무 골짜기 마당바위가 있는
팽나무 그늘로 가고 싶다
눈발이 먼저 와서 하얗게 꽃피겠지만
마음 한번 구부리면 틈새도 생기겠지

그곳에는
전라선 두 가닥 철길이
신풍역까지 마중을 나와서
해종일 햇빛에 울음을 달구어 놓고
눈이 작아질 때까지 기다리고 있다

세상에서는 앞을 잘 볼 수가 없어서
허공을 밟아가는 꿈속만 같아서
나무가 운다 보채며 칭얼대며
산이 운다 나무를 끌어안으며
숲이 온통 흔들거린다

역마살驛馬煞

오영미

누가 오라지 않아도 가고 싶고

갈 곳이 없어도 떠나고픈

등 떠밀어 다녀오라면 안 갈 텐데

사정하며 가라면 안 떠나갈 텐데

고집도 있고

오기도 있어

똥창 틀리면 부아 난 김에 바랑 메고 떠난다

세월 네 월 정처 없이 떠돌며

술 한잔에 코 빨개지는 사연 들어줄 이 만무

외양간에 매여있을 때가 행복했던 백마白馬야

조치원역 어디쯤 쉬어가면 어떻겠니

황등역

오유정

희미해진 불빛, 역 근처 석공의 망치 소리에 호남선 열차가 탄력을 받는다 기적소리와 망치 소리가 처마 끝에 대롱대롱 매달려 있는 역사驛舍

먼지 뒤집어쓴 맨드라미와 돌 쪼개는 소리에 귀청을 털던
맞이방을 빠져나오는 사람들 손에 망울망울 새 소식이 들려 있기도 하던
꽃샘추위가 찾아오면 더욱 누렇게 마을을 바라보던
돌 틈을 비집고 나오는 파릇한 새싹을 찾기도 하던
침목과 침묵 사이, 기적소리의 파편들이 선로 위를 구르던
자갈들이 잠시 불빛을 당겨 몸을 달구어 보기도 하던
열차 한 량이 지나가면 역무원이 개찰구를 닫고 역사驛舍를 살피던
조금은 둔탁한 손으로 역무일지를 적어 두던
애처로운 마음이 구석구석에 쌓이던
마른 가지가 빛바랜 소리를 내어 가느다랗게 떨며 맞이방으로 찾아들던
언 손 녹이며 사람들이 하얀 말들을 주고받던

낡은 기적소리 따라 옛 기억들이 서서히 자라는

역

오지연

지금 가고 있는 중인데요
종착역이 어딘지 몰라도 되지요
출발점역은 알 수 있을 것 같아요

어디든 가고 싶은 그 시절
꽃들이 너무 예뻤고 소나무 숲이 울창한 그곳
뭔가가 남겨놓은 것 같은 뒤돌아보았던
간이역도 지나갔다

부딪히는 어떤 전철속 외치는 광고맨
너도나도 넘어가는 오이 빚어 붙인 얼굴
30년 써도 말짱한 예쁜칼의 익살
세상사는 소리 지금도 들리는지

도착하는 역마다 출현하는 드라마 모습이 설고
내가 살아온 역에 내릴 때마다
한번씩 몸살을 앓았지만 먼지를 털고 일어나면
행복했던 삶으로 변했다

남은 역 어디쯤 밝고 선명한 꽃그림을 그릴것인가
다가오는 나의 역마다
꽃으로 던지고 싶다

봉양역

오탁번

박달재 넘어 봉양역에서
중앙선 기차를 타고
구학 신림역 지나
치악산 똬리굴을 빠져나오면
바람 부는 원주역이다
콧구멍이 까맣게 된
원주중학교 1학년이 내린다

내 마음엔 언제나
봉양역이 있다
소달구지나 본 나는
기차를 처음 보고 입을 딱 벌렸다
-와! 크다!
석탄연기 내뿜으며
무지무지하게 달려가는
기차가 무서웠다

누구나
마음속에 기차역 하나가 있다

솜꽃역驛

오현정

양떼구름을 바구니에 담는다
몽실몽실한 저녁을 위해
종착역에 닿기 전엔 아무도 알 수 없는
솜꽃이 아침, 아침 핀다

빛과 그늘이 두툼해지다
철로 길을 바퀴, 바퀴 걷는다
하늘과 땅에서 기적이 울 때
하얀 사람은 온다

솜꽃 세느라 젖은 차표가
기찻길 앞 나무의자에서 쉬는 동안
인생열차 칸에
아지랑이 솜, 솜 피어오른다

서울역이라고

옥경운

허기지던 그 시절
"몸이 고단한 것은 참을 수 있어도
물배는 도저히 못 참겠다,"고
영복호 타고 부산으로 달아난 계집애,
가끔 바람결에 묻어오는 그 계집애는
내 가슴에 크고 작은 물결이더니
허기진 그 세월
다 보내고 잊을 만 하니까
난데없이, "서울역이라고— , 잘 있으란다,"

그렇게 너는 또 떠나고
나는 창가에 어른거리는 네 그림자를 본다.
세월을 살다보면 어느 길목에서 한 번쯤은
"밥 먹었나?"
그런 날이 올 줄 알았는데
우린 그런 인연조차도 닿지 않는구나,
"서울역이라고— "
"잘 있으란다,"

장항역

우남정

아버지 신발 있나 보고 와라
슬프고도 단호한 어머니의 목소리
철길을 건너 찾아간 여인숙 한 뼘 열린 문틈으로
뿌옇게 둘러앉아 빠른 손놀림이 뭔가를 돌리고 있었다
창고의 짙은 그늘 속으로 검은 바람이 숨어있는
골목 끝까지 쫓아오던 너울
신발장 열어 봤니
어머니는 시들은 탱자처럼 주글주글해졌다
아홉 살 계집아이는
동생을 업고 탱자나무 울타리 아래 서성거린다
감싼 손이 서로 닿지 않아 동생의 볼기짝이 찢어졌다
탱자를 따다 긁힌 손등에 피가 나서 울고
울음에 탱자를 물리자 동생은 사레들려 컥컥 울었다
울울한 가시가 바람 따라 희번덕거리고
철길 따라 늘어선 적산가옥 불빛이 가물거렸다
탁. 탁. 탁.
긴 작대기로 탱자 터는 소리
이상하게도 꽃 핀 기억은 없다
시큼하고 쌉싸름한 것이 후득 후드득 떨어져 내렸다

구례구역, 금강송 연리목 풍경소리로 흐른다

우정연

구례로 들어가는 초입
순천 땅에 구례구역 역사가 누워있다

나는 걷다가 걷다가
묵은 나와 결별해야 하는 시간이 오면
그곳으로 간다

가까이 가면, 역사 앞에 누운
오래된 두 그루 금강송 연리목에서
절렁절렁 풍경소리가 자란다

철로 곁에 누워 쇳소리 먹고 늙어온
연리목이 토해내는 울음은
묵직하여, 멀고 낮은 곳으로 스며든다

지리산과 조계산의 만남처럼
먼 길 돌아 돌아 어느 즈음에 만나야 할
인연처럼 깊고 저릿한 순음

구례구역에 들면
오고 가는 일상이 구례와 순천처럼 경계가 없어서
그냥그냥, 풍경소리로 흐른다

역

원임덕

사랑은 잃어버리지 않는 것
사랑은 사라지지 않는 것
사랑은 슬프지 않은 것

스무 해, 가을을 보내고
수많은 그리움을 보내고
사랑을 껴안았습니다

격정 속에 몰아넣었던 숨가쁨
뜨거워 가슴을 태웠던 시간
사랑에 겨워 몸져누웠던 날들

그대의 마음을 열어보려던 불가능한 질주
내 안의 전부를 꺼내려던 가혹한 학대
그 모두가 용해되어 기화되는 붉은 가을

나는 지금 당신을 만나러 갑니다

율촌역驛

위형윤

驛이 안 늙었으면 좋겠다
순천 여수로 통학시절
율촌역은 나의 학창 통로
전라선 순천역에서 두 번째
폐허된 율촌역

왜놈과 싸우던 이순신 장군 거북선
율촌역의 역사
징용으로 끌려가고
이념논리에 학살당했던
怨限 많은 율촌역

앵무산 곡고산 두 봉우리
율촌역 플랫폼에서 멀리
그리움이 쌓인 精氣
나로 연정이 싹트던
그때 역장 딸
지금은 어디서 뭐할까
안 늙었으면 좋겠다

시간이 멈춘 마을

유계자

서천 구 판교역
새집으로 떠나고 남아있는 빈집들
속력이 오르지 않는 거리마다
등 굽은 사람들과 빛바랜 담장이 한통속이다

기차가 오지 않는 폐역
우시장 명성은 기적소리에 흩어지고
대합실은 식당으로 변해 차표 대신 카드기가 표를 받는다

한때 징용으로 끌려가고
위안부로 떠났다는 눈물의 역
이별을 싣고 갔던 기차는 몇 번이나 이 역을 오갔을까

역 앞에서 통곡하던 사람들 다 떠나가고
역사를 거쳐 온 늙은 소나무 한그루만 그늘을 넓힌다

폐역이 된 어머니의 몸에도 그늘만 자라고 있다

아버지라는 이름의 역에서

– 중섭

유순덕

저는 지금 남쪽 어느 간이역 의자에 앉아 있습니다 아버지, 아버지도 저처럼 세상이 슬펐습니까 그래서 병명도 모르고 시름시름 아프셨습니까 얼굴도 기억나지 않는 아버지라는 이름이여, 그런 아버지의 모습은 어느새 제 모습이 되었습니다

어제는 어린 두 아들을 배에 태워 멀리 처가로 보냈습니다 일렁이는 잔물결 위에 물 그림을 그려서 보고싶은 마음을 전해봅니다 아버지도 먼 곳에서 나와 형님을 그리 생각하셨습니까 어머니는 밤낮없이 주산에, 바느질에, 가장의 목쉰 울음을 울며 남편이라는 간이역을 오래 바라보곤 하셨습니다 어릴 적 소를 파는 암적 시장에 나가 울며 팔려가는 소를 보았습니다 그 모습은 형의 손을 잡고 울며 평양으로 가던 제 모습만 같았습니다

아버지, 아내와 두 아이를 바다 건너 처가로 보낸 저는 이제 무얼 해야 하나요 그림을 그릴 때만 살아있음을 느끼는 제 자신이 오늘은 너무도 싫습니다 지상의 아버지들을 태운 기차들은 쉴 새 없이 이 역을 통과하고 있는데, 제가 가고 싶은 기차표는 어디에도 없습니다 아버지, 언젠가 길이 다시 열리면 어릴 적 원산 바닷가로 향하는 기차에 오를 겁니다 그곳에서 아버지가 진흙으로 내준 길에 어여쁜 꽃과 화초들을 심고 싶습니다 멀리서 우릴 부르는 어머니의 목소리도 해변 가득 그리며 저물도록 놀고 싶습니다

어리벙벙역에서 또랑또랑역으로 갈아탄 억새

유순예

어떤 속물 피해 숨을 자리 찾아 떠났던 고향
삼십 년 곰삭은 녹초 되어서 돌아왔다네
낯선 도시에서 흔들흔들 흔들거리다 돌아왔다네
변두리 낡은 집에서 셋방살이 전전했다든가
골골한 골목에서 삼삼한 밥상 차리던
그때는 그럭저럭 살만했다든가
흐리멍덩한 기억도 기똥차게 차버리고

어리벙벙역에서 또랑또랑역으로 갈아탄 것이 역전이라네

허리 굽은 어머니가 역장이고
기반 다진 줄기들이 역무원이라는
억새의 또랑또랑역
또랑또랑역이 새로 지어준 둥지에 입주해서
산들산들 피어나는 중이라네
빌딩숲에서 뿌리내리지 못한 몸
산들로 되돌아온 후에야 또랑또랑해졌다는
억새의 너스레가 만화방창하네

아쉬움에 대하여

유자효

간이역도 모두 서는 춘천행 완행열차를 타고
겨울 빛 속으로 떠났다
나의 청춘도 이렇게 늦게
역마다 서가면서
나의 곁을 천천히 떠나 버렸다
그 뒤 나는 한 번도 만나지 못했다
떠나간 나의 청춘, 나의 사랑, 나의 추억을
그들은 어디서 살고 있을까
그들도 나를 그리며 울고 있을까
간이역도 모두 서는 춘천행 완행열차를 타고
겨울 빛 속으로 떠났다
떠난 뒤 소식 없는 나의 청춘
그 그리운 시간을 찾아

출구

유재영

아까부터 농아 부부가 객지로 떠나보내는 아들을 울먹이며 부둥켜안고 있었다 어머니가 한사코 마다하는 아들 안주머니에 무언가를 자꾸 찔러 넣었다 아들이 이내 뿌리치며 출구 쪽으로 달아나자 꼬깃꼬깃 접힌 오천 원짜리 하나가 바닥에 떨어졌다 역 광장엔 싸락눈이 내리고 있었다

월정역

유준화

내, 한 알의 낟알로 뒹굴다가
바람이 높이 불어 어찔어찔 날아올라
하늘 구석지 맴돌다가 떨어진 철원평야
그 추수 끝난 평야에
종종 대는 철새들 떼거리로 앉아서
노을이 흔들리고 머뭇머뭇 밤이 올 때
청둥오리의 저녁밥이 되는 꿈을 꾸었지
퀴퀴한 뱃속에서 한 이틀 뜸들이다가
월정역 부서지고 녹슨 철마 위에 떨어졌는데
가을비 촉촉 내리고 철마의 유골이
다리뼈를 오므리고 오한으로 떨고 있는
죽어도 죽지 못한 월정역 철마 옆에서
또, 풀잎으로 봄에 환생하여
가을이 옷을 갈아입고 철새들 종종거리기 전
철책이 피를 토하는 비무장지대를 넘어
철마 대신 너에게 날아가고 싶어
한 알의 낟알로 뒹굴다가
너에게 달려가고 있는 꿈을 꾸었지

헝가리에서 체코로

유태승

헝가리 Budapest -keleti역에서
Kolin행 기차를 타고 힘차게 달린다.
가다가 Breclav역에서 Ostrava행으로
갈아타는 게 신경이 쓰인다.
그래도 더 많은 수출을 위해서는
열심히 달리고 달려가야 한다.
헝가리에서 체코로
나 혼자 기차로 가는 여정은 참 길다.
차창에 비치는 달빛에
호수에 빛나는 불빛에
열심히 뛰어가야 하는 내 마음에
어머니의 그리움이
내 고향 소래포구 파도처럼 몰려온다.
어린 나를 데리고 게를 잡으러
냇둑을 따라서 가시던 어머니가 달려온다.
나도 어머니처럼 열심히 살아야지
하늘에 비는 마음으로 살아야지
각오를 다지며 달리고 달린다.

장항선 풍경

- 예산역

유현숙

기차는 충청 내륙을 관통하고 거기서는 호흡을 골라야 하네
어조는 순하게 억양은 낮게 시간은 더디게 흐르고 오래 길 든 언어들이 기다리고 있네
예산역에서 기차를 버리고 수덕사 가는 버스에 오르면 그날은 으레 삽교 장날이네
소금구이 집 앞에 모인 촌로 몇, 골 진 주름이 깊고 턱수염 아래로는 과거 같은 막걸리 방울지네
저 사람들, 내륙의 따순 볕과 황톳빛 바람결에 살이 익은 삽교 사람들 아닌가
수덕사에 닿으면 그때 그 집에 들어 여장을 푸네
밤 깊어도 뜨락은 밝고 백양나무 가지에는 시리우스좌, 오리온좌가 걸려 있네
그 밤에 느닷없이 별자리 아래로 거뭇거뭇 내리는 것이 있어 손바닥을 펴들고 서서 쳐다보네
"아, 밤눈이구나."
떨어져 패인 별자리에 눈발 덮이고
드잡이했던 기억들
뜨거웠던 말들
거웃에 묻은 마른 피 조각들 털리 듯 떨어져 내리네
장항선에서 내린 밤에는 언제나 별이 내리네
사람이 그리워지면 기차를 타네

정리해고

유혜영

하늘의 별들도 정리해고 당하나 보다
그런데 지구인들에게 퇴출된 명왕성은
자신이 지워진 것을 알고 있을까

오늘도 서울역엔 명왕성들이 많다
구석진 곳을 별이 되어 떠돈다
중심과 좌표 잃은 별들, 이름 대신 붙여진
어이 김 씨, 박 씨, 최 씨가 약칭이다
밤새도록 누군가 콜록거린다
오늘 새로 들어온 유 씨
처음 덮어본 신문지이불이 낯설었을까
바닥의 바닥으로 떨어진 게 난감했을까
적응은 그렇게 시작되는 거라고
남루와 악취가 만나 소주잔을 내밀며
불현듯 꺼낸 과거사가 블랙홀처럼 아득하다

한 번쯤 야심차게 품었던 전성기를 빠르게 접고
살아있어야 살아지는 것이라고 서로 위로한다
줄 것이라고는 텅 빈 곁과 마음밖에 없는 밤
서러운 별들이 종이박스 위에 뜨는
허름한 지하도地下圖 한 폭

구절리 연가

유희

산 첩첩 그림자 두꺼워지는 저녁이면
협곡을 빠져 나오지 못한 그리움이
좀생이 별로 반짝이다가 슬그머니
뻗어 올린 손 한 움큼에 잡히는 구절리

앞서 가던 바람자락 붙잡고
울며 따라가던 바람의 종점
안개 짙어 갈 길 잃은 는개가
철길 따라가다 잠드는 정선선 종착역

아우라지 여울목을 지나온 현기증의 시간도
갈비뼈 덜컥이며 그대에게 다가갔던 시절도
순례자의 고해성사처럼 순정해지는
종착역 구절리역

소실점 잊고 기적소리 내려두는 여정이
나비잠에 빠져드는 요람 같은 구절리역

세천역細川驛

육근철

잊혀진 이름 세천역細川驛*
이제는 승강장도 역무원도 없는 무정차 통과역
떠나는 발걸음도, 보내는 그 마음도 다 잊어버리고
찬바람만 철커덩철커덩 지나가는 간이역

잊혀진 이름 곱돌 그림
동네방네 까만 벽, 하얗게 그림 그리던 악동惡童들
화물칸 외벽엔 새가 날고, 꽃이 피어오르고
사랑이 피어나던 간이역 곱돌 그림

아스라이
시간이 정지되어 있는 나만의 철길
덜커덩덜커덩 거슬러 올라가면
간이역 화물차 곱돌 그림 그리던 까까머리 소년을 만난다

소년의 어깨를 살포시 안아주는
간이역 노신사.

---

* 세천역(細川驛) : 대전역과 옥천역 사이에 있는 무정차 간이역

분천역*의 당나귀

윤고방

이상난동 소한 날에 눈꽃열차를 탔다
완행열차 맨 뒤 칸에 서 보면
지난 가을 묵은 티를 다 벗지 못한
산과 들이 느릿느릿 따라온다

옛 기억 속으로 문득 눈 감으면
터널 속 새까만 그을음에 숨이 막혀
태백산맥 숨찬 고개를 넘으면 추전역
높다란 다리 여럿 지나면 승부역
하늘 좁아진 분천역에 산타마을이 있다

단군할아버지도 안 계신 산중에
웬 산타할아버지가 계실까
역 마당 앞에 수염 허연 노친네 한 분
앞발로 쉼 없이 땅을 헤집고 있다

누런 갈기 늘어뜨린 당나귀 한 마리
반가운 손님은 소식조차 없는데
안장엔 흰 눈 대신 홍시노을 내린다

* 분천역: 경북 봉화군 소천면에 있는 백두대간 협곡열차의 시발점

시골역에서

윤광수

남이 부러울 연인 한 쌍
예쁜 핸드백 어깨에 건 채
희희낙락 꽃밭이다
그 옆엔 행색이 초라한 할머니
머리에 서리이고 등굽음은 알바 없다.
올망졸망 짐 보따리 사이에 내비친 쪽파 잎
아들딸 다 주어도 모자란 어미 마음!
가서 풀어 놓고 보니
며느리의 말, 싸 빠진 푸성귀를
면박만 당할 아픔이 그려진다
이젠 깡그리 놓으세요
가슴에 못이 될 실망이
클로즈업 되어 내 마음에 되비친다
아— 아 어머니의 바다 같은 사랑
푸른 하늘 올려다보고 긴 한숨
되비친 영상!
내 상상에 날개를 단다.

고향역 영상

윤명수

그 작은 시골 역은 붐비는 이별의 장소였다
완행열차는 기적소리로 목청을 높이고
떠나는 사람보다 배웅 객이 더 많아
시끌벅적 했던 대합실은
파장된 오일장터처럼 휑뎅그렁했다
첫 휴가를 마치고 전방으로 귀대하던 날
야간 군용열차를 타야하는 아들에게
삶은 겨란 몇 알을 쥐어 주고
십리 길 잿마루를 홀로 넘어 가시던 어머니
제대하면 돌아올 줄 알고 기다리다가
아예 잿마루에다 떼집을 지어 놓았다
역은 제 자리에 있는데 없는 역이 되었다
이제 집 나간 아들 딸 그리고
도시 봉재 공장으로 취업차 떠난 순이도
기다릴 필요가 없게 되었다
플랫폼에는 벗어 놓고 간 얼굴이 떠다니고
세월을 베고 늘어지게 누워 있는 철길 위로
철마가 숨 가쁘게 줄행랑을 쳤다

신도림 전철역

尹錫山

신도림 전철역에는 하루에도 몇 번씩 도산하는
노점상들이 있다.
폐업, 창고 정리, 다 망했어요.
오늘은 가방이고, 어제는 신발
내일은 또 무엇이 도산을 하여 우리를 기다릴까.
산같이 쌓인 도산된 물품들 속
그래도 하나쯤 괜찮은 거 있지 않을까
기웃거리는 신도림 전철역
하루에도 몇 번씩 도산하는 세상 속,
1호선에서 2호선으로, 2호선에서 다시 1호선으로
아직은 도산되지 않은 삶을 향해
우리 모두 바쁜 하루를 갈아탄다.

조치원역 회고

윤순정

네가 아니었다면
갈 수 없는 곳이 있었지
내가 아니었다면
너 역시 갈 수 없는 곳이 있었지
나와 너만이
도달할 수 있었던 그 곳

멈춤은
영원으로 가는 레일을 의미했던
너와 나의 만남으로
하나가 된 그 곳

우리 모든 개체가 하나임을
깨달음의 한 순간
운무에 덮인 비경의 비암사
가슴속 한 송이 불꽃으로 피어난
대우주 비로자나

희여울역으로의 귀향

윤정구

조선기와 얹은 팔작지붕에 첫눈이 내린다
완자창 앞 감나무가 뒤척이며
파도 소리 듣는 희여울역
태평양 한 자락 들어와 출렁이는 아산만을
차령산맥이 병풍처럼 둘러싸고
나지막한 대덕산이 천 리 평야를 지키는 곳
외집메 댓골 솔안 동네 품은 소나무숲에는
뻐꾸기 때까치 숨어 봄을 기다리고
종달새 꾀꼬리 하늘 높이 노래할 그곳으로
옛날얘기처럼 기적을 울리며 돌아오리라
별자리 시계로 새벽밥을 지어
이십 리 장터 중학교를 보냈던 어머니도
솔 향기 짙푸른 언덕길 넘어오던
까만 눈망울의 중학생을 생각하며
허연 백발의 아들을 기다리고 있으리라

능내역

윤준경

추억은 채권자
잊은 듯
때 되면 날아와
탕감蕩減의 밀서를 보낸다

나무의자에 기댄
늙은 역사驛舍는
바람 든 폐에서
언제 적 기적소리를 뿜어내고

구름커튼을 친 열차찻집
커피 볶는 향기로 소매를 잡네

흘러간 것들은 놓아주어야 하리

푸른 심줄에 남은 간절함을 털고
연잎 푸른 다산茶山의 마음을 따라

그렇게 또 한 철은 지고말 일인걸

길의 영성

윤춘식

길이 없는 줄 알았는데
그대
역문驛門 열어주니 거기
길이 있었네
길은
스스로 걷지 못하고
우릴 불러
먼길 함께 가자 붙드네

한밤중 다정하게
한 몸 이루는 강물처럼
아픔을 이기고
시간을 넘어
경이로운 세계 속으로
흐르자 하네

길에선
투쟁도
식민주의도 버리라 하네

번영과 칭송으로
집을 짓는
길의 영성

예산 가는 길

윤향기

용산역, 플랫폼으로 들어서는 기차
장항선이 아닌 익산행 새마을호가 낯설다
꼭 남인도 빈민가에서 만난 사람 같다

거무룩한 피부
웅덩이처럼 푹 꺼진 벨벳엉덩이
그르렁 쿨럭 질룩 쩔룩 시원찮은 관절로
무수히 기멸起滅하며 달리는
설청의 문장들을 더듬더듬 펼쳐 읽는다

오디 댕겨 오신대유 참말이지 반갑구먼유
이장님은 많이 쾌차 하셨다남유
서산 댁은 이달에 세 번째 손주를 봤다면서유
그려, 방앗간 집 막내딸도 혼사가 정해졌댜
저어기 아직도 사과가 매달려 있는 것 좀 봐유

무한천 달빛두레밥상위 민달팽이들
칸칸이 밝은 서로의 내력이
친근한 종교처럼 한집안 식솔들처럼
구김없이 흘러간다

간이역의 노래

윤호병

첫사랑에 눈뜨던 그 많던 통학생들도
산나물 이고 지고 5일장 가던 할매들도
이제는 옛 풍경으로 전설이 된 깊은 산골
철로만 남아 있는 을씨년스런 역사驛舍

더 빨리 더 빠르게 모두들 시대에 발맞춰
KTX로 SRT로 세상을 앞 다퉈 달려갈 때
우직스레 제 자리를 지키고 있는 고집
— 아무도 알아주지 않던 바로 그 집착

내가 걸어온 날들도 저 간이역 같았을까
뒤처져도 괜찮은 듯 아무렇지도 않은 듯
외롭고 초간하게 꼬장꼬장 걸어온 지난날

빛바래가는 늦가을 저녁노을 속 저 멀리
보일 듯 말 듯 시들어가는 산간벽촌에서
남새밭 가꾸며 혼자 불러보는 위안의 노래

터미널

윤홍조

언제나 바람 부는 바람의 터미널, 푯대 없는 깃발처럼 펄럭펄럭 옷자락 끌리는 소리만 쓸쓸한 땅

저 멀뚱 표정 없는 버스들은 안다 쌩- 떠나버리는 그 바람의 뒤끝을 연기처럼 사라지는 막막함의 끝,

어디론가 훌쩍 떠난다는 것은 홀로 나만의 시간에 몸 맡긴다는 것 내가 네게서 아득히 멀어진다는 것

터미널 들어서는 순간 우리는 모두 이름도 성도 없는 우글우글 길의 나그네 스스로 바람의 존재되어 풀려나는 때

저 넓은 초원을 누비는 누우 떼처럼 아득한 영원의 손짓 무작정 길나선 방랑자처럼 가벼운 몸 훌훌 무엇도 걸림 없이 나를 떠나 나를 찾는 신생의 한 때

풀린 몸의 실꾸리 팽팽 되감는 너와의 시린 사랑도 따뜻한 봄을 맞는 부푼 몸 새로운 의욕에 차 푸르러 돌아오는

삶의 시발인 종착지는 그래서 언제나 바람 부는 쌩- 바람 부는 바람의 터미널!

청리역

윤희수

그대 바래다주러 가는 길
겨울 한복판이 얼어있다
청리역, 커다란 고딕체
역명을 읽으며
까마귀들 울음 허공에 길다
그 소리의 목젖 끝에
걸린 터널 같은 그대 기척
내 안에서 서늘하다

광화문역에서

윤희자

지하철 5호선 광화문역 3번 출구
서른 여섯 개 계단 올라가다 보면
그 왼쪽에 교보문고가 있습니다
"사람은 책을 만들고 책은 사람을 만든다"
입구에 새겨진 그 뜻 눈부셔
가슴으로 만지작거리며
계단 몇 개 더 오르면 광화문 광장
검은 모자 깊숙이 눌러쓰고
검은 마스크로 그 입 틀어막은 채
서 있는 사람, 혼자 서 있는 게 아닙니다
무시무시하게 큰 글자, 무시무시하게 큰
"4·15 부정선거 사형"이라는
벼랑 끝 붉은 글씨로 펄럭이는 깃발
아우성 — 저 아우성 — 들고 서 있는 사람
지하철 5호선 광화문역 3번 출구는
진실의 퍼즐 하나, 힘겹게 힘겹게
어두움의 장벽을 뚫고 있습니다

간이역에서

이건청

산까치 한 마리 날아왔던가 날아갔던가 너 밤차 타고 바다에 가던 중앙선 그 길 어딘가에 푸른 신호등을 켠 구둔역도 있었을 것인데,

고고학 전공의 국립대학 졸업생, 너 죽고 없는 빈 세상, 40년도 훨씬 넘는 안개 속에 채송화도 봉선화도 피우며 겨우겨우 살았을 옛날의 네 여자가, 백발이 다 된 네 여자가 오늘, 하이얀 댕기 해오라기 한 마리로 스쳐날면서 다시 바다로 가는 간이역, 그냥 스쳐가는 백발의 날.

구둔역……

안동역

이경

누구나 한 번 쯤
오지 않는 사랑을 기다려보지 않았을까
안동역에 눈이 내리면 눈이 내려 푹푹 쌓이면

길이 어긋나 손닿지 않는 사랑과
무구한 기다림에 대해 생각 한다

먼 산맥을 뚫고 달려와
바다를 향해 내달리는 차가운 레일 위에서
당신은 북으로 나는 남으로
생살 찢으며 비켜가는 기적소리

새벽 눈 밟고 가서 못 오는 사람을
미움도 사랑도 못 하는 대합실에서
하얗게 쇠어가는 머리카락을
간 고등어같이 짜게 절여진 그리움을 보네

안동역에 눈이 내리면 눈이 내려
푹푹 쌓이면

뜨고 지고

이경희

휘언히
날이 새어
바퀴 도는 소리 들린다

한낮 중천에
숨이 차
잠시 머무는 듯

뉘엿 뉘엿
취하는 노을
화안히 갈앉아

또 내일, 또
바퀴를 돌리며
뜨고 지고, 뜨고 지고

분천역에서

이관묵

영동선 타고 분천역에 가고 싶다
마을 사람들이
뜯어다 파는 싱싱한 시간 한 다발 사고 싶다
너희들이 여기서 살았구나
너희들이 여기서 재배되었구나
기차가 싣고 와서 부려놓은 먼 길
분천의 눈보라
분천역서 살던 한밤중 바퀴소리
차창의 오래된 기다림

모두 여기서 자생하는 산야초였구나

이 추운 집이 무쇠덩어리 같은 기다림을 재배한 곳이었다니
지독한 그리움의 원산지였다니
그래, 원래 기차의 종은 식물성이지
분천역과에 속하는 약용식물

이른 새벽
기차가 실어다 부려놓은 분천역
로열티를 지불한 분천역

썩지 않도록 저온 창고 같은 삶에 저장해두고 싶다

간이역

이광석

시간이 섰다
눈이 일 센티쯤 쌓였다
어느 낯선 철길을 달려온
하이얀 시간의 발소리
숨죽인 다람쥐 같은 달빛 사이로
너의 작은 어깨가 보였다
기다림이 멈춘
시골 간이역
KTX가 몰고 갔다

모든 날들이

이나명

당신을 보러 가는 날
내 가슴속으로 덜커덩덜커덩
전철이 지나갔습니다

당신을 보러 가는 날
전철 속 빈자리가 당신의 웃음처럼
환했습니다

당신을 보러 가는 날
지나치는 역마다 창밖에 당신이 서 있었습니다

당신을 보러 가는 날
마침내 내가 내린 전철역에서 손을 흔들고 서 있는
당신을 보았습니다

그리하여
당신을 보러 가는 날
내 가슴속으로 덜커덩거리며 지나가는 모든 날들이
당신을 보러 가는 날이었습니다

추억의 간이역

이내무

역은 추억이다
추억은 사랑이다
사랑은 눈물이다

학다리역은 협궤전동차 덜커덩 덜커덩 추억이었다
함평천지엔 사랑이 있었다
내 분에 벅차 눈을 감고 돌아섰었다

달랏역은 환한 그림이었다
블라디보스토크역은 시베리아횡단열차 종점 막장이었다
사랑 없이 눈으로 즐기는 역엔 추억이 없다

사랑의 역을 품지 못한 인생은 불행이다
내 인생은 가을바람 휩쓸고 간 간이역이다

길을 교체하다

이도훈

높은 철탑을 오르는 남자들을 한참동안 서서 바라본다.
손과 발을 주거니 받거니 쉴 새 없이 움직이는 것으로 보아
타협까지는 험난한 길일 것이다.
철탑을 기어오르는 땅의 노동법
수평을 가로질러 수직을 꿈꾸는 동점洞點 하나
끝까지 올라간 남자는 어떤 신호를 고치고 있을까.
보이지 않는 노선, 공중 국경을 가로지르는
긴 전파와 산산이 부서진 기계음들을 몰고
잡음처럼 날아가는 철없는 새들.
먼지들의 밀입국, 길은 끝없이 정체되고
속도가 나지 않는 길에서
속도를 줄이라는 표지판들

폐쇄된 공중의 길에서 과열된 깃털
내려앉아 쉬고 있는 저 얼어버린 땅.
섬광을 꿈꾸며 쏘아 올린 나무들의 숲 끝에서
산산이 부서지는 햇살
나를 더듬는 무언가가 고장 난 정체들을
추수하듯 떼어내고 있다

전곡역에서

이돈희

멀고도 더 먼 옛날
맨몸으로 사계절 안고 살아가던
슬기로운 선사인의 핏줄
전곡리안인의 삶터입니다
삼십여만년전
강원도 평강땅 오리산에서 분출한
용암에 뒤덮인 대지, 전곡리

영겁의 세월을 안고 흐르는 한탄강漢灘江변
이 시간도 구석기 문화가 숨 쉬는
한반도 중부원점, 전곡리
불멸의 선사인들 영혼이 함께하는
부드럽고 포근한 붉은 점토벌에서
세상의 사람들과 사랑을 나누는 마을의
열려있는 커다란 문, 전곡역

약속을 지키려 숨 가쁘게 달려온 철마가 쉬어가는
사랑의 역입니다.

오송誤送

- 인생환승역에서

이동희

명성만으로도 벌써 취하고야 말
말술시우, 최상영이란 걸물이 있다.
그는 술을 시 쓰듯이 마시며, 시를 술 마시듯이 취한다
술이 수면제가 되는, 나를
그는 시인 축에도 못 드는 불출시객으로 취급하겠지만
그의 장인이신 안태석 향토사학자님:
딸부자이신 무골호인을 사숙한 인연으로
말술시인에게도 밉지 않은 호감을 산다

그가 춘향고을 고등학교 국어선생으로 전주에서 남원까지 기차 통근을 하였는데 한번은 퇴근길에 마신 말술에 곯아떨어져 전라선 상행열차에 실은 몸이 전주를 거쳐 솜리를 지나 조치원인가 어딘가에 내렸겄다 비몽사몽간에 정거장 역무실로 끌려간 말술시인은 주머니를 뒤져봐도 땡전 한 푼 없는 거라 내일 아니 오늘 당장 출근은 해야 하고 역무원에게 통사정이야 실랑이 끝에 팔뚝에 誤送이란 확실한 고무도장을 찍어 주더란다 그러니까 여객이 아니라 화물이 잘못 배송되었으니 반송한다는 뜻이라나 뭐라나 그 덕에 무사히 전라선 하행열차에 몸을 싣고 아침 춘향골에 안겼다며 자기는 인간계를 넘어 화물계까지 접신한 귀하신 몸이라는 둥 영웅담을 읊듯 시담을 풀어내곤 하였다.

말술시인의 화물계 접신을 반추하며,
인생 환승역이 가까워지는 날이 되고 보니

여객의 말석은 고사하고 주석에도 자리가 없는, 내가
줄기차게 상행선 기차를 타보려는 심보에
오송 — 고무도장을 벌겋게 찍어서
나를 보낸 분에게 반송하고 싶긴 하다
잔술이나마 취할 수 있는 주객시인으로 돌려보내 줄 수 없겠느냐,
부전지를 붙여서

저물녘

이둘임

하루의 마감 시간에 닿는 간이역

쉽게 시들지 않은 햇볕 담금질로
종일 그을려 종착역으로 가는 길목

어스름이 스며들자
아쉬움에 붉게 피어나는 서쪽 하늘
하루 끄트머리 가로등 하나둘 피어나고

저물녘은 삽시간에 막차가 떠난 듯
어둠 속으로 사라진다

색색 숨 들이켜던 하루
기차가 떠난 뒤 남긴 울림처럼
한순간쯤 시간을 정차시키려는지
무거운 정적이 내린다

또 하루가 저문다

기사문 노마드

이명

삼팔횟집 수족관
생의 마지막 대합실에서 저리도 여유롭다니
시베리아 횡단 열차에 몸을 싣고 뿔뿔이 흩어진
이름조차 생소한 카레이스키처럼 지나온 여정이 그러했을까
가자미 광어 돌돔 참돔 연어 심퉁이 문어 해삼 멍게
머무는 곳에서 이름 지어주면 주는 대로
불러주면 주는 대로 학명이면 어떻고 속명이면 어떠랴
생기발랄한 삶들은 주인의 넉넉함에 묻지도 따지지도 않는다
종착역에서는 바다가 꽃이듯이 꽃이 바다이듯이
한 번의 움직임에 물결이 일고
물결 따라 여울지는 투명한 물그림자
화르르 동백꽃잎 떨어지듯 생은 적막한 것이라서
시끌벅적한 주방과 같이
수다를 떨며 우리는 어울려 음식을 먹고 술을 마시고
쫓기듯이 쫓겨 가듯이 어딘가로 흘러 흘러서 가고
훗날 또 어느 먼 대합실에서
다시 만날지도 모르는 유랑의 한 점 끝, 삼팔횟집에서
나는 또 어디로 가야할 지 열차를 기다린다

K역

이명열

지금까지 걸어온 신발이
잠시 헐겁다

깃털인 듯 떨어지는
젖은 잎사귀 몇 장

며칠 전 죽은 시계가
고요하다

열차는 빈 서랍처럼
덜컹거리며 떠나가고

혼자 남은 가을이
어둠 너머로
오고 있다

철암역의 들꽃

이명혜

기다림이란 처절함이다

침묵인지 소음인지
철암역 들꽃이 하늘구름이 바닷바람에 안겨
한몸인 듯
무성한 초록잎새로 적당히 흔들리다 바람되어 사라진다

내가 띄운 들꽃잎 하나
꽃물결 속을 돌아 흐드러져 돌아오기까지
생성과 소멸
돌이끼의 음모를 막을 수 없다

초록잎새는 우주다 아니 블랙홀이다

궤도를 이탈한 내 잎새는
끝내 수평선이 되었는지 소식도 기척도 없는
저건
달빛을 품어안은 풀잎의 십자궁인 것을

가은역*

이미산

목 쉰 기적에
손톱이 까만 선탄부 어머니
서둘러 밥을 지었다

하룻밤 묵은 동차가 불끈
근육을 세울 때
막장을 벗어난 눈빛들 검은 풀잎처럼
오래오래 손 흔들었다

안녕, 부디 성공하길

따라오는 그늘 한 줌 문신으로 새겨지고

잡풀 무성한 하루 백 년처럼 고요한데
어머니 등처럼 굽은 철로 붉은 기침을 하네

누군가 이마를 짚어주는 듯
긴 잠에 빠진 대합실 간간이 뒤척이네

---

* 가은역(加恩驛)은 경상북도 문경시 가은읍 왕능리에 있는 가은선의 종착역이다. 개역 당시에는 은성탄광(恩城炭鑛)의 이름을 따서 은성역(恩城驛)이라고 이름을 지었으나, 1959년에 가은역으로 이름을 바꾸었다. 현재는 폐역 상태이다.

아천역牙川驛*

이병달

1892년 임진생 '가례댁'이 팔남매 다섯째
선친을 낳은 건 1924년 갑자년 팔월 말이고
시월 초 아천역이 고고呱呱의 첫 기적을 울렸다.

은銀비녀 지른 할머니는 본시 파뿌린 줄 알았는데
첫눈에 '이영애'였던 아내나 엄마가 된 딸내들
유치원 시절을 떠올리면 금방 눈시울이 붉어진다.

1969년 넉잠 잔 할머니가 선영先塋 고치에 든 뒤
아천역도 갱년기 지나 1994년 고희古稀에 폐경을 맞았다
이제 족보와 위폐만 남은 '현비유인 거창신씨'
역사驛舍는 사라져도 역사驛史에 생생한 아천역

몹쓸 '역마살'도 가끔은 몽유병자처럼
플랫폼 없는 고향역 철길에 서서
아천내牙川 건너 어모들 너머 아지랑이 속
뒷뫼산 구름과 솔바람소리에 귀 기울인다.
아직 끝나지 않은 할미꽃의 전설을 마저 듣고자…

---

* 아천역 : (폐역) 김천시 어모면 어모르 278

내 안의 역驛

이병연

사라져가는 꼬리를 놓지 않으려고
나는 어린아이처럼 훌쩍거렸다.

당신이 있던 텅 빈 자리

당신이 빠져나간 그 자리에
웅덩이처럼 물이 고이기 시작했다.

함께한 결 고운 한때를 떠올리다가
나는 또 젖어 든다.

고개를 저을수록 항복할 줄 모르는
내 안의 역

당신이 떠난 역은
수십 년이 지났어도 미련한 애인처럼 젖어 있고

그곳에는 마르지 않는 꽃이 산다.

너라는 간이역

이보숙

그 역으로 가는 길에는 철따라 많은 꽃이 피었지
철길 옆 신작로에 봄에 피는 살구꽃, 꽃이 피려면 먼저 연둣빛
어린싹이 돋아났지, 노란 꾀꼬리들이 와서 우짖곤 했어
무엇이라고 하는 말인지 궁금해서 귀를 기울이곤 했지만
알아들을 수 없었어
네가 어린 아기 때 뭐라고 예쁘게 옹아리 했을 때처럼,
요즘은 살구 열매가 길가에 마구 떨어져도 아무도 가져가질 않더구나,
여름에 피는 목밸일홍, 꽃빛깔은 네 볼을 닮은 분홍색이었지
힘차고 예쁜 꽃을 달고 있는 그 나뭇가지는
지금의 내 손등처럼 늙어 있더구나
내가 일생 기다리는 너라는 간이역,
가을이 되면 끝내 초록들이 모두 바래서 갈색 물이 들더구나
모든 것을 내려놓고 떠나고 싶은 내 마음을 닮았나봐,
네가 떠나버린 그 역에는 사람이 보이질 않더구나
다 어디로 갔을까?
언젠가는 모두 떠나는 게 역이라는 이름일까?
이제 출발하려는 기차의 기적 소리만 길게 울리고 있구나
네가 연주하던 피아노선율도 간간이 들리는구나
삶이 환상이었나, 그 소리들을 따라 나도 어딘가로 발걸음을 옮기고 싶구나.

하늘열차*

– 헤어지기 위해 만난다.

이복현

추전역 어디쯤 써 하늘열차를 기다리는 친구여
눈은 펑펑 쏟아지고, 길이 끊겨 기차가 아주 오지
않아도 초조해하지 말고 기다리게나.

내가 그대를 향해 눈보라 속을 지금 이렇게
가고 있는 것처럼 날마다 사는 일이 안갯속에
만나고, 그다음은 헤어지는 일이니

이별을 아름답다 거짓말하고 떠나보낸, 그 후에는
언제 다시 만날지 도무지 알 수 없는 일이니
안갯속으로 명멸하는 기적소리가 단장의 메아리로
돌아올 때, 사라지는 뒷모습이 쓸쓸하여도
꼭 다시 한번은 만날 것처럼 웃으며 보내야 하리

지금 앞이 안 보이게 추전역 어디쯤 눈이 내리고…
그럼에도 우리는 꼭 만나야 하리
오래 기다린 만큼의 긴 포옹으로
다시 한번 뜨겁게 헤어지기 위해,

* 서울 청량리에서 출발해 종착역인 태백까지 달리는 태백선 완행열차

소유와 무소유 경계 속의 극락강역

이봉하

의자에 앉아 저쪽과 이쪽을 바라본다
바람도 쉬어가는 작은 역
세상의 번잡함은 거리가 멀다

석탑에 내려 와 소원을 비는 구름,
바람이 불 때마다 철길을 부여잡는 나팔꽃,
액자 속 극락도사의 표정이 경전이다

연꽃 위에서 설법을 듣고 있는 나비들
그 침묵하는 날개가 아름다운 것처럼
철길은 소유와 무소유의 경계이다

역사驛舍에서 역사歷史를 펼치는데
그곳에 어제와 오늘의 시간을 접고
헤아리는 사람들 성과 속을 쥐었다 폈다

용산역

이사라

가슴 아픈 사람이 있듯이
가슴 아픈 역驛이 있다

지금은 꿈의 계단을 오르는 역사驛舍
그러나 계단이 없던 그 시절

서울역 직전에서
잘못 풀린 청춘을 다 바쳐도
계단을 한 발도 오르지 못했던 한 여자 두 여자들이
모여서 운다

비가 오지 않는데도 붉게 서러워 우는 여자들 때문에
역 광장은 늘 축축하다

세상은 한 겹 벗기면 속살이 드러나고
한 겹 덮으면 새 역사歷史가 시작되는데

오늘 햇빛 쨍쨍한 용산역
갓 상경한 처녀처럼 눈부시다

추전역

이사철

기차가 멈추지 않고 지나친다
한 소녀가 떠나고부터
고원의 햇살이
유리창에 달라붙어
싸늘하다
영화롭던 시절 내린
검은 눈발들
이젠 디딜 곳 잃어
박제된 하늘에서 서성인다
가야할 곳과
돌아올 곳 없는
텅 빈 역사 한 귀퉁이
지금쯤
어른이 되었을
한 소년의 낙서만
떠나간 누이를 기다리고 있다

나룻가

이상면

제가 먼 이역으로 떠나가던 날
어머니는 나루에 나오셨지요.
강 건너 먼 역참, 기적 소리에
차창에 시야가 가릴 때까지
서로 손을 흔들지 않았습니다.
헤어져 본 일이 없었으니까
작별이란 있을 수 없는 거니까

어머니 못 뵌 지가 어언 수십 년
고향 마을 멀리 나룻가에는
언제나 늘 서 계신 어머니 모습
이제 그만 들어가 쉬셔야지요.
아들은 잘 있으니 걱정 마세요.
하던 일이 모두 다 끝나게 되면
고향 가서 쉴 날이 올 테니까요.

전주역 플랫폼에서

이선열

돌아보노니 손가락 쥐면 그 사이로 바람 금방 빠지듯
순간이고 깊은 바닷속 심연같은 곳 내 전주이씨 본토 경기전慶基殿
대대로 600년 살아왔네 그곳 바람과 햇살 넉넉한 안방같은 곳
탯줄이 있고 내 이웃들 육자백이 들리는 곳
혹은 질펀한 사투리와 비릿내 풍년가 넘치는 곳
서울로 대학다니러 떠나온 땅 전주역
꽃초롱길 전주천과 남고산성, 한벽루, 기린봉 아침해 완산칠봉
전주역은 떠나온 반백년 지금도 가슴속 심장에서 숨쉰다
역은 모두 세상이고 과거 현재 미래의 창문이네
생애 전부가 거울로 비추이는 전주역
첫발 디딘 서울역과 나란히 어깨동무 사이다
시간과 공간이 물되고 바람이듯 그리움 설움으로
혹은 희망과 절망으로 생성과 소멸을
하나로 둘둘 묶노니 다시 가야하리
그곳 1,000년 기와지붕 전주역 플랫폼
건너편 담장엔 지금도 바람 더불고
오늘도 칸나와 코스모스 햇살에 눈부시게 피어있겠다

개태사역

이섬

외로운 것들만 모여 있다
단아한 맞배 지붕아래
겹치고 포개면서 의좋게 살고 있다
천마산을 힘겹게 올라온 겨울바람
때를 놓친 측백나무 검붉은 열매,
기력이 쇠잔한 겨울 햇살, 서로서로
의지하며 살고 있다

한때는 잘 나가던, 화려했던 시절의
그 가슴 두근대던 풋풋한 만남도 정겨운 이별도
사람살이의 분주한 사연들, 흔적도 없이 사라졌다

겨울눈발 앞세우고 찾아온 고요한 산골 간이역
아무리 불러도 기척은 없고

수시로 지나가는 호남선 상하행선
기적 한 번 울리지 않고 눈길 한 번 주지 않는다
역사의 한 페이지에 숨어버릴 개태사역
풍경 속으로 꼬리를 감추고 달린다

얼싸안다

이수산

나라의 부름 받아
논산 훈련소로 향하는 아들
서울역 승강장에 오니 삼삼오오
승객과 환승객이 모여 숙연하다

유독 우리 둘째와 친구들과 형
박장대소하며 불꽃을 피운다
승강장이 환하다

눈시울이 아파 우리부부는 돌아서
하늘을 향해 애원의 기도를
빠르게빠르게 쏴 올린다
평정의 응답 받고 그와 나는
아들 곁으로 다가가 얼싸 안았다

깃발 흔들며 떠나려는 기차
희망을 안고 기차에 오르려는 사랑
저 흰 얼굴이 구릿빛으로 변해
대한大韓의 사나이로 거듭나기를

혜화역, 과꽃이 붉은 까닭

이수영

낡은 수단추 같은 꽃

고전이 되어버린 거사리역 품새로

저 혼자 키 늘이며

그늘 한 주먹 움켜쥐며

남몰래 흐르는 눈물 바람에 말리며

마른번개를 홀로 견디는 한나절

전철역 한 귀퉁이가

저토록 붉은 까닭.

비행기는 10시 50분에 이륙했다

이숙이

무모하게 사라진 자들을 위해
두 줄기 애도의 빛을 쏘아 올리는
맨해튼의 하늘을 뒤로
나는 살아서 떠나네
할렘의 담벼락에 진한 페인트로 낙서할,
산 자의 용기도 없이
지난 9월의 생生은 어느 뒷골목을
떠돌다 흘러서 타임지를 적시었나
여객기는 10시 50분에 떠났네
살아 있는 것이 기적이듯
죽음은 공평하지 않네
고도 일만 피트의 상공에서 바다로만 흘러가는
강줄기와 별밭처럼 흩어져 있는 지상의 불빛들을
몇 뼘씩 재어볼 뿐이네
라일락 꽃잎처럼 휘날리는 삶을 내려다볼 뿐이다
무심한 검은 구름장들이
두 줄기 광선 위로
천사의 나래처럼 너울거리고
나는 살아서 떠나네

패러독스 逆說

이순

다잡고, 곧게만 달려온 것 같아도
뒤돌아보면 길은 어김없이 휘었다
나도 모르게 몸을
길에 맞춰 틀었다

한 생이 그렇다
굽은 삶에 기대다 몸도 곡지고
그 몸에 기대어 마음도 굽는다
마음에 기댄 그림자
굽진 길에 서니 반듯이 펴진다

잣대가 휘어 사과를 재고
기운 저울 위에서
가벼움과 무거움은 평평하다

소금이 썩어 젓갈이 되는 동안
그림자는 나를 끌고 마지막 모퉁이를 돌고 있다

부산진역

이승필

아침놀이 질 즈음 기차는
마침내 고단한 몸을 부산진역에 눕히고
장거리 주행에 마침표를 찍었다

만나고 헤어지고
떠난 듯 다시 돌아와 손을 잡으며 웃고 우는 사람들
철길은 끝날 듯 다시 이어져
끝이 보이지 않는 캄캄한 터널을 통과해야 했다
사람들은 입버릇처럼
삶은 속죄의 길이라고 투덜거렸다

눈은 쌓이다 녹기를 반복하고
서러운 손금 위로 어룽어룽 스치는 달빛도 사위어 가는데
길은 언제나 얼음 박힌 맨발

저 언덕 위 초량동 비눗방울 같은 집들에서
새어나오는 불빛 하나 낯선 우리를 반겼다
무사히 도착한 길 위의 나그네를 위해
누가 부는 휘파람 소리

간이역에서 내리다

이승하

내 기억 저편으로 사라져가는 것들은 애처롭고 이 세상 모든 애처로운 것들은 아름답다 간이역에서 내리는 사람은 단 둘 저 허리 구부정한 사내의 낡은 점프에서 풍기는 냄새가 메주나 청국장을 닮지 않았는지 저 꼬부랑 할머니의 연분홍색 보따리에서 풍기는 냄새가 멸치나 노가리를 닮지 않았는지

낡아가는 것들이 다 누추하지는 않지만
여기 이곳에서의 삶은
간이역 근처 점방의 과자 부스러기처럼
사먹는 사람 없어서 결국은 버리게 되는 것
젊은 사람은 내리지 않고 언제나
낡은 사람만 내린다
희끗희끗하지 않으면 쭈글쭈글한

선로 옆 코스모스에 매달린 이슬만 초롱초롱하다 김천에서 대구까지 아홉 개 역을 쉬었지 김천-대신-아포-구미-사곡-약목-왜관-연화-신동-지천-대구 열 번째 역 대구까지 가는 동안 두세 번은 꼭 쉬어 빠른 열차를 통과시키고 떠났었지 하염없는 기다림 간이역은 기차를 기다리며 늙어가고 기차는 늘 간이역에서만은 서둘러 떠난다

꿈의 방정식을 찾아서

이시경

어떤 방정식이냐고 매미가 가을 입구에서 나에게 묻는다

어디선가 열차가 쑤욱 나타난다
날개를 단 생명체들이 벽을 통과하여 상하좌우에서 튀어나온다

공중에 떠 있는 역, 꼬리에 꼬리를 물고 이어지는 알림 문장들이 여기저기 무지개처럼 나타났다가 사라진다. 미지의 문자와 기호들뿐이라 외지인은 특수 안경을 써야 읽을 수 있다. 아리송한 식들이 목을 조인다. 구골플렉스가 깜박거리고, 자주 등장하는 식에서 통일장 이론의 냄새가 난다. 공중에 떠다니는 아이콘, 보기만 해도 물질의 포뮬라가 표시되고 구매 의사를 묻는다. 나의 뇌세포와 뉴런 연결망들을 4차원 지도로 보여 주면서 나의 방정식 중 어느 파라미터 값을 조정할 것이냐고 다그친다. 똘똘한 아이를 데려왔으나 우리는 문맹이다.

아이가 방정식을 학습하는 동안 나는 매미에게 문자를 날린다

하슬라역*

이애리

구름에 가려 찬란한 일출을 보질 못하고
동해안 철길 해송을 카메라에 담지 못해도
겨울비가 기차 레일 위에서 훌쩍여도 좋다
화비령에 진눈깨비 날리다 금세 폭설로 변해
오가는 사람들 발목을 덜컥 붙잡아도 좋다
역내에는 해연풍 같은 음악이 흐르고
마지막 남은 담배 한 개비를 궁굴리며
주머니에 라이터가 없어도 허전하지 않겠다
철도신문을 뒤적이다 海菊같은 하슬라역을 배경으로
한 잎의 시를 써 내려가도 좋다
따스한 커피를 건네는 역무원의 배려에
귤 두 개로 화답하며 시간이 멈춰도 좋고
밤새 소금별 숫눈길을 헤매다녀도 좋다
눈 속에 파묻힌 기차 레일을 찾아내
그대와의 거리를 가깝게 좁혀 놓으며
심곡항 등대처럼 밤새 글썽거려도 좋다

---

* 하슬라역 : 강원도 영동선 동해역과 강릉역 중간 즈음에 있음직한 역이며, 하슬라의 뜻은 강릉의 옛 지명.

촛대바위

이애진

기차가 서지 않고
지나가 버리는 추암역

기적소리 보다 파도소리 잦은 그곳엔
폭풍우 속에서도 꺼지지 않는 그리운 맘 불 지르며
파도의 흰 거품으로 불 밝히는 촛대바위 살고 있다

수없이 밀려왔다 밀려가는 파도의 몸부림
메아리 없는 영혼의 핏빛 절규, 꺼지지 않는 불꽃
기다림의 포효가 만들어낸 추암역 비경, 눈 시리다

삼백육십오일 내리쬐는 태양에 눈멀어도
고통을 고통이라 말하지 못하고
오늘도
그리운 맘, 불 밝히고 서 있는 추암역 촛대바위

고향역

이영

강원도는 습설이 내리고
서울 하늘은
고향을 적시네

뾰족한 덧니
가리고
킥킥거리는 코뿔소처럼
좋아도 좋은 줄 몰랐던
그때가 좋았네
지금 이 자리 꽃물 잘박거린다는 걸
미리 헤아릴 줄 알았다면
뒤돌아보지
않을 것을

강원도는
습설이 내리고
빗방울은
칭얼칭얼
밤을 보채네

아우라지역*

- 여량역

이영식

쓰고 버린 저금통 세워 놓은 듯 빈 몸 웅크리고 나를 맞는다

하루 세 차례 해시계 어깨걸이로 열차 지나고 나면 버드나무 한 그루와 풀꽃들이 주인이 되는 간이역
졸음 겨운 오후가 맘껏 게으름 피우고 있다
바람이 구절리행 차표를 끊을 때마다 버들잎들 사래질 치며 저도 가잔다
가지 않은 길에 마음이 쏠린 것일까 산 그림자 철길 향해 틀어앉았다
탱자나무 울타리 안으로 내가 들어서자 한갓지던 풍경들 귀를 종긋 세운다
서울이요? 여기 까막촌에 서울행은 없다고
민들레 꽃씨처럼 작고 가벼워야 아우라지역 두 칸 열차를 탈 수 있다고
뒤뚱뒤뚱 철 지난 모시나비 한 쌍 해거름으로 와 닿는다

철길 위 은빛 고요를 밟는 내 그림자 무거웁다.

---

* 아우라지역 : 강원도 정선군 여량면 여량리에 위치하는 정선선의 철도역이다. 개업 당시 역명은 소재지인 여량면의 이름을 딴 여량역이었으나, 두 개의 물줄기가 이곳에서 서로 어우러지며 합류한다는 의미로 역명을 아우라지역으로 변경하였다. 현재 제천역과 청량리역에서 출발하는 모든 여객열차는 아우라지역까지만 운행하며, 본 역과 구절리역 간의 7.2km 구간에는 레일바이크가 운행 중.

환승역에서

이영신

깜박, 꿈결인 듯
잠시 쉬어간다는 전언을 듣자
승강장에 내려섰다

밤낮을 쉬지 않고 달려와
어느새 산등성마루를 넘었다
그윽한 산안개가 사방을 휘감고 있었다

어떤 손길이 닿은 오묘함인가
아름답게 펼쳐진 하늘 아래
시간이 흐를수록 점점 더 오묘해지는
저물녘의 이 길에 빠져들었다

끝도 없는 호기심을 타고난 팔자,

지도 한 장 챙기지 못하고
엉겁결에 떠난 길
이다음, 다음 역은 어디인가
다시 또 기다려진다.

철길 옆 그 아이

이영춘

아이는 잠 속에서도 아팠다
가을 회충이 부화하듯 얼굴이 노랗던 아이

눈송이 같은 구름 떼 하늘을 흘러가고
철로에 귀를 대고 하루를 보내던 그 아이

레일이 진동을 일으킬 때쯤이면
아이는 늘 배가 고팠다

행상 나간 엄마는 돌아오지 않았다
그날 밤 레일에는 자가웃 넘게
눈이 쌓였다

월정리역

이오례

아픔을 간직한 서글픈 풍경만이
멍든 흔적 송두리째 안고 있다

달리고 싶은 철마는 마비된 채
처참한 기억 붙잡고
아픈 자국으로 녹슨 채 누웠다

수십 년 전 멈춰진 간이역
그리움을 싣고 풍경을 싣고
기적소리 울리며 달리고 싶은 철마

기척 없는 기다림의 끝에서
아픔이, 그리움이, 지쳐만 가는데
휘청이는 녹슨 슬픔이
월정리역에 서성인다.

무수한 역을 지나며

이옥진(始園)

무수한 역을 지나며
새로운 아침을 맞이하길 원했으나
쉽고 빠르게 도달하는 평화는 드물어
아이야 서두르지 말아라
따가운 여름 끝자락 화사하던 목백일홍도
시나브로 붉은 빛 잃어 버석인다
지나온 저 먼 역에
머지않아 네 발자국 지울
하얀 눈이 내릴 날 그리 머지않아
갈 길 멀다고 근심하지 말아라
네가 어디에 있던지
간절히 간구하고 있는 너의 평안은
언제나 네 곁에 있으니
지나온 역마다 꽃 피우고 지우며
키를 키운 나무가 깊은 숲을 이루어
짙은 그늘 속에서 간절하던 안식이 열린다
수많은 역을 지나며 새 하루는
서서히 밝아오는 새벽처럼
그제서야 네 마음 깊은 곳에서 새 아침은 열린다

간이역

이유환

기차가 바다로 가고 있다

푸른 눈들이
햇살에 젖은 의자를 바라보고 있다
파도 소리를 듣는다

빛바랜 이정표
서로 어깨를 낮추는 정겨운 나무들
정오를 가리키는 시계탑 위에
방패연 하나 걸려있다

간이역 건너편
송홧가루는 봄을 펴 날리고
등불을 켠다

뻐꾸기 울음 위로
가끔 기적 소리 파르스름하다

바다가 깊은 잠에 빠져있다

대전역

이은봉

대전역에서는 지금도 가락국수 냄새가 난다
플랫폼 여기저기 꿀꺽 침 삼키는 소리가 들린다
지난 시절이 가지 않고 있기 때문이다
지난 시절의 눈물이 남아 있기 때문이다

대전역에서는 여전히 울음 삼키는 소리가 들린다
역 광장에서부터, 대합실에서부터 눈물이 핑 돈다
지난 시대가 가지 않고 있기 때문이다
지난 시대의 최루가스가 남아 있기 때문이다

대전역에서는 아직도 1987년이 떠돌아다니고 있다
손 흔들며 서울 향해 떠나던 슬픔이 남아 있다
한 손에는 책가방을 들고, 한 손에는 젓가락을 들고
급하게 가락국수를 먹어치우던 절망이 널브러져 있다.

천안역

이은심

주말 아침의 차표를 반환했습니다 수수료는 소액입니다
아름다웠던 약속은 하염없이 찢어졌지만 원망할 게 없습니다

차창의 뜬눈으로 당신을 보고 나를 보면 당신만 덩그러니 추운 밖에 있는 것 같아 느린 속도로 사랑하고 더 느린 속도로 사랑을 놓치고 발을 삐끗한 구두와 영화표를 어젯밤으로 가져다 놓았습니다

서로가 서로를 나쁜 꿈처럼 지나간 후엔 우리를 다시 시작하도록 천안역 7번 출구를 비워놓겠습니다 고라니를 친 새벽도
슬슬 생겨난 저녁의 슬하도 아주아주 먼 곳으로 보내버리고 다음 약속은

눈보라치는 당신의 시계에 맞추겠습니다

신이 멸망시키지 못한 눈물은 넘치지 않게
슬픔은 눈에 띄지 않게

그러면 될 일입니다
달라질 건 없습니다

능곡역

이인평

들녘에 안긴 능곡역 플랫폼으로
전철이 아침 해를 실어 오면
토당동 이마에서 자란 옛이야기들이
아침이슬을 머금고 빛난다

남북을 이어주던 기억들이
선로의 빛을 따라 오가던 사연을 풀어
능곡역에서 타고 내린 발걸음에다
힘겨웠던 시절의 문장을 새겨 준다

두 개의 선로처럼 뻗어간
경의선 핵심 역인 능곡역의 역사는
이곳을 거친 추억을 함께 실어 나르며
격동기의 역사를 다시금 일깨워 준다

때때로 노을빛이 좋아 석양을 바라보면
붉게 타오른 하늘이 가슴을 펼쳐
전철 속 얼굴들을 한 핏줄로 아우르며
한민족 속정에다 꿈을 품어 준다

도라산역에서

- 남과 북

이재관

금수강산에
또, 보름달 떴다.

아니,
아니야,
절대, 아니거든.

파주, 임진강변에
불신의 검은 비 내리네.

강경역

이재무

강경은 내 생의 사립문이다
기차를 타고 강경에 내리는 때는
작두로도 못 자르는 그림자의 키가
작아지는 정오, 나는 이 적요하고
권태롭고 나른한 시간을 애인처럼 아낀다
햇살은 분필가루처럼 분분히 떨어져
더운 살갗에 달라붙는다 내 그리운
정인들은 어디로 갔나 휴지
나뒹구는 시외버스 정류장
방학 맞은 교정처럼 쓸쓸하다
멀리, 노새처럼 지친 금강의 꼬랑지가,
낮은 블록담 너머 늦은 점심을 먹는
노인 부부가 보이고 산의 옆구리 에도니
새로 생긴 교도소가 불쑥 얼굴을 내민다
내게는 촌수가 먼, 개미를 만나도
피해서 걷던 일가붙이 한 분이
저곳에 있다 차창밖엔
또 쓰러진 전봇대, 팔딱팔딱 몸 뒤집으며
파랗게 웃는 미루나무 잎새가,
온종일 종알대며 걷는 도랑물,
포르릉 날아오르는 참새 떼가 있고
그들의 서식처인 대나무 숲
또, 또, 무엇보다 서럽고 가뿐

추억이 있고…
강경은 내 생의 울타리이다
들어서면 다습고 깊고 아늑한
상한 짐승이 찾는 동굴이다

간이역

이정님

세월도 깊이 잠이 든 간이역에
눈이 내리면
떠난 사람들은 발자국 깊이 묻히고
이별의 흔적을 찾아 떠도는 바람만
흐느끼고 있다

기적이 울먹이며 웅크려 앉은
레일은 녹이 슬고
낱낱이 흩어지는 눈송이들이
시린 제 가슴을 찢어내는데
아스라한 불빛에 떠밀려

추억을 찾아 나선
가로등 불빛을
잎새 다 버린 겨울나무 혼자
우두커니 바라보고 있다

가을역

이정자

화무십일홍 꽃이 그러하듯이
아름다운 것일수록 짧고,
세상 보는 눈만 밝아져서
신비로 둘러싸인 동화의 나라는 물 건너간 일
그래도, 그럼에도 불구하고
낭만을 상징하는 기차를 타고
여행을 떠난다면
창밖 스쳐지나는 자작나무숲이 아니라
밥 짓는 연기 모락모락 피어나는
어느 작고 예쁜 마을 농가 담벼락에
가을 풍경처럼 서 있는 대추나무의
대추 한 알 음미하며
-가을역에 도착하였습니다
잊으신 물건은 없으신지 챙기셔서
안전하게 내리시기를 바랍니다
안내 멘트를 들으며 내리고픈
너라는,
어쩜 다시 오지 않을
가을이라는 역

나루터에서 서성거리다

이종숙

얼마나 많은 늙음의 시간을 건너기 위해
거울 앞을 서성거릴까

잔인한 시간이 거울을 깨라 한다

그런들

그게 뭔 대술까

부모도 형제도 먼저 간 길
가면 가는 거지

다만
삐걱거리며 노 저어 건너야 할
늙음이 가엾고 서러운걸

정읍역

이준관

어머니 손잡고
처음으로 기차를 타던 곳

지금도 기차에서 내리면
어머니처럼
두 팔로 나를 안아주는 역

대문에 등불 매달고
따뜻한 밥 한 그릇 지어놓고
나를 기다리는
어머니 같은 역

철로를 따라 핀 코스모스꽃이
첫사랑 소녀만 같고

풍금 소리를 내는 기차도
사람들도
내장산 단풍처럼
물들어 고운 역

어느 종착역에 대한 생각

이지엽

기차를 타는 순간 우리는 종착역을 생각한다
들판을 지나 강을 건너고 산과 집들을 지나 우리는 반드시 종착역에 도착할 것이다
그리고 사람을 만나고 밥을 먹고 얘기를 나누리라
웃고 떠드는 순간 신기하게 역은 지워지고
우리는 알아채지 못한 채 역에서 멀리 떨어져 나간다
지워지는 무늬, 물속으로 가라앉는 발길들, 사랑은 늘 그런 것이다
그러니 역은 잠시 있다 사라지는 것 물길이거나 떨어지는 꽃잎 같은 것
우리는 이미 수건으로 손을 씻었거나 밟고 지나왔다
종착역은 아마 처음 역이었을지도 모를 일
십 수 년 동안 상환해오던 전세금 융자를 다 갚거나
원수처럼 지내던 사람과 어려운 화해를 하고 눈물을 흘렸을 때
방금까지 역은 분명히 있었는데 감쪽같이 사라진다
(이 감쪽같음을 평화라 명명할 수 있을까?)
하나를 이룩해본 사람은 안다 그 역이 이미 없어지고
짐을 꾸리고 다시 무언가를 위해 허둥대며 떠나야 한다는 것을
우리는 늘 시간에 빚을 지고 달려갈 수밖에 없다
문 닫아버린 약국을 찾아, 설렁탕집을 찾아
시간은 멀리에 가 있고 역도 또한 너무 멀리에 있다

남은 생애의 첫 번째 날*이 시작되면
지금까지의 것을 다 잊어버리고 표를 끊고 개찰구를 들어선다
또 다른 종착역, 실은 오래전에 사라져버린 그것이 거기 턱 하니 버티고 있다고 착각하면서

* 앱비 호프만.

어정역御井驛에서

이진숙

하늘 한번 못보고
하루해를 마치는
나의 고단한 역사는

철길 위에
고즈넉이 얹어놓고

나는
나를 잊는다

쏟아져 내리는 햇살처럼
눈부신
번민의 숲을 뚫고 와

이제
추억 속에 숨어버린 맑은 샘을
찾는다

우물가 버드나무처럼
손 흔들어 기다린다

통리역

이창식

도계 철암 블랙다이아몬드 시절
통리재역이라 부르며 사람들 탄다.
눈이 내린 날은 눈비탈 얼굴들 개락,
위 철길과 아래 철길 사이로 미끄러져
위에서 구르면 아래서는 눈물길 탄다.
아래에서 오르면 위에서는 한숨길 탄다.
몸으로 길을 내며 철길 그나마 잇다.
이어진 아리랑길에 인정이 미끄러진다.
예전의 기차놀이 하듯 기차도 비탈을 탄다.
이제는 녹슨 역사驛舍, 그래도 그리움 탄다.

폭설 온통 흰밥 축복이다 철암 통리 지나 신포리 도계에서 탄부 정일남 월천 이성교 외교 진인탁 대모 손용순 교학 노영칠 혈죽 이원종 검은 터널에서 나와 오르다 저마다 장자 예수 공자 지장 허균 동안 데리고 탄탄 막장에서 나와 오르다 손에는 모두들 홍전사지 그을린 시집 들다 설국열차 갑자기 서자 눈폭죽 터지다 눈사람만 가득 싣고.

연천역

이채민

여섯 살
최초의 이별이 펄럭이고
여섯 살
최초의 그리움이 고여 있는

꿈속까지 흘러든
따개비 같은 슬픔이
아직도 꼿꼿하게 심겨져 있는

무엇도 작정할 수 없었지만

여섯 살
천 번의 울음으로 짜여진
엄마, 그리운 구절초 문살이다

광주역

이철경

신도시 주변이 된 구도심은
도시재생 사업으로 안간힘을 쓰지만
썰물처럼 빠져나간 도시공동화로
떠나지 못하는 가난한 사람들과
떠나갈 새들이 황량한 광장을 거닐 뿐,

고갈비 안주에 막걸리 한 사발로
취기가 오르던 왕년의 구도심엔
더 이상 청춘의 웃음이 들리지 않는다
한때를 주름잡던 추억을 곱씹는
초로의 보헤미안이 간간이 눈에 띌 뿐이다

구도심 주변은 폐쇄된 상점들과
무료한 시간을 햇살에 태우는 노인과
아무도 반기지 않는 늙은 비둘기가
한가로이 가을볕을 핥고
KTX가 서지 않는 광주역에 늘어선
코스모스만 가을바람에 흔들리고 있다

만삭의 폐선구간

- 동해 남부선

이초우

달도 넘어갈 땐 숨 차, 희멀건 모롱이 돌아가면 영문도 모르게 이지러졌습니다 외로운 이 두고 온 양 그렇게 짠했습니다 확 트인 푸른 물결 앙증맞게 부딪치곤 했고요 그런 일 없었는데 왜 그런 걸까요. 꽥 꽥, 기적소리 기어이 터져 나왔거든요

온종일 아픈 못질 힘에 부쳤습니다 상현달 열차보다 성큼성큼 앞질러갔지요 어린아이인 양 날 데리고 가는 어머니 객실 안까지 환하게 부풀어 있었거든요 꾸벅꾸벅 조는 암청의 장막, 기적소리 또 울려 잠을 깨우며 그 모롱이 길 지금 돌아내려가는 만삭의 그 길 누군가 날 어둑하게 기다리는 것 같았습니다

기억속의 역

이충재

그는 오지 않았다
원주민들이 떠나고 난 텅 빈
역 근처에는 잠자리 떼만이
계절을 부화시키며 윙윙 날고
시대에 휩쓸려간 이의 이름을 목청껏 부르짖으며
바람만이 코스모스 대궁사이에 숨어서 모의중이다

단 한 번도
처마를 내리고 살아본 일이 없는
낯선 이들이 상한 마음 안고
잠시 찾아와 휙 둘러보고는
막걸리 한 사발 흡입하고 돌아서는 일 외에는
마당에 핀 꽃잎의 가슴만이 쓰리다

그렇게 사는 것이다
너와 나 그리고 우리
누구랄 것도 없이 시그널이 되어 서 있을 뿐
철로 변 흰 곱돌인생으로 남아
그리움의 터를 지키고 있는 것이다
눈물짓고 싶은 날이면 노을처럼 잠시 들렀다가 온다

화본역*

이태수

반세기도 넘은 그 옛날에
단 한 번 찾은 적 있는 화본역,
마음먹고 완행열차로 찾아왔더니
먼 그 옛날이 기다린다
단장 새로 한 급수탑은
속을 다 비우고도 제자리에서
증기기관차를 그리워하고 있을까
꿈속에만 가끔 나를 찾아오던
그 사람은 지금 어디서
뭘 하며 사는지 알 수 없지만
그때 그 추억은 여전히 그대로다
그 사람도 기관차도 아득하게
떠나가고 없는 화본역,
속절없는 내 마음같이
그 옛날 그때를 그러안고 있는지
타임머신을 타듯 거슬러 찾아온
나를 포근히 품어 준다

---

* 경북 군위에 있는 간이역

간이역

이향란

동동 구르던 맨발들이 뛰어내려
다정을 심고 꽃피우던 곳

정차라는 따스하고 부드러운 말을 두고
다들 어디로 갔나 몰라
총총

오래된 이별의 냄새만 말라가고

신발을 벗어던진 우연과 어깨를 기울이다가
키득키득 웃음을 문지르다가

그냥저냥 새파랗게 살아남은 우리만
발목이 잘린 채
간단하고 편리하게 접힌 채

날지도 말고
캄캄히 잠시

임피역*에서 내린다

이향아

어머니는 임피臨陂역에서 내리셨다
만고풍상 궂은일 마치고 새집을 지은 어머니가
작은 망루의 파수꾼처럼 날마다 바라보는 작은 집
장항선을 타면 천안에서 남포, 남포 지나 서천,
서천 지나 익산 가다가 천천히 내리는 땅
이제는 가다가 서고 멎었다가 가는 아담한 객사客舍
아흔세 살 어머니가 세상과 하직했듯이
임피역도 아흔다섯 살 천수를 다 했을까
젊어서는 만경 평야 쌀을 실어 나르고
아침저녁 통근열차 바쁘기도 했더니
돌아보면 험한 일도 아름다웠다고
추억이 노을처럼 깔린 지평선을 따라
어머니를 만나러 가는 애잔한 발길
배롱꽃 그늘 흔들리는 임피역에서 내린다.

---

* 임피역-군산시 임피면 서원석곡로 37.

구절리역

이향지

새벽에, 종점에,
비둘기호에서 내렸습니다, 옛날 일입니다.
구절리 종점의 새벽하늘은 깊고 푸른 바닷속
시린 별들로 쏟아질 듯 으스스합니다.
겨울 새벽에 기차에서 내린 사람들은 종종걸음으로
김 오르는 밥집, 해장국부터 찾습니다.
상원산 옥갑산 굽이치고 내려오면 저녁
막차는 아슬아슬 떠나버립니다, 발 동동 구를수록
산은 높고, 골짜기의 밤은 춥고 길기만 합니다.
어김없이 찾아올 내일, 새벽 첫 기차를 기다리며
아라리 아라리 넘어갑니다, 옛날이야깁니다.
구절리역 철로 끝에 금더미처럼 석탄 더미 쌓였을 때,
구절리행 기차는 지폐 숫자보다 많은 나그네를 날랐고.
광산합리화 현수막이 여기저기 펄럭거리던 그때가
구절리역의 가장 빛나는 석양이었습니다.
열 손가락에도 못 미치는 승객을 싣고 터덜터덜
송천 둘레를 돌아나가던 비둘기호 가는 기적소리.
그 석양 속에 아직, '구절리-청량리'
차표 한 장 있습니다.

유리구슬

이현명

햇살이 투명하게 내리면 영롱해지고
솔바람 불면 부는 대로
내 마음은 구른다

세상 빛 품은 유리구슬
눈으로 몸으로
유람하듯 유영하듯 구르다

서글픔 머금은 비바람, 태풍에 소스라치며 흔들리다
평화로운 언덕 울창한 초록 숲 밋밋한 듯 편안한 평야로
깊은 바다 가슴속으로 떠돌며 밀리듯 구른다

색색갈의 기쁨과 슬픔 세세히 누리다
내 마음의 유리구슬 구르기를 멈추는 그 순간
미세한 방울 아니면 점… 또는 분자로… 원자로…

구르듯 밀리듯 날아가듯 산책하듯
미지의 역으로
멋지게 떠나가리라

월정리역

이현서

노을을 삼킨 산국山菊의 울음이 천년 달빛에 고여 있다 오래된 우물에는
봉인된 상처가 터질 듯 출렁, 낯선 바람이 분다
달이 지기 전 천모금의 물을 손으로 길었던 소녀는
어느 먼 행성으로 걸어갔을까

속절없이 흩날리는 향기는 무심한 철책 위를 넘나든다
낮은 포복으로 뿌리를 뻗어가는 풀들 주춤, 창백한 안색으로
곧 살얼음 진 시간이 닥칠 거라는 바람의 귓속말에
까칠한 입술이 하얗게 마른다

재의 시간 속으로 허물어진 녹슨 기관차가
어둠의 긴 수렁을 지나며 퇴적된 고통을 번역하는 동안
칸칸 기관차에 몸을 싣고 떠난 눈빛들이 허공의 무덤에서
얼룩진 습벽을 더듬고 있다

시린 통점 속, 흰 구름을 통과하던 무수한 발자국이 오가던 플랫폼은
하릴없이 바람의 목록만 뒤적거리며 또다시 지루한 불면을 예감한다

적막이 휘감기는 불온한 경계에서 수없이 계절을 건너온 목이 긴 새가
사가사각 달의 모서리를 파먹고 있다

취매역

이현협

해풍댕이 소굴에 말소된 그림자 어둠을 벌컥 마셨지 시퍼렇게 지켜보던 무급의 창에 봄은 피었지 집배원이 두고 간 낯선 꿈 아무도 모르게 수의囚衣를 벗어 알몸으로 고꾸라졌지 현저동 붉은 담을 순례하던 주파수는 오류였다고 아무도 말하지 않았지 노랗게 멍든 주전자 쑥부쟁이 무침에 부활하는 취매역은 고독의 뒷문을 열어 화장을 지우지 비릿한 춤을 추지

목숨줄 잇기

이혜선

전쟁 끝난 지 3, 4년 지나 부산의 먼 친척집
어린 두 딸 맡겨놓고 가신 아버지 기다려
날마다 눈이 빠지던 기차역

기찻길 옆 작은 등성이 오르면
피난민 떠난 판잣집터에 널려있던 고무줄 조각
잇고 또 이으며
고무줄만큼 널려있는 유리조각에 발을 베이고
작은 마음도 베여 피 흘리던 곳

친척 아지매 눈칫밥은 끼니마다 늘어가도
다락방 끼인 잠자리엔 새 피를 반기는 빈대의 손님대접
툭툭 불거진 잇자국 피 나게 긁으며 등성이 올라 기다려도
기차는 날마다 작은 역을 지나가버렸다

눈부신 선진국 네거리에 서서
지금은 찾을 수 없는 기억창고 속 작은 기차역
기찻길 옆 고무줄잇기, 나의 목숨줄잇기

역주행

이화영

치매 전조를 보이는 아버지는 점심마저 거르고 누우셨다
불린 쌀을 끓여 짓이겨 체에 걸렀다
종유석 빛 밥물이 뚝뚝 떨어졌다
한 숟가락 떠서 드리자 틀니 어긋나는 소리 뒤로 넘기셨다
구할 수 없는 기도를 뒤로 하고
지하철 에스컬레이터에 올랐다
걸어도 걸어도 계단의 세계는 확장되었다
아버지는 저녁을 드셨을까
새벽 내내 아버지는 화장실을 서너 번 들락거리셨다
주춤거리는 발걸음과 가래 섞인 숨소리가 입 벌린 문틈으로 들려왔다
한 손에 창을 들고 짐승을 쫓던 아버지는 어디 가셨나
한 동굴의 족장은 이대로 막을 내리는가
나를 지나친 사람들이 저만치 내려가고 있는데 나는 여전히 그 자리다
올라가는 사람 내려가는 사람들이 나를 쳐다보았다
나 혼자 거꾸로 계단을 오르고 있었다
등줄기를 타고 흐르던 땀이 한순간에 눈초리가 되어 싸늘했다
아버지의 동굴에서 멀리 빠져나와 허둥거리다 실족했다
언제부터인가 방향을 찾는 일이 간단하지 않다

왕십리역驛

이희선

내가 너를 보내놓고
후회했던 왕십리역

아픔도 보냈었고
즐거움도 맞이했다

슬픔의
내 임종도 맞을
왕십리가 아닐까

남광주역

이희정

기차소리 들리지 않는 남광주역에는
흘러가버린 추억들만이 풀포기가 되고 상인들이 되어
오가는 사람들의 발길을 잡는다
그 옛날 우리 시어머니
산고사리 꺾어 한광주리 좌판에 놓고
사람들의 인기도 많았지만
부끄러운 내 마음은
시어머니의 가난을 탓하기만 했다
세월 흘러 나 이렇게 나이 들고 보니
이런저런 생각에 눈시울이 젖고
남광주역 기차소리만 귓가에 들려온다

시어머니 하늘 가시던 날
내 울음소리 하얀상여 뒤로
만가와 함께 흰구름이 되었고
이제는
갈 수 없는 기억들만이 나를 울린다
얼마전 광주 고향길 걷다보니
남광주역 앞을 지나고 있었다
내 파리한 눈동자 굴리면서

두더지족族

임덕기

속도전을 위해 땅속으로 들어간다
가파른 계단이 움직인다
버튼 하나로 지상에서 지하로 잠입한다

불빛 따라 길을 찾아간다
수많은 역驛이 하나로 이어진
시간 위를 철커덕거리며 달려간다

터널 안은 어둠으로 이어진다
길은 어둠 속에서 사방으로 뻗어있다
어둠 속에서 자생自生한 시간들
뒤늦게 찾아봐도 지나온 역驛들이 보이지 않는다

퇴화된 눈 대신 감각만 살아서
도시의 굴속에서 허우적거린다
노선표를 보고 살아가는 하루하루
그늘에 익숙한 사람들이다

아스팔트에 꽂힌 지상의 햇살이 낯설다

도화역桃花驛

임성구

오월로 뛰어가는 김천 하고 어디쯤에
복사꽃이 피었다, 흰 눈 펑펑 내리는 날
기차가 그냥 지나쳐도
손 흔드는 간이역

내일이면 지워질 이 역에서 쓰는 편지
반쯤 고개 내민 복사우체통의 비둘기
천년을, 또 천년을 향해
눈꽃 경적 울린다

그 환승역

– 지하철

임솔내

푹 꺼져 흐르는 우주의 개여울
여자의 내부처럼 함부로 다룰 수 없는
갈래의 길들이 어지럽다
발길들이 흘리고 간 그 엄청난 시간들
순풍순풍 잘도 쏟아낸 정자들은
주름진 탯줄을 타고 땅 위로 솟는다
저마다 살겠다고 사라지고 사라진다
새처럼 가둬졌다
부려지고 부려지는 디지털 유목민
지하에 남겨진 절반은 바닥의 바코드 7-3에서
쌉싸래한 환승을 기다린다
낙엽이 뿌리로 돌아가듯
어디론가 돌아가 다시 배란되어지기를

오늘
내 환승의 바코드는 5-7-3이다

레트로-메트로 연애

– 3호선과 8호선이 만나는, 그곳에서 기다릴게

임수경

우산을 잘 접어 가방에 넣은 채
장맛비 속을 빠르게 걸으면
온몸에서 지구의 눈물이 흐른다, 눅눅하게시리
고작 일개 환승역일 뿐인데
우연으로라도 평생 만나지지가 않는다
길이 엇갈렸을까, 생각을 하다가
발아래서 뿜어진 바람에 뺨을 세차게 얻어맞았다
욱신거리는 기억 속에서 안부를 물어줄 당신은
비닐커버를 씌우지 않은 내게 눈살을 찌뿌렸다, 대신
나를 스치고 떠나는 것들과 남겨지는 것들 사이
잊혀지는 것들과 버려지는 것들 사이에서
역을 걷는 모든 우산이 나와 함께 울어주었다
오늘의 고마운 일이다, 라고 일기에 써야겠다
오호츠크해기단이 포기하지 않는 한
이 장맛비는 계속 될 것이다,는 예보에도 불구하고
누군가는 서둘러 역을 빠져나가고
누군가는 우산을 접으며 옷소매가 젖어버렸지만
갓 구워낸 빵냄새 가득히 시장기를 자극하면서
길 잃었던 오후는 다시 제자리로 저물고 있다

눈 내리는 밤에

임승천

서울역
밤 열 시 사십 이 분
차 한 잔의 바다에 내리는 눈

김시인
정교수
그리고 나

눈은 축복처럼 내리고

떠난 김시인 모습 뒤로
내려오는 지하철 계단

만남은
새로운 노래를 위해
함박눈으로 내리고

시간은
반짝이는 눈빛으로 빛나고 있다

꽃밭에서 잠을 자다

임승환

선릉역 10번 출구 스위스 금융 화단
여름꽃들이 불빛에 밤을 새우고
정장 차림의 사내가 꽃 대신,
깊은 술에 취해 꽃 속에서 헐렁한 잠을 잔다

뚜껑이 열린 소주병을 움켜쥔
귀갓길의 그 사내,
꽃밭의 움푹 팬 흙 잔에 넘치도록 술을 부어주고
밤으로 가지 못한 꽃을 대신해서
편안한 꽃잠을 잔다

한 번이라도 꽃잠을 자본 사람은
꽃의 낯을 보고 위안을 받는다
한 움큼 꽃밭에서
오래 해로한 부부의 잠을 털어 넣는다

다시 반곡역에서

임영석

하늘까지 치솟는 비명을 지르며
서럽게 태어난 반곡역,
제 태생의 탯줄인 또아리굴과 백척교 난간을
배꼽 같은 달빛으로 감싸고 있지만
냉기 서린 치악산 바람에
그만 털썩 주저앉는다
그러나 맏아들 같은 늙은 벚나무,
늙은 어미의 수발을 다 마치고 나온 듯
짙은 눈썹의 소나무 가지를 바라보며
형형색색 삶의 끈을 찾아서
떠나간 사람을 위하여
하얀 손수건 같은 꽃을 피워 흔들고 있지만
외눈의 기차는 끝내 오지 않는다
얼룩진 건치를 드러낸 플라타너스는
묵언수행도 모자라 면벽의 자세를 다시 또 고쳐잡고
또아리굴을 파다가 서럽게 떠나간 이들의
극락왕생을 빌고 빌면서
그늘 한 뼘을 앉아 쉬라고 내주고 있다

간이역

임윤식

늘 위로만 오르고싶어 하던 그 사람
무엇이 그렇게 급했을까
서둘러
제일 높다는 곳 어디론가 떠났다
그냥 바람처럼,

배웅나온 환송객들 서서히 자리를 뜬다
구내에는 가버린 자의 흔적이
먹다 만 안줏거리로 여기저기 흩어져 있다

떠난 자와 남은 자의 거리는
문 하나
그 사이가 너무 아득하다

폐가처럼 쓸쓸한 그곳
늦가을 하얀 꽃밭만 선로를 지키고 있다

다음이라는 역

임재춘

억새가 한쪽에 모여
빛나는 머리카락을 날린다
앉은뱅이 국화 노란 테두리를 두른 역
붉은 배롱꽃이
안개 속에 버티고 선 지붕 꼭대기를 본다

바닥에 쭈그려 앉아
과꽃의 푸른 꽃받침을 세워본다

손금과 핏줄 사이에
길이 패고 빗물이 흐르고
가을비를 두 손으로 받아든 역

정갈하게 세신을 마친
시작과 끝이 보인다
채비를 마친 철길이 반듯하게 기다린다

논산역

임종본

어느 날 드넓던 서재가 책에 뒤덮여
발 디딜 틈이 없어졌습니다
공간을 잃어버린 후에야 비로소
마음에도 여유가 남아 있지 않다는 걸 알았고
떠나야지, 떠나야지, 떠나야지 세 겹을 겹치고 나서야
비로소 1박 2일의 여정을 열어준 설렘
마음의 여백 한 보퉁이를 챙겨 들어선
기다림방 논산역에서
화들짝 반가운 얼굴들을 부비며
빛나고 아름다웠던 기억을 되살려
집착을 놓고 시간차를 탔습니다.
사람은 변하고 세월은 무심히 흘러도
깊은 밤 새워내던 선배와의 농축된 추억은
비우고 버리는 과정에서 영원히 곰삭지 않을
그날 밤 탑정호의 수면만큼 잔잔한
심신의 촛불이 되고 감성의 정원이 될
내 젊은 날의 쉼표가 되었습니다

용산역에서

임지현

서울에서 광주까지
새벽부터 저녁까지
꼭꼭 그 시간 맞춰
칙칙폭폭
목적지까지 레일 타고
수많은 사람 실어
달려가고 달려온다.
역근처에서 한참 떨어져 살아도
유년시절에 듣던 그 기적 소리
지금도 그립다.

남북이 통일되면
서울에서 함경도까지
기차 타고 달려갔다 달려오고 싶다.
칙칙폭폭

전국 일대를 구석구석 구경하면서
백두에서 한라까지

이상한 역에서 타거나 내린

임혜라

해운대역에서 무궁화호를 탔다
무궁화호에서 해운대역을 타는 것은 말이 안 되니까
해운대역에서 무궁화가 피거나 말거나
해운대역에서 무궁화가 지거나 말거나
해운대역에서 내가 무궁화가 되거나 말거나
해운대역에서 무궁화호가 나를 탑승하거나 말거나
꽃들이 내 눈에 꽃씨를 뿌리든
겨울이 내 눈에 눈발을 뿌리든
동해선 열차는 해운대역을 출발하고
창밖에 높고 낮은 동해가 있고
가만히 생각해 보니
간이역에서 나는 내린 것도 같고
곰곰 더 생각해 보니
나는 해운대역에서 무궁화를 타지 않은 것도 같고
말이 되는 방향으로 다시 말해서
어쨌거나 나는 해운대역에서 무궁화호를 탔다
산과 도시를 지나간다
간이역에 가끔 피는 무궁화열차

구례구역

임희숙

구례구역이 있는 구례구에서
다리를 건너 구례로 들어가는 일
다리를 넘어 구례로 나가는 일
나가든 들어가든 다시 나가든
온전히 맘먹기에 달렸다

구례의 커다란 입술 속으로
몸을 밀어 넣다가 마음을 제쳤다가 장난을 치면
수 세월 이웃처럼 곁을 지킨 섬진강이
구례를 본 적이 없다고
처음 듣는 이름인 것처럼 귀를 닫는다
무슨 소용이라고
은어 비늘의 풀 비린내를 쓸고 지나가던

산 산 산마다 흔하디흔한 산문들
길은 길대로 사람은 사람대로
섬진강 물고기처럼 떠나고 없는
먼 전라선 기차역

간이역

장병천

어디쯤인가
두고 온 그리움 송이째 날리우는
아스라한 해후,
상행 또는 하행으로 날아가는 기적 소리
생각 함부로 쏠리고
너와 나 사이 가로놓인
침묵 꽤 오랫동안 젓고 있다
서둘러 지워지는 지나온 길
한때는 저 길 끝에 푸르른 이름 하나 새겨놓고
끝없는 평행선,
가끔씩 귀 기울이며
하얗게 불러댔다 옛 노래,
어쩌다 네 쪽에서 불어오는 바람에
안부를 확인하곤,
나는 또 달뜨는 노을이 되어
부질없이 팔매질이나 하다
하루 온통 파랗게 흔들렸다

해운대역

장선희

겨울 파도가 남자의 눈꺼풀에 졸고 있다
수평선과 같은 동선을 그리는지
한쪽 눈꺼풀이 약하게 떤다
남자의 구겨진 잠을 위해 갈매기 한 마리 날아줄까

신발 밑창의 눈덩이를 걷어내며
사내 몇 맨바닥에 쪼그려 앉아 소주를 마신다
툰드라 배추꽃이 작부처럼 햇살 한 줌 건네자
물때가 그려놓은 지도엔 굵은 힘줄이 먼 섬을 그러잡는다

망망대해와 마주하던 날 천둥과 먹구름을 움켜쥐었던
구릿빛 손아귀가 상어의 입 같았다
고대구리배가 남자의 허벅지에서 출항을 서두르는지
역 앞 멀구슬나무 그 긴 가지로 해무를 측량한다

꿈속으로 걸어갈수록 멀어지는 귀향
뱃고동 소리는 포말로 몰려왔다 달아나고
잠겼던 눈을 뜨자
청량리행 완행열차가 잠시 사귄 여자같이 떠나간다

교차

장순금

문상하고 나오니 막차가 끊어져
차가운 새벽 허공이 낯설게도 다정해라

어디선가 생이 끝난 울음과
청정의 생명 태어난 울음이 교차하는
무중력과 중력이 각자 제자리 찾아가는 길목에서
안녕이 서로 손을 흔든다

어제가 내일로 가듯 낮이 걸어서 밤으로 가듯
동쪽이 내준 길을 서쪽이 받아 안는
서로 배경이 되어주는 삶과 죽음

어느 날 문득 유성이 떨어져
하관하는 땅속으로 막차 지나간 새벽

밤새 양수를 털어낸 첫울음이 두 손 꼭 쥐고 꿈꾸며 오는 세상은

미역의 싱싱한 향내 백 리를 가는

대야미

장유정

안개를 몰고 오는 누가 있는 게 분명하다
도심에서 밀려
생각에 잠기는 시간
굴다리 지나 왼쪽으로 길을 잡고
소리 없이 왔다
소리 없이 가는
안개 속을 걸어간다

걷기 좋은 꽃길이 길게 이어지듯
안개는 구두를 신지 않아도
먼지를 몰고 다니고
하루아침에 말끔히 씻기지는 않듯이
씻고 싶다,
말끔히 씻고 싶다
부끄러워 풍경이 되는 것들은 흐르는 소리로 뒤척이겠다

끊지 못할 발걸음 그림 되어 흩어지는 수리산
길게 늘어진 선로가 골짜기 받치고 있다
반쯤 가려진 해시계 위에 동쪽만 보이는 낮달
신발들 털어내듯 계절이 깊고 봄은 쉬었다 간다

우묵한 대야 물 말끔 터에서 반월호수로 이어지는 길이 멈춰
있다

김제역엔 남아 있네

장재선

막금金을 금이라고 하지 않고
김이라고 하는 김제金堤에서는
천 년 전부터, 아니 그보다 오래전부터
들판에서 익는 벼가 금이었다

역 승강장에서 기차를 기다리면
들녘에서 황금빛 물결이
쏴아 ~ 밀려 들어왔고,
볏골이라는 이름을 신라에게 잃고
벽골碧骨이 됐던
백제 사람들의 노동요가 들려왔다

여기는 김제 ~ 김제역입니다
역무원으로 안내방송을 했던
내 친구 화정이도 어디론가 떠났지만,

텅 빈 겨울 들판도 씨앗을 품어
징게맹게 곡식은 마르지 않는다는 믿음은
떠나지 않고 남아 있네.

천안역의 전사들

장인무

막차를 놓친 사내가 불씨만 남아있는 연탄난로 옆 낡은 의자에 지친 하루를 던진다

광대뼈에 싸구려 분칠을 한 여자가 다가가 '따순방 있어요'

털실목도리를 감은 모가지에 땟국물 닦아내고 붉은 동백으로 피어나던 밤, 쪽문 밖 처마 끝에는 뒷굽이 달아 찌그러진 낡은 구두에 소복이 만설이 쌓이는데……

완행열차 기적소리 멈출 때까지 밤새도록 윗방 아랫방 넘나들더니 상행선 하행선 엇갈린 출발시간에 코고는 가련한 그녀

하룻밤 사랑품고 고단함은 등에 업고 희망과 꿈을 안고 끝없는 시작으로 달리던 슬픈 역사의 한복판, 임들이여 용기 내시라!

지하철 예수

장혜랑

지하철은 예수를 만나러 가는 사람들로 붐빕니다 만나지 못하고 돌아오는 사람들도 늘 섞입니다 지하철은 예수를 만나고 싶어 하는 역 이름을 가르쳐줄 뿐 아무 말이 없습니다 문이 열릴 때마다 너무 오래 잠든 예수를 깨우려 팝콘처럼 튀는 왁자한 발소리들 다른 이의 가슴에까지 들어와 앉습니다 날마다 백만 대군 이끌고 어두운 터널 앞장 서 달리며 반드시 약속 지키러 온다는 당신이 우리의 예수라고 믿고 싶은 시대 언젠가는 천국으로 가는 길을 지하철이 안내 할 것이라 믿습니다 오늘도 떠나는 사람들과 허전하게 돌아오는 사람들은 지하철에서 보이지 않는 예수를 기다립니다

경주역

장혜승

경주보선사무소라고 불렀었고
아버지 그곳에 첫 발령 받아
우리 집은 기왓장까지 덩실덩실 기뻤고
꽥꽥대는 기차마다 우리를 무임승차시켰고
사택은 첨성대 근처에 있었고
물놀이하기 딱 좋은 시냇물이 첨성대 관측 따라
이름 몰랐던 별꽃들 밤낮 피워 흩뿌렸고
경주로 수학여행 다녀온 선생님마다
아버지를 칭찬하며 나를 귀애하셨고

아버지 느닷없이 모퉁이별 되었고
그 역이 너무 무서워서 우리는 발길 끊었고
역사 안에서 아버지는 여전히 웃고 계시고
성한 데 없이 곪아있는 기억속의 장편과 단편
변화는 힘들지만 새로워야 된다고
무쌍 변화를 죽을힘으로 시도하였음으로
이제는 첫사랑이별역이라 부른다

치악산 신림역神林驛

전경배

1960년대 초, 그때
그 역에는 밤이 와도 불빛이 없었다
역장은 기차가 올 즈음이면 역사 밖 철로에 나가
석유심지 남포등을 돌리며
어서 오라 맞이했고 무사히 가라고 배웅했다

전기가 없는 역사역 驛舍지만 기차는 시계처럼
떠나고 이 역을 오가는 여행객들은
아무 불평 없이 신림역을 사랑했다
서울은 멀어도 이 역을 통해야 서울 길이 열렸다

신림역은 그 이름 그대로인데
세월을 비키지 못하고 역사 속으로 사라지는
폐사역閉舍驛의 운명이다

나는 늙은 몸을 지팡이에 의지한 채
기다려도 오지 않을 귀향객을 만나러
신림역 역사 주변을 서성인다.

일산역

전길자

신도시가 한참 뜰 때
과천을 떠나
집값이 싸다는 일산으로 들어 왔다
서울을 한번 나가려면
두어 시간은 잡아야 했지만
그것도 감사 했지
마을버스를 타고 지하철로 갈아타야 하는
변두리 일산

한 십여 년 살다보니 기차가 전철이 되어
교통을 쉽게 했다
바로 일산역이 생긴 것이다
살다 보면 살아진다는 어른들의 말씀은 진품
아름다운 화장실 상까지 수상한
일산역 화장실은 쉼터가 되고
변두리 인생 25년차를 즐기고 있다

미명을 깨우는 기적 소리

전석홍

목포 가는 배를 놓쳤다
영산강 소댕이 나루 건너
걸어 걸어 낯선 일로역
마지막 완행열차도 떠나 버렸다

눈길 하나 없는 낡은 역사에서
자취짐 보따리 기대 시름 속 한 밤을 지샌다
어둠을 추억처럼 둘러쓴 장꾼들 서넛
말문을 잠그고 뒤척거린다

이윽고 미명을 깨우는 기적 소리
후두둑 쏟아지는 단비처럼
메마른 마음밭을 촉촉히 적셔 준다

플래트폼 뾰족 지붕 그 간이역
기억의 샛별등 환히 켜 있는데
찬 바람 가랑잎처럼 스치는 길거리
발자취만 바람결에 나뒹군다

그 역

전순영

지워진 길이 머리를 내밀 때면 가슴 문을 열고 들어가 먼지가 쌓인
엘피판을 찾듯이 지난날 먼지가 쌓인 길을 걸어본다

잎을 털어버린 겨울나무들이 빈 하늘을 이고
듬성듬성 서 있는 바닷가 그 개펄
조개껍질처럼 빈 발자국이 엎디어있다

간간한 날들이 들어왔다 나가고 들어왔다 나가고
하늘과 바다는 풀밭이었다
그 풀밭에 백합화 눈같이 피고
밀물 밀물에 절이면서 바위섬 골짜기에 뿌리를 내리고

철썩 파도가 들어오면 눈을 뜨고 철썩 파도가 돌아가면
열리던 귀
어느 날 돌아보니 흔적도 없이 사라져 버린 그 역
지금은 어디에서 쉬고 있을까

뜨겁게 쏟아지던 빗속에서 그 역에는 늘
베토벤 소나타가 빨갛게 흐르고 슈베르트가 가을 색으로 흘렀었지
보랏빛 안개 속에서
집을 지었다가 허물고 다시 지었다가 허무는 날들이 떠나가고
이제는 허공에다 집을 짓는다

만종역

전영관

저 색채는 천국에서 밀반출했을 것
코스모스는 사랑마저 외면하고 천하를 주유했다는군
신이란 편협하고 성마른 존재 아니겠나
그녀의 형벌은 대지에 결박당한 것
천 년을 수련한 비법으로
완상객의 옛일 갈피로 틈입하지
연가시가 숙주를 물가로 이끌 듯이
애상哀想속으로 잠기게 하지
완상객의 뇌리를 소요하는 방식 아니겠나
코스모스만 보면 아득하고 코스모스만 만발하면
연어처럼 먼먼 자리를 찾게 되는 증상이
계절병이지
누구에게 줘도 맞춤인 적막이 채워진 대합실
기다림이 빈 의자에 햇살과 나란히 앉은 대합실
천국에서 여기까지 오느라
만종역은 가을이 늦게 도착한다
추억에 실망한 감정들이 만발했다
사람을 두고 호언한 적 없느냐고 하늘거린다
만종역에 코스모스 기담奇談이 만발했다

기차는 오월의 서울역 여섯시에 들어오네

정겨운

기차는 오월의 서울역 여섯시
내 사랑을 태우고 오네요
나는 거기서 오랫동안 지켜온 약속
당신의 꿈을 기다릴게요

오월의 들장미 그대 달콤한
오월의 라일락 그대 향기로운 우리의 추억

그대 내게 오는 길이 너무 멀지 않길
그대 오는 밤이 너무 길지 않길
손꼽아 기다리던 길에
꽃들이 지고 또 피어나네요

기차는 오월의 서울역 여섯시
내 사랑을 태우고 오네요
나는 거기서 어김없이 도착한 약속
나의 꿈을 맞이할래요

동대구역

정경진

낙동강 줄기따라 흔들리는 코스모스 자전거길
영남루 품은 밀양강 새철길 지나
KTX, SRT, ITX새마을호, 무궁화호
모두 멈추는 동대구역 나의 종착역
기차 지나간 쭉 뻗은 기찻길에 내려앉은
쪽잠속에 아른거리는 수많은 농다리 침목, 철로
자갈돌 쏟아붓고 잇던 땀에 절여진 시간들
지나가 버려도 오롯이 철길에 남아있다
국경없는 세계일주 왕복철길
도깨비방망이로 두들겨 뚝딱 생겨난다면
나는 어디까지 갔다 되돌아 오고 싶을까
일주간 치매 앓는 친정엄마 보고 돌아온 나를
마중 나오는 남편 기다리며
휘돌아 본 신수 훤해진 동대구역 광장
신세계백화점, 버스터미널, 지하철역 언덕삼아
우후죽순 생겨나는 아파트들
덩달아 가슴 벌렁거린다

정동진역

정미소

개찰구를 나오면 은모래의 바다다.
모래시계가 햇살멀미를 일으켜
빨간 장화를 신은 일곱 살 무렵의 탄광,
석탄을 실어 나르는 아버지를 기다리며
장화 속에 넘쳤던 바다
장화 속에 숨겼던 물새의 울음소리
장화 속에 갇혀버린 역사의 요란한 종소리
레일을 밟으며 들어서는 보아 뱀의
긴 꼬리가 굴속으로 사라질 때까지
손 흔들며 뒤따르던 아이가 숨을 쉰다.
역에서 역으로 잠시 정차하며 이별하는
엇갈리는 목적지의 운명을 알 때까지
이만큼의 시간이 걸렸다.
보아 뱀의 삼등칸에 실려서 우주여행을 떠난
아버지에게 손 흔들며
기다림이 있어서 좋았던 은모래의 바다다.
바다와 놀던 아이의 발자국을
주머니에 가득 담는다.

월미 박물관역

정민나

백신을 맞아 안심하고 여름을 열었으나 아직도 끝나지 않은 전쟁… 직박구리 황조롱이 박새 꾀꼬리가 점령한 산은 깊고 푸르러 전쟁이야기는 먼 나라로 추방되었는데 '탄약고 쉼터' 문을 밀면 불타는 사진전이 열린다.

레드비치-북성동 해안 제방에서부터 블루비치-용현동 매립지 부근 까지 불타는 시가지. 폐허가 된 젊은이들, 벌거벗은 채 두 손을 들고 걸어나오는 월미도. 평범한 얼굴로 평범하지 않은 시대를 항해하는 6월 함대에는 마지막 수송선에 올라타려는 긴 그림자 이어지는데 그 뒤로 폭약을 터뜨리는 도화선이 구불구불 따라온다.

"나는 배 위에서 희망도 없이 부두에 남은 이들을 보게 될까봐 두려웠다." 영국청년 마이클이 철수하는 수송선에서 남긴 이야기는 '전투가 아니라 전쟁에 대한 이야기. 적의 잔혹함이 아니라 전쟁의 잔혹함에 대한 이야기……'

휴가철을 앞두고 세계의 방역 지표 곳곳에서 폭염과 바이러스가 불붙는다. 산을 가르는 폭음은 없고 불타는 나무도 보이지 않는데 적의 폭격기는 연일 융단 폭격을 퍼부어 월미도 그린비치 저 지선이 무너진다. 몸에서 미끄러지는 저 아슬한 전쟁 신화는 매일 생성되면서 매일 녹아내린다. 인간의 탄약고 문턱을 넘어서면 산수국 비비추 늦었다는 듯 앞다투어 피어나고…

춘포역*

정복선

들꽃들이 내달린다 비바람에 벗꽃들이 진다
어린 열매들이 새벽어둠을 밝히며 칸칸이 익어간다
뚜우~, 기차가 출발하기 전
아궁이 속 장작불에 밥솥은 오지 않은 날들을 뜸들이고
굴뚝연기는 만경평야 밖 멀리멀리 서해 쪽으로 피어올랐다
깜빡 졸다 시험공부 다 못해 울먹인 하얀 교복칼라
통학생들은 저마다 동동걸음이다
만경강이 돛폭을 펼치고서 먼 바다로 항해를 떠날 때
신발들과 책가방들도 몽땅 싣고 가버렸다
슬픈, 고달픈, 설레는, 타오르는,
누항陋巷을 떠도는 말들도 함께

백일홍 마름꽃 높바람만 남은 대합실
웬 사람들인가, 누가 누구를 만나는가
아무도 돌아올 이 없는 빈 들에서
은빛 레일이 침목枕木의 묵은 편지를 읽는 바람소리,

* 등록문화재 제210호. 1914년에 대장역, 1996년 춘포역으로 개칭, 2011년부터 폐역. 춘포 본이름은 봄개(봄나루).

역, 무심히

정성완

창백한 한기 깨뜨리는 까치울음
출발과 도착 기쁨, 슬픔의 시 종착

내가 세상을 향해
순도 높게 출발한 날을 스스로 알지 못한다
햇빛, 달빛 헤아려 본 적 있는가
그 속을 가쁘게 지나 왔지

이제 그 찬란하던 여름날은 스러지고
짙은 색깔로 물든 세상에서 문득 떨어져 나가
먼 허공에 도착하게 될 날도
나는 알지 못할 것이다

회자정리의 긴 굴속을 질주하며
는개 자욱한 그 驛 무심히 스쳐
성에꽃 차창 너머 아름답게 살찐 들판을 지나
빈손 흔들며 닳은 몸 내려놓고

푸른 어스름 속으로
가뭇없이 사라져 갈 것이다

칠곡역에서

정숙

암 병동의 수술과 요양병원이 이제 추억이 될 수 있기를 기원하면서 오년 지난 검사 결과를 듣고 오던 날, 범어역까지 오는 내내 구월의 창 바깥엔 벚꽃이 화들짝 피어나고 있었다. 항암주사의 역한 냄새와 방사선 치료의 살 태우는 시간들이 웃음소리로 번지고 있었다.

근육질 개요

– 정동진역, 2006.12.28. 계간 『시안』에서 출발

정숙자

알맹이는 늘 <앞>에 있었다
<앞>은 우리의 삶을 태초부터 훈련 시켰고 또 욕망케 했다
기차를 타면 우리는 모두 새가 되었다
알맹이를 찾아 벗겨진 하루하루는 자그마한 알맹이가 되기도 했고 더 큰 알맹이의 껍질이 되기도 했다
철커덩- 덜커덩- 먹구름 피워 올리며 보따리 실어 나르던 그 옛날의 기차도 보다 나은 알맹이를 찾아
열심히- 꾸준히- 달려 근육질이 된 것이었다
어떤 상황에서도 일사불란한 바퀴와 바퀴- 단단히 조여진 너트와 너트- 너른 창과 많은 좌석들-
바람 불고 비 오는 날도 알록달록 우리의 <앞>을 열어주었다
궤도이탈은 금물
기차는 규칙에 철저했다
후진의 경우에조차 <앞>을 위해 그런 거였다
많은 알갱이 중 한 알갱이를 찾아 혹은 딥다 큰 하나의 알맹이를 찾아
강산도 적막도 가로질렀다
알맹이를 찾는 알갱이들은 그 자체로 빛나는 알맹이였다
해돋이에 섞인 기차는 또 한 해의 <앞>을 보았다

강변역에서

정순영

유유히 흐르는 강을 그냥 바라보는 것이 아니라
강에 잠긴
산의 계곡을 카랑카랑 울리는 시냇물소리와 나뭇잎 살랑살랑 속삭이는 바람소리와
산사의 종소리와 목어소리와
임 그리워 밤을 지새우는 뻐꾸기 울음소리와
자드락길섶에 이슬 머금고 피는 풀꽃의 그 청아한 미소와
해맑은 여명자락을 걸친 산등선의
하늘 깊은 소리를 얻어
시를 읊고는
그 소리가 탁해질까 노심초사하는 사유를
은빛 금빛 비늘 번뜩거리는 강을 바라보며 추스르는 것이네

피난열차*

정연희

코발트블루 하늘과 불타는 산과 들
경계를 덜컹거리며 달려가는 나팔꽃 열차

비좁은 사각의 화분에 심겨진 꽃들의 무표정한 얼굴 흐릿하다
전지된 잎과 덩굴손,
발 디딜 틈 없이 겹쳐진 몸과 몸 사이 흔들리는 두상화
가득가득 피어있는 형 누나 아저씨 할머니
몇몇은 열차의 속도를 뛰어넘어 피난지에 이미 닿은 걸까
외줄 타는 광대처럼 골똘한 표정이다
생은 뭉툭한 덩굴손 슬쩍 뻗어 악수를 청하거나 고개 돌리기를 반복하는 서커스

휴전이 되었다

피난 열차는 지금도 내 푸른 화폭을 달려가고 있다
덩굴손 머뭇머뭇 어느 간이역에 내릴지 궁리하고 있다

---

* 김환기, 피난열차 1951, 캔버스에 유채 37×53㎝

하얀 역

정영숙

단국화가 노랗게 피어 있는 그 역은 따듯했다
붉게 솟아오르는 아침 해
하얀 밀가루 날리는 방앗간
푸른 산 밑, 굴속으로 끝없이 달려가던
두 개의 철길이 있었다

뭉게구름처럼 하얗게 피어오르는 그 역은
갓 구워낸 빵처럼 따듯했다
흰 머릿수건을 쓴 아낙이 수수꽃을 피우면
물탱크를 등에 진 지아비는 무지개 뜬 동산을 그렸다

지금은 없는
솜사탕처럼 몽실몽실 하얀 증기를 뿜어내던 하얀 역

꿈속에서 밀가루 쓴 그가 하얀 손을 뻗으면
두 개의 긴 긴 철길이 태어나고
단국화 핀 하얀 역이 깃발을 흔든다

그의 긴 긴 두 손 위에서 마냥 웃으며 달리는 기차

역사歷史, 역사驛舍

정정례

한때의 사람들이 역사 속에서
몰려나온다.
발걸음이 바쁘다
뒤돌아볼 새도 없다
망각은 저리 빠르다
바람이 분다. 깃발이 펄럭인다.
4괘가 눈부시다

다시 사람들이 몰려나온다.
나는 스치는 군중 앞에 힘없이 서 있다
어깨가 뻐근하다

철로는 여전히 두 갈래다
열차는 시간에 쫓기며 빠르게 달린다.

역사 앞에 서서 나는
몇 대의 열차를 그냥 보냈다
하늘에 구름 한 점이 떠간다.
누가 등을 툭 친다.

서쪽 역

정주연

유년의 소읍
역전으로 가는 길은
황금벌판을 따라 행길 가로 긴 코스모스 행렬이 있었다
달려가 보면 언제나 대합실은 텅 비어 있었다
곧게 뻗은 레일을 따라
멀리 산굽이를 돌아 몰려오는 바람은
막 도착한 호기심 가득한 손님 승객들
하릴없이 떠도는 고추잠자리 떼는
나와 함께 떠날 기차를 기다리는 동승객이었지

안개 속에 안나 카레리나가
다시 못 올 곳으로 떠난 새벽녘의 모스코바 역
8시에 떠나는 빗줄기 속 카르테니 역에서는
레지스탕스 애인을 이별해야 하는 여인의 눈물이 흐르고 있었다

내가 도착한
내가 떠나야할 이 생生의 역전
저 서쪽 하늘
퍼져 오르는 노을이 붉다

가자! 누추의 역으로

정준영

역의 이름은 사람의 이름처럼 모두 다 좋은 이름들이다
불륜 역, 사기 역, 살인 역, 폭행 역, 멸망 역 그런 역 이름은 없다
공자의 덕을 잠시나마 생각하도록 공덕 역
효자가 되라고 효자 역
군자가 되라고 군자 역
달빛 축제, 약수, 구름의 우물 등
역의 이름은 모두 아름다운 이름들이다
그러나 사기를 당하고 폭행을 당하고 불륜을 저지르고
정신병원에 가고 살인이 나고 죽이고 죽고…
그런 숨겨진 역에 차가 정차하거든
역전 앞의 노점상인들을
역전 앞의 노숙자들을
고흐의 감자 먹는 사람들을
이름 없는 풀벌레들의 오늘 저녁을 떠올려보자
나는 왜 이런가를 떠올리지 말고
너는 왜 그런가를 떠올리지 말고
누추하면 어떠하랴
학교 숙직실 콧구멍만한 방처럼 절절 끓는 방도 없더라

대성리

정채원

한껏 부푼 달빛이
팽팽하게 수면 당기던 강마을
내 처음의 대성리
강의 달빛 치마폭을 찢으며
노 저어가던 내 스무 살, 출렁이며
울렁이던 그 밤의 검푸른 가슴 밑바닥에
나는 립스틱 하나 떨어뜨렸다

붉고, 뾰족하고, 뚜껑이 열린 시절
지금쯤 아주 삭아버렸을 그 스무 살은
아직도 전갈자리를 향해 날아가는 중일까

한 오백 년 지난 밤길
다시 대성리를 지나간다
새 달빛 팽팽하게 새 강물을 당기고 있다
대성리, 무표정한 얼굴로
울지 않고도 지나가는 나는
이제 크게 성공한 사람이다

치악역에서

정치산

중앙선 원주 제천 구간을 가다 보면
그녀에게로 가는 비밀의 통로가 있지.
구렁이가 똬리를 틀고 앉아
지키고 있다는 비밀의 문이 있어.
그곳은 같은 풍경, 다른 시간이 흐르고 있지.
그의 세상은 차곡차곡 정해진 대로 잘도 흘러가.
다른 시간이 흐르는 비밀의 통로에는
사백 년 전 그녀가 있지.
그가 그녀에게로 통하는 비밀의 통로
다른 이는 믿지 않는 그만의 공간
구렁이와 꿩의 전설이 멈춰진 범종에 서려 있지.
기억조차 희미해져 가는 이름들이
자꾸만 제자리로 내동댕이쳐질 때
그곳에 가면 똬리를 틀고 앉은,
구렁이가 열어주는 비밀의 공간을 갈 수 있다네.
같은 풍경 다른 시간이 흘러가는 그만의 공간이 있다네.

그 역으로 가는 길에

정호정

홍자색 나문재 벌도
무너져 가는 역사驛舍 마당에
아름으로 피어 있던 봉숭아꽃도
사라진 지 오래

측백나무 한 그루
근 백 년의 역목驛木이다

줄지어 실려 가던 쌀자루 소금 자루
보고도 못 본 척 눈감아 버린 일이
어린나무 젖혀가며 살아남은 일이
못내 아쉽고 민망하기만

그리운 추억도 있어
사람이 애초의 기적 소리를 찾아온 날은
협궤열차가 마지막 운행을 예고한 여름
하, 그 기쁜 날의 춤
춤의 여운이 아직 이렇게.

삼랑진역에서

조갑조

부산에서 시작한 무궁화호 열차가
삼랑진역에 들려 들판 이삭들을 흔들다가
다시 배를 부풀려 길을 바꿔 탄다

밤의 역사에서 머물다가
나를 싣지도 못하고 막차는 달려간다

늦은 밤 혼자 돌아오는 발걸음이 방을 향하지 못하고
담벼락에 기댄다
차르르 차르르 어둠 저편에서
묵직한 군복 속 쇠링을 굴리는 소리가 들린다

어떤 삽날을 두고 갔기에
내 몸피가 한 풀씩 벗겨지는가

이미 세상 끝을 너머 선 사내야
그때가 스물다섯이었다고 말해준 사람도 없구나

강변역에서

조구자

만 열 살이 되는 그때
그 소박한 여름의 꽃자리에서
그리움을 뛰어넘으려는
풀벌레 소리가 요란했다

아버님 제삿날 같은
한가위 보름달은
그냥 만들어지지 않는다고.

기억해야 하는
인생의 숱한 고비에서
따뜻한 인연들이 나를 감싸며
낮은 목소리로 속삭였다

사랑이 가꾸어 주는
진실된 일상 속에는
부모님의 은덕이 가득하다고.

물금역勿禁驛*

조민호

오래 기다리지 않으면 안 된다
도착한 사람은 말없이 어둠과 친구 되어
사라지는 곳 버려진 꽁초는 떠난
사람의 그림자를 그리워하며
대합실에 쓰러져 추위에 떨고 있다
철로는 차막이 모래더미에서 끊어져
더 뻗지 못한 끊긴 좌절과
전진의 희망이 숨어 있다
대합실에는 그리움만
뼈대 같은 각목으로 걸려 있다
특급열차는 쏜살같이 사라지고 떠나지 못한
전조등과 화물열차만 손 흔들고 있다
철길 옆 텃밭에는 채소들의 귀는
커가고 만남 그리고 이별의
씨앗까지 함께 자라고 있다
떠나지 못하는 것들이 물금에 뿌리를
내리고 새벽이슬을 머금고 있다

---

* 물금역勿禁驛 : 경남 양산시에 있는 간이역.

도라산역

조병기

목포발 신의주행 일번 국도는
기적소리 멎은 채
여기서 더는 갈 수가 없다
길로 자란 가로수들만이 마주 서 있을 뿐
수풀들의 정적이 쌓여만 간다
철새들은 마음대로 사천 강을 넘나드는데
신의주발 목포행 일번국도는
타고 내리는 승객들이 없다
비정한 증오와 모순의 벽 앞에서
목포발 신의주행 승객들은
아직도 그날을 기다리고 있지만
아무에게도 예약이 없다
뭐라 변명하지도 못하는 이 땅의 승객들이
도라산역에 와서 서성이다 되돌아간다

오산역에서

조석구

길을 묻는 사람들은
내 가슴에 빗장을 지르며
마침표를 찍고 이별을 연습하더니
슬픈 콩나물도 명랑한 장미도
착한 백일홍도 새침데기 금잔화도
돌아오기 위하여 기어이 떠나가는구나
세월의 수레바퀴는 붉은 빛의 마차
떠나간 사람들을 태우고 가버린
우리들의 기차는 아직도 돌아올 줄 모르는데
푸르른 고독의 빈 술잔에 옛사랑이 그립다
추억의 사람들이 반짝이는 길이 되어
환희의 푸른 꽃 기차를 타고
드디어 예감의 눈물로 돌아오는 날
사람들은 플랫폼에서 손을 깃발처럼 흔들며
길을 찾고 또 길을 물어야 하리라

통리역

조성림

밤새도록 탄광으로
청춘을 싣고 달려가던
육중한 기관차

따라오며 따라오며
방망이질해 대던 철길

꽃을 들고 흐느끼던
간이역의 숨소리

그 모두 사무치는
먼 불빛들……

통리역에 다다르면
우당탕퉁탕
해물을 사러가던 아낙들의 양은그릇 소리와
새벽을 깨우는 비릿한 사투리와
여명에 실려 오던
한 줌 햇살의 춤이
찬란한 실타래를 풀어대고 있었다

귀가를 실은 오후

- 장항선

조순희

철로 위, 셀로판지처럼 빠스락거리는 햇살
오래된 약속이 느린 속도를 끌어오고 있다

강산이 열 번 위치를 바꾸는 동안
퇴행성 관절염을 장만했는지, 장항선 덜컹이는 바퀴 감으며
한 대의 느림을 완성하고 있다

기다리는 열차에 익숙해진 사람들은 안다
가슴 한켠 객실 창가에
하품 같은 노을 하나씩 앉혀두고 산다는 것을

햇살 느슨한 오후를 펼쳐 읽다 문득
주말 대합실을 내려놓고 플렛폼으로 나온 여자 하나
웃는 얼굴보다 먼저 기적 소리가 저만치 들어서자
손차양으로 소실점 끝을 뒤적인다

마악-, 간이역으로 들어선 열차
객실 저쪽 낯익은 웃음을 찾아낸 여자가 오랜만에 돌아온
민트향을 향해 상기된 미소를 흔들고 있다

낙타꽃 무기

- 우루무치역

조연향

검색대를 빠져나오며
내 몸을 털어 그 어떤 무기가 나오지 않기를
칼과 방패가 나오지 않기를
눈이 퀭한 위구르 소수민에 섞여 가슴을 쓸어내렸다
심야 열차는 느리게 느리게 모래산을 넘고 있는 중
조금 전 플랫폼에서 질러대던 인민들의 비명과 아우성이여
여행이 피난길이듯 피난이 여행길이듯,
자꾸 무너져내리는 모래무덤을 베고 지나온 길은 잊어버린다
비바람이 통제되는 하얀 세상일지라도
해와 달이 서로를 묻어주는 지평선
사막이 사막을 덮으며 하늘을 지우고 있었다
저 모래밭 어딘가 낙타풀꽃 한 무더기
내 심장을 찌르는 무기를 숨긴 채 설화처럼 피어 있었다

구절리역에서

조영란

헤어지고 나면 다시는 헤어질 수 없다*

내가 배회했던 곳은 누군가 두고 간 그늘이었다
그건, 들고나던 숨결을 간직하려는
철도원의 안간힘이었다

굳게 닫힌 역사에도 온기가 있다고 믿듯이
오지 않을 사람만을 영원히 기다리듯이

아직 도착하지 못했거나
서둘러 놓쳐버린 기적을 기다리며

이쪽과 저쪽 사이에 걸쳐 있는 내 마음의 궤도

끊어졌지만 끊어진 것도 아닌
유예된 약속처럼

---

* 박세현 산문집 <시인의 잡담>중에서

신 철도가鐵道歌

조우성

이 나라 최초의 역은
바닷가 짭조름한 기적소리 울렸던
인천 제물포역-

우각리牛角里에서
첫 삽을 뜨고도 돈 없고 기술 없어
화륜거火輪車 서울 가는

산허리 들판길
마음대로 내지 못했던
서글픈 역사이지만,

누가 들었으랴
식민植民과 상쟁相爭의 그 모진 철길
묵연히 오고갔던

백성百姓이
어엿한 국민國民이 돼
지하철, KTX, GTX를 뚫는

힘차고 신나는 신新 철도가를-
저 세상의 육당六堂도
즐겨즐겨 들으리-

남태령역에서

조은설

남태령역에 가보면 안다 오이도에서 파도 소리를 잔뜩 실은 4호선 열차가 과천으로 넘어가는 고갯길, 그 무게 중심에서 한숨 돌리고 간다는 것을

전설 속 오누이가 두레박을 타고 오르던 하늘길도 여기서부터였을 것이다

발아래 내려다보면 땅속은 아득한 지층 질펀한 수수밭,

호랑이의 붉은 눈이 포효하며 발톱을 갈고 있다

당신은 천천히 슬픔으로 눈먼 수수밭에 두레박을 던져 나를 건져 올렸다

지상은 먼 구름 속에 닿아있고 치자빛 꽃물 번진 봄 바다에 천억 송이의 별꽃이 피고 지는 은하계가 누웠다

당신은 천천히 숨을 고르며 나를 끌어 올렸다

나는 오늘 저녁부터 서편 하늘에 새로 돋는 아미월, 당신의 반사체,

푸른 그림자를 따라 둥글게 둥글게 여물어 갈 것이다

해운대 기차역

조의홍

동해 남부선 해운대역은 폐쇄되었다. 기차 통학을 위해 뛰어다니던 역 마당은 비둘기들이 떼 지어 모이고 노인네들의 채소 상품들이 힘없이 널려있다. 철길은 군데군데 끊기고 그 위로는 8월의 굳센 초록풀들이 군대처럼 서 있다. 어디로 갔을까 송정역으로부터 아련하게 들리던 기적 소리, 동안의 맑은 웃음들, 모두가 어디에 숨어 있을까

……나는 지금 신기루 같은 해운대역, 8월 27일에 닿아 있다.

매미와 비비추

조재학

은하철도를 달려
비비추 잎사귀 그 초록역에 무사히 당도했네
열차는 등을 열어 승객을 부려놓고
왼편으로 기울어 바람에 기대고 있네

그늘을 몰고 온 구름이 넌지시 내려다보고
오후의 마지막 빛줄기가 열린 등으로 긴 팔을 넣어 보네
맥문동 잎사귀에 오른 개미 한 마리 어딘가 급히 가고 있네

떠날 자 떠나보내고 남은 껍데기가 역이 되어
끝내 닫지 못할 문 하나를 열어놓고 있네

그때 네가 나에게 내민 그 손을 설레는 맘으로 잡아주고 나는 설렘역이 되었네
제 우듬지에 앉아 불렀던 산새들의 노래가 나무의 노래역이 되었으리
여의섬 그 과수밭의 사과들은 햇빛을 다투는 분주한 역이었듯이
매미는 제 등을 열어주고 역 하나를 얻었네

하늘역에 내린 비비추의 초록이
참 고요하게 흔들리네 비스듬한 역사 한 채 제 등에 업고

서울역에서

조정애

하늘빛을 보면 안다
내가 얼마나 멀리 왔는지
청새치 뼈만 남은 고향의 푸른 하늘을
놓치지 않고 떠메 왔음을

하늘빛을 보면 안다
내가 무엇을 위하여 사는지
등불을 켠 나의 생각들이 벌떡 일어나
컴퓨터의 자판기를 밤새 두드릴 것임을

하늘빛을 보면 안다
숲속에 숨어 있는 마을을 빠져나오면
먼지에 쌓인 눈이 질퍼덕거리기 전에
쏟아지는 눈이 잠시 하얀 꿈이 되는 것을

하늘빛을 보면 안다
부산은 저 멀리 남쪽 끝에 있고
나는 서울 사람이 되어
눈처럼 살며시 스며들게 될 것을

종로3가역

조주숙

어린 사랑 행行 지하철을 타고 가다
이번 열차 역은 종로3가역입니다
지하철 출입구가 열리고
수많은 인파와 함께 들어온 한 줄기 빛
그 빛은 점점 밝아지더니
환하고 눈부시게 빛났다
한눈에 알아볼 수 있는 한 줄기 빛
나는 공중부양하여 빛의 곁에 다가간다
빛의 아름다운 얼굴을 눈으로 더듬으며
눈으로 쓰다듬고 또 쓰다듬는다
빛은 나의 잃어버린 동굴이다
나는 깊고 어두운 동굴 속에서
쑥과 마늘로 백일을 견디어
여자가 된 적이 있다
그 굵고 긴 동굴에서 뽑아내는 울림통
짙고 붉은 그리움
나는 종로3가역에서
너라는 빛에게로 날아가는 중이다

태백시 철암동 370-1(철암역)

주경림

백두대간협곡열차 V트레인 종착역인 철암鐵岩에서 내리면
철암천 건너편에는
연탄을 들고 있는 손모양 조각상이 서 있다

꽃처럼 양손으로 연탄을 받쳐 들었다
연꽃연탄! 연한 살구 빛 될 때까지
검은 열정을 불꽃열기로 구멍 숭숭, 쏟아내는 연탄,
진액으로 뭉친 씨앗들을 다 뽑아낸 연밥과 닮았다

아버지들이 목숨을 걸고
우리 등을 따습게 덥혀주던 석탄을 채굴하던 막장이
이제, 투어코스 체험 학습장이다
철암역에서 겨울이면 창고에 연탄을 줄맞춰 쌓아 들이고야
안심했던 시절로 돌아간다
부서진 연탄가루를 멀쩡한 새것으로 바꿔주기도 했다

태백 지역의 석탄을 각 지역으로 수송했던 철암역은
이제, 협곡열차로 석탄대신 관광객을 실어 나른다.

익산역

주봉구

칠흑 같은 밤에도 기차는 달린다

호남 전라 장항선이 만나는 교통의 요충지
이리역에서 익산역이 되기까지 대형사고
폭격과 폭발 사이
수백 명의 목숨을 앗아갔고, 수많은 이재민 발생

오십 년대 말, 나는 까까머리 중학생
고향을 떠나 고모님 댁에 얹혀살던
주머니엔 땡전 한 푼도 없던 시절

군산에서 고향 신태인까지, 호남선을 이용했는데
고향에 갈 때마다, 고모님은 반액 표를 끊어주셨다
환승역 이리역에서 역무원과 번번이 승강이
어린 마음에 상처를 입었다

세월은 흐르는 물과 같은지라,
터널을 나온 기차가 평야를 달린다

정봉역

지연희

저만큼,

산모퉁이를 돌아 기적을 올리며 검은 연기를 품어내는 기차가 달려오면 하얀 태 모자를 쓴 역장은 하늘 높이 솟아있는 플랫폼 푯대의 꽁무니를 끌어내린다. 서서히 속도를 줄이며 정봉역 역사에 정착하는 연체동물 한 마리 포효하던 기적소리도 멈추고 기관사는 정봉역장과 둥근 통표를 교환하는데 이모님은 주말이면 어김없이 역사에 내리는 조카딸의 자태를 초가집 뒷동산 언덕에 나와 미세한 시선으로 훑고는 무명 앞치마를 흔들곤 했다. 어림잡아 2킬로미터의 먼발치를 유리알처럼 밝혀내며 반가이 맞으셨던 분, 청주역에서 출발하여 20분이면 도착하던 정봉역의 한가한 정적, 역사 주변엔 코스모스 행렬이 순한 미소로 몇 명 되지 않는 이용객을 반기던, 청명한 가을 하늘을 비행하던 고추잠자리의 군무는 별빛만큼이나 반짝였다 한 번쯤 돌아가 보고 싶은 내 어린 추억의 산실 정봉역이 가물거린다 이모님의 앞치마에 싸여 사라진 정봉역이 그립다

광교역光教驛에서 흰빛을 찾는다

지영환

선사시대 사람들 광교에서 흰빛과 놀았다. 그 흰빛 후세에 꾸준히 나타났다. 옛적엔 광악산光岳山 광옥산光獄山으로 불렸던 이 산에서 흰빛이 하늘로 솟아오르자 왕건은 '광교光教'라고 하였다. 나는 흰 줄을 놓는다. 그어 놓은 줄로 나뉜 주말농장. 주말은 기르지 못하고 나는 밭을 비워 두었다. 비워 두면 말뚝만 남는 것일까. 잎사귀가 무성해진 밭 사이 돌들이 말뚝을 박고 있는 밭이 내 밭이다. 돌들을 놓아준다. 놓아주기 위해 허리를 굽힌다. 아무것도 기르지 못한 자도 오늘 하루는 허리를 굽힌다. 장대비가 텃밭을 쓸고 간 탓이라고 지나던 노인이 일러 주었다. 시간이 풀어 준 것들은 내가 알지 못하는 것들인가 보다. 샛강을 건너는데 고사리가 자라 내 키만 했다. 나를 빼고 모든 것이 자라는 것 같다. 나는 정말 다 자랐을까. 주저앉아 흙을 만지작거린다. 자라지 않아도 길러 낼 수 있는 힘을 흙이 가졌다는 것이 믿기지 않는다. 거름을 지고 와서 흙에게 준다. 자라지 않아도 무언가를 줄 수 있다는 게, 그냥 좋다. 그냥 주말이다. 나는 여기서 흙을 만지고 거름을 만지고 흙은 내가 묻었는데 일을 마치고 나를 보니 마치 나를 여기서 캐낸 것 같았다. 여기가 내 밭이다. 밭에서 나의 시간이 밭을 닮아가면 나는 주말이라고 부른다. 쉬는 날은 끝이 아니다. 광교역光教驛에서 백두대간 13정맥 중 하나인 한남정맥漢南正脈의 주봉主峰 광교산光教山 정상을 올려다본다. 심곡서원深谷書院 느티나무 나뭇가지며 잎이 무성하다. 그 산자락 언덕을 힘차게 오른다. 조광조趙光祖선생의 묘 앞에선 총총 발걸음이 멈추어진다. "하늘이 그의 이상을 실행하지 못하게 하면서도 어찌 그와 같은 사람을 내었을까" 율곡栗

谷 이이李珥 선생 읊었다. 정암靜菴! 나의 스승님이시여! 나는 그 산중턱에서 광교적설光教積雪을 살피고 선사시대 사람들이 즐겨 쓰던 도구를 찾는다.

서도書道라는 간이역

진란

가도 가도 멈출 수 없는 곳
서도서도 머물 수 없는 곳
하염없이 기다리던 벚꽃나무 아래서
덜컹거리는 낡은 창문을 기웃거리네
모난 자갈 사이 질경이 질펀하고
녹슨 철로에 개망초 피어나고
휘어진 철로에 산안개 글썽여도
가버린 사람은 돌아오지 않아

가버린 사람은 돌아오지 않아
메타쉐콰이어 그늘 아래
서툴고 부끄럽던 고백도 멈춘 곳
바람이 넘기는 책갈피 사이사이
돌아서면 청붓꽃이 피어나고
작약도 분홍분홍 피어나고
지리산 눈꽃들 달려와 쌓이면
당신의 얼굴도 피어나고

예산역에서

진명희

기차를 타지 않으면 좋으련만. 기적소리가 가슴 에이듯 후벼 파거든. 순식간에 사라져야 슬픔도 짧을 텐데 여운이 너무 길어. 손 흔들기에 팔도 아파, 아스라이 사라질 때까지 봐야 하니 눈도 아파, 눈알이 점점 아파. 피가 솟구치려나, 노을이 손짓하네, 온통 핏빛이야. 어쩌나! 그대는 떠나고, 기차도 사라지네. 나는 어디로 가야 하나! 순간, 비틀거리는 하늘과 나. 새 한 마리 머리 위에서 빙빙 맴돌고, 서녘 하늘엔 기적소리 맴돌고.

전주역

차옥혜

내 고향 전주역 승강장엔 언제나
대학 입학을 위해 처음 고향 떠나는
나를 배웅하는 젊은 어머니가 서 있다
설렘과 두려움이 뒤척이는 마음 숨기고
의연한 척 웃고 있는 나의 등을
말없이 쓰다듬고 또 쓰다듬으며
꽃샘바람에 옷고름과 치마폭을 펄럭이는
매화 같은 어머니
기차가 도착하자 재빨리 짐을
좌석 위 선반에 올려주고 내려가
차창 아래서 눈물을 글썽이던 어머니
마침내 기차가 아득히 사라져도
발길 못 돌리고 장승처럼 서 있는 어머니
어머니의 가슴에 출렁이던 소리 없는 말들
또렷이 들려와 나를 울리는
전주역 승강장엔
나를 보내면서 이내 나를 기다리는
어머니가
늘 나의 지표로 서 있다

단체 사진

채재순

야단법석이 끝나고 쓸쓸해질 무렵
사진이나 찍자
개구리 뒷다리, 외치는 순간
잠깐, 얼굴이 가려졌어!
몇은 눈을 감았고, 어떤 이는 딴전을 피웠고
자아, 다시 한 번 갑니다

이때 문득 던지는 짧은 질문
훗날 이 장면은 누구의 추모영상으로 쓰일까

세상 모든 표정 들어 있는
소란스럽다가 일제히 정면 바라보는
찍지 않으려고 먼발치에서 바라보다가
이름 불린 후 귀퉁이에 멋쩍게 서 있는

먼 후일 마지막 역에서
단체 사진조차 찍을 수 없는 이 누구인가
여기 없겠구나, 여기 없겠구나

오늘도 나는 극락강역으로 간다

천창우

하늘아래 가장 작은 정거장
지상에서 가장 큰 정거장
오늘도 나는 거기 극락강역으로 간다
휘어져 먼 길 에둘러 갔었다
숨가쁜 고갯길, 아찔한 내리막도 건넜다
언제는 온 가족 무리지어 떠나고
언제는 둘만의 여행을 꿈꾸다
어느새 던져진 시간들 조각 좇아 오늘은
나 혼자 지쳐버린 보금자릴 찾는다
오늘과 내일이 같은 길이지만 또 다른 길
언제나 낡은 풍경이었지만 또 다른 모습
주인 잃어 깨어진 슬레이트지붕에 눌러앉아
텅 빈 한 칸 객차를 향해 수화를 타전하는
바람에 엣지 닳은 블록크 한 장이 이무럽고
붉게 녹이 슨 여정에 동행이 눈부시던 날
레테강을 건너면 바로 저기가 극락강역
여행길 첫 기적소리 오늘의 체취로 나부끼고
들풀처럼 핀 꽃무릇이 세월을 재는 그 역사에는
흰 국화 한 송이 손에 든 또 다른 내가 섰다

대천역 풍경

최관수

평행선 위로 달려 온
열차에 몸을 실었다.
대천역 열차는 장항선에서
용산역에 이르는 종단열차다.
열차는 조용하고 들꽃은 한들거린다.

한여름 피서철은 유난히 붐비고
전국에서 몰려드는 상춘객은
열차 따라 환승하여 대천역에 이른다.
차림도 제각각 비키니에 샌들 신고
벌써 시원한 해변을 연상케 한다.

대합실 안은 작별과 마중으로 붐비고
열차가 떠난 대합실은 적막이 채운다.
열차에 오르내린 승객들은 마스크 쓰고
바쁜 걸음으로 역사를 빠져나간다.

인스타 핫플레이스 명동역

최규리

남산 케이블카에서 만나
주말 6시에 왕돈가스가 튀겨진다
바삭한 데이트는 성벽 돌계단에서
우린 영원히 묶였어
자물쇠로 우리의 사랑을 봉인한다
플래시가 요동치는 맛집
달달한 눈빛이 명동의 밤거리를 기록하고
성당의 촛불처럼 휘어지자 굿 스타트
길과 길이 아닌 길과 무수한 길을 내고
국적 불문의 우정을 팔로잉 한다
첫눈이 내려요
손바닥에 그대가 있어요
우리 함께 녹아요
버킷리스트에 소박한 문장을 적고
남준이가 찍은 서울 뷰를 지나며
구름 치즈를 타고 아틀란티스를 향해

도라산역

최금녀

돌아갈 준비가 되어있다
눈발 사이로 마중을 나오는 팻말들
도라산 역은 내 마음속 맞춤 가락
'돌아가는 고향'의 은어

들꽃이 필 때, 흰 구름이 흘러갈 때, 망향제단에 절 올리고
렌즈의 각도를 맞추고, 그 너머를 보고, 기적 소리를 듣는다

한 정거장 지나면 영흥이고
한 정거장 지나면…… 고흥이고 사리원이고 북청……
귀가 닳았다

잠에 취한 저 열차를 깨우고, 벽제에 계신 아버지를 깨우고,
함경도 평안도 분들과 함께 강 넘고, 산 넘고, 또 그 너머로
냅다 기적을 울리며

돌아갈 준비가 되어있다

출발역과 종착역 사이

최도선

플랫폼으로 내려가니 전동차는 꼬리를 감추고 있다
그곳에 여자 한 명 핸드폰을 보며 서 있다
정적이 흘렀다.
그녀는 왜 그 전동차를 타지 않았을까?

서울 근교로 떠나는 전동열차는 늘 사람으로 꽉 찬다.
서울을 벗어나야만 숨통 트이는 젊은이들
말할 수 없는 등을 웅크리고 서울 변두리로 떠나는 지하 열차
기적汽笛도 울리지 않는다
발 디딜 수 없는 열차 안, 밀착된 옷자락이 기적汽笛처럼 웅성거
린다

일상의 기적奇蹟은 일어나지 않는다
죽은 기적들의 춤사위

이제 그녀는 다음 열차를 맨 먼저 탈 것이다

서정리역

최동문

그해 겨울에 처음 만난 너는 폐허였다. 몇 해의 꽃과 낙엽이 오갔다. 기차는 눈바람을 남기고 지나갔다.

너는 검은 창고에 먼지를 날렸다. 허물어진 사무실 두 채 앞에 봄가을로 민들레, 쑥부쟁이가 피었다 갔다.

겨울의 눈길에서 풀려난 어느 날

그해 봄이 다가오자 갑자기 인부와 레미콘트럭이 몰려오고 역은 위로, 위로 솟아올랐다. 계단과 엘리베이터가 마감 공사로 반짝거렸다.

서쪽 우물을 찾으러 역의 몸매를 더듬었다. 골목길 사이에서 서정을 만났다. 서정리는 깊은 우물을 숨기고 나들이 손님들을 밤낮 지켰다.

서정리! 불러보면 입술이 밝아졌다.
우물물을 마셨다. 핏줄이 맑아졌다.

정거장

최동현

끊임없이 생겨나고 사라지고
시간이 엄숙한 이곳은
하늘과 바다 사이
높은 곳에서 후다닥 떨어지고
낮은 곳에서 불쑥 올라오고
땅은 잠시 머무는 정거장
다시 내린 곳으로 오르고
오른 곳으로 내리고
땅은 신호등 없이 분주한 정거장
잠시 쉬다가 머물다가
설익은 머리채 풀고
혼령은 구름 따라
하늘 높이 표표히 날아가고
육신은 바람 따라
바다 멀리 교교히 흘러가고
땅은 거기 그대로
먼지 풀썩이는 정거장이고

수서역에서

– 경이로운 그들의 눈보라 앞에서

최문자

여기
수서인가 수지인가
공터 이끝에서 저끝까지
잊어라 잊어라 하면서 눈이 내린다
그들이 오면
너는 부추 같은 새파란 애인이 있고
나는 흰 눈이 있다고 말할까 봐
하루 종일 그들을 하얗게 이해하고도 눈이 남아서
눈이 더 온다
알약 두 알을 삼키다 한 알을 떨어뜨린다
눈 아래서 푹 잠드는 주홍색 캡슐
요새 자주자주 약이 나를 이기네
하얗다는 생각과 까맣다는 생각이 겹쳐지는 나를 이기네
오늘은 으르렁거리지 못한다고 말할까봐
나는 자꾸자꾸 눈보라도 이기네
그들의 노르웨이 치즈냄새를 이기네
나는 척척 눈을 감아준다
지하철이 도착했나?
그들이 땅속에서 올라오고 있다
갑자기 스무 개 이상의 단어들이 으르렁거린다
무엇을 말할까 하고

정동진역

최복주

늦가을 신새벽
청량리발 무궁화호 열차는
정동진에 와서야
무거운 삶의 짐들을 내려놓네
열차는 또 다른
만남을 위하여 떠나고
텅 빈 열차 속으로
기어드는 언어들
삶은 언제나
채우고 비워내는 거라 하네
한 무리 해맞이 객들이
바닷가를 향하여
꿈틀대는 갓밝이
새녘 바다는
붉은 수레바퀴를 밀어올리고
오늘도 힘차게 살라 하네
따스한 손 놓지 말라 하네

역에서

최봉희

흑백의 뒤안길 더듬는 기차여행
차창으로 스며들어온 햇살이
향그런 들꽃의 흔적으로
빈 의자 등에 기대었다가
배시시 내 무릎을 베고 눕는다

어제 내가 그랬던 것처럼
또 다른 사람들의 입김과 섞여
어울렁더울렁 웃으며
편안하게 앉았던 의자에
잠시 지친 몸을 부려놓는다

내장산 물들인 애기 단풍
아슬히 보듬는 어머니의 품 같아서
서둘러 정읍역에 내렸다

머언 기억들에게

– 청량리역

최상은

남양주 화도읍 답내리 산41-18번지
하늘로 오를듯한 가파른 오르막길 맨 꼭대기
아늑한 솔숲에 감춰진 듯한 전원주택을 우리의 성채라 불렀다
한번 액셀러레이터를 밟으면 계속 그 속도로 올라가야 했던
지금 생각해도 아찔한 길이었지만 겁 없이 오르내리며 익숙해져갔고
사람에게 치이는 게 싫고 소음 또한 성가셔 깊이 숨어버린 몇 년간
까치와 산새들 앞마당에 내려와 쫑긋대고 다람쥐들 현관 앞을 내달리던
산장의 밤은 그저 먼 동네의 불빛을 지켜보는 적막의 눈동자
우리의 서울 나들이는 호평역에서 전철을 타고 청량리역에 내려
각자의 약속장소로 헤어졌다가 저녁때 쯤 다시 만나 춘천행 ITX 타고
집으로 향하던 한 시간 남짓한 기차여행은 짧은 시간이었지만
늘 마음 들뜨는 설렘이 있어 좋았다
혼자서 서울을 다녀올 때면 청량리역 광장 지하도에서 저녁시장 보고
조그만 빵집에 들러 암팡지게 속이 꽉 찬 단팥빵 한 아름 사 들고
그이에게 건네주면 기분 좋은 미소를 짓던 그이의 선한 눈매와
“왜 그리 단팥빵이 좋으냐”고 물으면 “달고 맛이 있잖아”라며 맑게 웃던
그 모습 아직 내겐 진행형으로 남아 곱씹어보는 버릇 생겼네

임시출입증

최수경

비무장지대 남방한계선
철책에 근접한 최북단 종착 지점
전쟁의 상흔은 아물지 못한 채

녹슨 철마는 달리고 싶다지만
월정리역에는 승객도 열차도 없는
70년 폐역이 한 맺힌 소원을 덮는다

고즈넉한 철원평야
파랗게 핀 벼 이삭은
북녘 땅을 넘나드는 바람을 불러와
오대 쌀을 풍성하게 살찌우는데

정해진 시간에 나가야 하는
임시출입증을 달고
냉기 스치는 적막한 이곳에
하얀 쑥부쟁이 지천이건만
사람들 웃음으로 북적거릴
그날은 언제 오려나

가을 동화역

최순섭

오늘은 누가 이별을 했나
불이 꺼져있다

지나가는 풍경 속
작은 역사에 뜨거운 밤이 찾아왔어
아파트 불빛 수놓은 강둑 길 따라 은하수 흐르는 밤
용접봉의 불꽃이 팟팟 타올라
파랗게 얼음이 된 별 하나는
여기서 내리지 말자 했어
몸이 부풀어 이따금 터지는 폭죽
하얀 갈대의 머릿결이 휘날릴 때 기적이 울었어
언제 올지 그 사람

간이역은 검은 망토 펄럭이며
불 꺼진 사랑을 기다리고 있다

귀천

최승필

삶이 나를 괴롭히다 영영 버리는 날
나 홀로 떠나는 날

비가 오면 좋겠다

억수같이 쏟아지면
이승의 통곡 소리
빗소리와 함께하고
흐르고 또 흐르는 내 눈물
빗물에 섞여 함께 흐른다
찔레꽃 하얀 꽃잎
하얀 명주 고름
비바람에 흩날리고
비 맞은 뻐꾸기
목이 쉬어 운다

허꾹- 허꾹-

여식이 정성으로 지어 준
이승의 마지막 옷자락 손에 쥐고

저승 찾아가는 길가
망각의 샘물 마시고 또 마시면

끝없이 나를 괴롭히던
이승의 삶
까맣게 까맣게 잊어지겠지

그리고
먼-어느 날
나는

고개 넘어 산과 들 온갖 꽃 필 때
삼포 마을 아무도 오지 않는 깊은 골짜기
약수 흐르는 바위 옆
물소리 새소리 벌 나비에 어울려
봄마다 돋아나는
고운 초록 잎사귀
가늘고 긴 꽃대
맑고 맑은 연노랑 꽃잎
은은한 향기 품은
한 떨기 아름다운 꽃 되리라

역사歷史 속으로 사라진 단양역舊

최영희

임이시여! 임들은 우리들의 고향, 단양
단양역舊이 사라진 슬픈 역사를 아시나요?

1942년 개설되었다는 단양역! 서울의 청량리와
안동의 푸근한 인심을 이어주던 중앙선 열차
우리들의 고향, 단양역을 지나 죽령 고개를 넘을 땐
긴- 기적 소리를 내며 친구들과 놀고 있는 우리를
얘들아! 하고 정겹게 불러 주는 것만 같았습니다

충주댐의 건설(1985년)로 수몰된 고향!
선로는 이설移設 되고…
아-, 이제 더는 마을 앞, 산 중턱 기차가 달리는
그림 같은 전경과 귀에 익은 정겨운 기적 소리는
볼 수도 들을 수도 없겠습니다. 언제고 달려가면
엄마처럼 반겨 줄 것만 같던 내 고향 단양역舊
이제, 영원히 안녕인가 봅니다
그리운 산과 들은 오라는 듯 오라는 듯
그대로, 그대로 푸르른데.

서울역으로 가는 무궁화 속에서

최옥

무궁화를 타고 대전을 지나가던 중이었다
지금은 세상에 없지만 세상에 남아 있는
김광석, 그 남자의 노래가 나를 흔들었다
그대 보내고 가을새와 작별했다는 노래 속에서
내가 그대를 하늘로 보내고 세상에서 작별한 것들을 생각했다
웃음과 작별한 나, 바다와 작별한 나,
나를 아는 모든 사람들과 작별한 나
쓰라린 시간들이 나를 향해 숨죽이던 밤
어둠 속에서 침묵과 마주 앉아
그대 영혼의 냄새를 애타게 찾았다
그대 보내고, 그대 보내고, 되뇌다 보니
사실 그대를 보낸 것이 아니라
나를 송두리째 그대에게 보낸 것이더라
너무 아픈 사랑은 사랑이 아니었다니
그럼 그것은 무엇이었을까 그리도 아파서
무너지던 마음들은 사랑이 아니고 무엇이었을까
차창 밖의 풍경들은 한 순간도 멈추지 않고 지나가지만
나는 변함없이 같은 자리에 앉아 있고
그대 또한 변함없이 기억되어지는 지금
무궁화는 홀로 쉬지 않고 달려갔다

화산역

최정아

어릴 때 달리는 마을이 있었다
유난히 구부러진 곳이 많아
다른 마을 보다 느리게 달렸지만
칸칸마다 새어 나오는 불빛이
집과 마당과 텃밭을 지나 칙칙폭폭 달리고 있었다
어둑한 시간을 가장 늦게 내려놓고
자정과 새벽으로 지나가던 화산역

아이들을 옆자리에 태우고
구부러진 철로를 달리는 마을과 사람들
많은 간이역을 지나면서
빠르거나 느리다고 투덜대지만
완두콩이 익어갈 무렵
나는 구부러지기 전에 그 마을을 떠났다

누구나 내려야 할 간이역 하나씩 갖고 있다
기차는 종착역을 끌어다 반으로 구부려
미끄러운 발밑을 마을에 던져주고 갔다
잠시 마을을 떠났다 돌아가면 여전히
화산역에서 기차가 느릿느릿 지나가고 있었다.

역

최향숙

군중이 가득 타
— 안 보인다.
당신

인파 속
— 눈이 아프다
주루 룩 선로로 타 내리는 눈물

움직이는 스케치
내 방황의 광장서
초점을 잃고 휑하니 나부댄다.

바람은 기척도 없는데,
할 일 없이 후들대는
혼신의 상실감

— 상행선도
— 하행선도
먼, 이적
여기 붙박이가 되어

추전역에서 길을 잃다

최혜숙

여러 날 고민하다 떠난 기차여행
창밖은 이 세상의 것이 아닌 듯 온통 순백이다
천국의 눈송이들이 꾸며놓은 눈꽃세상
찬 기운은 목구멍을 간질간질 장난을 치고
손가락은 얼어붙은 유리창을 달래서
산다는 것은 가끔 목구멍 아래서 간질거리는
기침 같은 것인지도 모른다고 쓴다
추위에 떨며 도착한 추전역
보랏빛 하늘에선 쉴 새 없이 눈발이 날리고
낡은 기차는 눈꽃의 유혹에 빠져
돌아갈 길을 찾지 못한다
겹겹이 펼쳐진 눈 덮인 산야
생이란 하늘하늘 내려오는 눈발 같은 것일까?
누군가 등 뒤로 다가와 살짝 건드리기만 해도
눈꽃 속으로 스르르 빨려 들 것 같은데
한 치 앞도 분간할 수 없는 눈꽃폭풍
한 낮인데도 어스름 저녁 같다
이제 어디로 가야할까?

저물녘

추명희

앞치마에 물기를 닦으며
날이 저문다

저물녘 나를 맞이하던 엄마처럼
놀다 지쳐 깃들던 아늑한 품 속

목마름은 다 어디로 가고
피는 한없이 순해져

두고 온 꿈도 까맣게 잊어버린 채

날이 저문다
용서라는 말처럼

원덕역

하두자

아무렇게나 걸어도 기착지는 매번 여기
발걸음이 배경이 되어
그냥 바라만 봐도 가슴이 시리네

손을 흔들어야 이별이 완성된다는 걸
당신과 나는 너무 일찍 알아버렸지
마주보는 사이에서 온통 빈손을 가진 억새들

꽃이 피는 속도로 가만가만 당신에게 가고 싶었지만
뿌리의 태도로 반경 안에서 서성이고만 있었지

당신의 출발은 알았지만 도착은 알 수 없어
기차는 제시간에 떠난 적 없고

안녕보다 먼저 안부를 생각하는
내 안의 애증은 그만 레일을 벗어나고 싶어
추억의 배후까지 몽땅 불 지르고 말았지

맨드라미 붉은 잠은 왜 이렇게 나에게만 쏟아져 내릴까
당신은 오래전에 간이역을 통과하고 있었는데

가난한 시절의 사랑

하수현

바다가 가까운 어느 양철집에
세상모르는 그대를 남겨 두고
나는 굳세게 가려고 하네

나 언젠가는 돌아오리라며
야물게 마음먹는 그해 여름날
차오르는 눈물은 뺨을 흐르고

열차 차창 밖에서 흰 얼굴 하나
손을 흔드는 듯해 내다보니
철없이 흔들리는 하얀 수국 꽃

어느새 일어난 내 그리움은
하늘 한쪽을 치는 물보라,
아득히 멀어지는 역驛 하나

목포역

하순명

우리들 청춘은 그렇게 시작되었다
호남선 철길 따라 입석 차표 한 장 들고
완행열차는 덜커덩거리며 꿈을 꾸며 달려가곤 했다

대전발 0시50분이 구슬프게 흘러나오는
대전역을 지나 남쪽으로 달려가면
어둠에 젖은 풀잎들이 철길에서 멀어지고
불빛 어슴푸레 졸음이 묻은 새벽이 걸어오고 있었다

방황하는 청춘을 안고
입석으로 열두어 시간쯤 버틴 그곳
주름진 손이 달려나와 덥석 두 손을 잡는다
선창가 갯바람이 역사 안까지 들어와 등을 껴안는다

영암 무안 신안 진도 해남 촌사람 내색하지 않고
대합실 톳밥 난로처럼 따뜻했던 그대!
수십 년 한 자리에서 나를 기다려 준 곳

다도해 서남쪽 끝 마지막 역사驛舍에서
오래된 골목 같은 나무나루 흑백의 품에 안긴다

화성역에서 생긴 일

하정열

우주선 누리호를 타고
설레이며 꿈꾸던 화성의 우주정거장에 도착하니
붉은별의 주인들이 큰 투구를 쓰고 나와
푸른별에서 온 여행객을 환영하였지

양과 음이 서로 만나
우주의 조화가 스며든 화성역에는
손짓 몸짓으로 떠들썩한 이야기꽃이 피어나고
서로 꼭 잡은 손에는 사랑의 온기가 퍼졌지

화성의 테스형을 만나면
그대들은 왜 사느냐고 물어보고 싶었지

화성에 사는 화가들은
어떤 그림을 그리는지 몹시 궁금했었지

화성의 시인들은
무엇을 노래하는지 무척 알고 싶었지

아! 그런데 말이야!
부둥켜안은 환영객을 자세히 보니
우리와 똑 닮은 사람들이었어
우리를 빼다박은 사람들이었다구!

羊水驛에서 終着驛까지

하지영

저마다 언젠간 자기만의 終着驛에 도달하겠죠
그곳에서 먼저 도착한 그대와 나 모두 온전히 웃으며 만날 수 있다면
子宮 羊水 水中驛은 누가 만들어 준건지 그땐 저절로 알 수 있을지 몰라요
기억도 나지 않는 먼 곳으로부터 길게만 생각되었던 인생살이
젊은 날엔 모든 게 신비하고 꿈으로 설레이다
중년엔 많은 그 무언가를 이루기를 소망하며 기다리다
결국 다 못 이루고 아쉬워하며 멈추게 될 시간의 종착역

깜깜한 엄마의 자궁 속 어디에서도 되찾을 수 없는 出發驛
세상에 많고 많은 역 중에 누구라도 하나같이 경험한 羊水驛
심장과 뇌, 핏줄과 세포를 만들어 준 엄마의 子宮驛을 찾아
오늘도 세상 역을 숨 가삐 달리나 봅니다. 천천히 또는 흐르듯이
가고 싶은 곳을 향해 시간이 멈추면 또 다른 우리의 시간을 만나겠죠
羊水驛 플랫폼을 나온 순간부터 우리는 흐르는 공기
시간의 길 위에 꽃잎 하나 피워 놓고 서성이는 바람
수많은 역을 거쳐 인생의 종착역에 도달할 때까지
오늘도 양분 좋았던 水中驛에 감사하며
동그랗게 흙 위에서 구워진 바퀴처럼 健勝 하다가
행복하고 안전한 맛있는 숨을 쉬며 終着驛에 내렸으면 합니다

나에게 간이역 하나 있네

하청호

그는 간이역 하나 세워놓고 갔네
언제나 보고 싶을 때 올 수 있도록
있는 듯 없는 듯 세워놓았네
꽃 피고 새 울고
비 오고 바람 불고
내 가슴 서늘한 곳에 간이역 있네

언제나 갈 수 있다는 것은
언제나 갈 수 없다는 것
나는 오늘도
간이역에 가기 위해 새 짐을 꾸리네
한 번도 떠난 적 없는 그곳에 가네

역

하태수

삶의 여정에 지친
쓸쓸한 가슴을
동여 매고

지친 영혼들도
쉬어갈 자리
한동안 뜸했었지

오늘도 변함없이
그 역경을 싣고
아! 내 고향의 이정표

끈

한경

그물처럼 엮인 역에
연신 타고 내리는 사람들
앉은 이 서 있는 이
하나같이 자기 기지국에 송수신하느라
앞사람 옆 사람 눈빛을 볼 겨를이 없다

남녀노소 같은 공간에서
각자 다른 세상을 점유하며
허공으로 날아가는
자판 위의 활자들

보이지 않는 연결고리
서로의 더듬이를 더듬고 있다

용인 地石역, 고인돌

한경용

지석역 저편 산에 안기니 좋지 엘자 구름다리 아래 별이 흐르니 좋지 엘자 여기 그냥 머무르자고 했잖아 엘자 그대랑 정원 가랑비 맞으며 엘자 어정로를 어정어정 걷자고 했지 엘자 고인돌 상판 하판 마냥 엘자 만년을 함께 있자고 했는데 오산천 물줄기 마냥 엘자 재잘거리자 했는데 멱조산 줄기 숨바꼭질 하던 새들 마냥 엘자 여기서 잠들려 했는데 철로의 곡선 위로 휘돌아 가는 전철을 봐 엘자 첼로의 선율처럼 휘어진 허리 같지 엘자 당신 허리 위로 달려온 나는 놀이 공원행 경전철이었나 엘자 지석역에 내려 철쭉 핀 천변을 봐 엘자 다시 어정 삼거리로 어정어정 걸어가 봐 엘자 할미 바위 홀로 세월 위로 엘자 할베 바위 얼굴의 달을 보아 엘자.

역에서, 영특한 연인처럼

한분순

바람 앞 길을 놓아
별의 낭만 나르며

성서 읽다 놀러온
천사들의 정류장

뒷모습
바라봐 주며
조용히, 기적이

서울역

한상완

아주 가끔 오지만
언제나 낯설고
혼자가 두드러지는 곳

역 앞 빌딩에서
오년 여 일하며 오고 갔건만
정 붙이는 데완 거리가 먼
낯선 이름 낯선 곳

수많은 사람 서로 다른 일로
잠깐 모여 들었다간
뿔뿔이 흩어지고

역에 내린 이들
제 각기 어디론가 돌아가는
섬
서울역에 홀로 앉아 있는
외로운 나그네

어떤 환승

한상호

타고 온 차
돌아가버리고

언제 올지 모르는
그곳으로 가는 차

제 몸 아닌 이승에서
몸 벗은 저승으로

요양이라는 이름의
마지막 환승

추전역, 먹빛

한성희

너무 쉽게 부려놓고 떠나가는 사랑을 그리워하는 일로 막차를 기다리네 바람 따라 어디론가 떠나야하는 불빛이었다면 이곳은 마음이 타들어 가는 추전역

서로 닿을 수없는 순백의 높이에서 그때를 기다리는 일로 신호등이 흔들리네 차창에 매달리는 불빛 몇 점 당신의 길에서 차가워지고 눈꽃으로도 지울 수 없는 온기를 집어보듯 철길을 끌어안네

추적추적 눈발들이 산허리를 낮추고 눈바람 끝 불빛이 눈망울 뒤로 사라지네 눈이 까만 나무들 백색어둠으로 흩어지는데 타다 남은 먹빛이 유리창에 달라붙네

밤새도록 혈맥을 뚫고 달려 온 마음의 등뼈 하나, 한 사람을 내려놓고 눈보라 길로 휘어지네

무궁화 열차

한소운

절실하지 않아도 이별은 쓸쓸하여
플랫폼으로 들어오는 느린 강물 같은 기차
철컥철컥 마음을 흔듭니다
비행장도 ktx도 없는 안동역
갑자기 술래가 된 듯
무궁화 꽃이 피었습니다 두 번 세 번
뒤 돌아봅니다
텅 빈 객실, 어디에 숨어야할까요
철커덕철커덕 창밖의 풍경만 무심히 쳐 냅니다
조금 전에 헤어진 사람보다
더 외로운 기차
슬프도록 아름다운 길 하나가
기차의 꽁무니를 따라 갑니다
차창 밖 나비의 눈썹 끝에도 무궁화
꽃이 피었습니다

방백

한영숙

노숙자 몸에서 노숙자냄새 나고
샐러리맨 몸에서 월급쟁이 냄새 난다
허름한 막걸리 집에서 퀴퀴한 탁배기 냄새나고
화장기 없는 닭치는 아줌마 몸에선 닭똥냄새 난다

땀내 가득한 한여름 수원 만원전철 안,
때 아닌 양계장 냄새로 소란스럽다
삶은 달걀내음 역하게 트림하는 그 냄새에
일시에 몇 만 볼트 시선들이 꽂혀지고

방금 승차한 그녀,
탁구공만한 알 대여섯
얼기설기 꾸러미에 엮어서
양손에 양양히 치켜들고 있는.
니들 이런 재래닭 알 낳아봤어?
저- 당당한 방백傍白

전철 안은 어느새 닭들이 시끄럽게 쪼아대는 양계장
철로에 닭똥들이 수북수북 쌓이고.

그해, 능내역

한이나

오래된 나무의자에서
능내, 하고 부르면
강물이 열차시간표를 읽고 맨 먼저 달려온다

팔당호
물빛 실은 열차
미리 닫은 마음속, 더는
가까워지지 않던 선로의 평행선,
보일 듯 말 듯
물결에 지워지는 너의 얼굴

능내역 폐역
거꾸로 가는 벤자민의 시계 속
낡고 오래된 열차에 손목 잡혀 가슴팍이
푸른 소리로 흔들린다

너는 내 마음에 들여놓은 조그만 역

조치원

한정원

두 명의 당신이 서 있습니다. 오후 두 시와 14:00시 사이에는

복숭아나무는 숨을 멈추고 바람은 우회전으로 면회시간보다 짧게 꽃을 데우는 햇살, 오늘 두 시는 과수원이 됩니다. 중세기에서 날아온 암갈색 도토리 몇 알, 새들이 과거를 입에 물고 광장을 날아갑니다. 암호를 해독하지 못하는 오래된 당신이 귀가 대신 귀대하던 풀잎색 모자 아래서 키를 낮추고 적막해집니다.

오후 두 시의 시침은 짧고 14:00시의 시침은 아득합니다

위병소 거울이 태양을 향해 빛을 쏘아올리고 대합실 유리벽에 사선으로 몸을 부딪치는 은빛 비둘기 떼, 카프카는 오후 두 시에 퇴근해 잠들 때까지 글을 썼다는데 14:00시는 낮잠을 자고 있는 겁니까. 피는 꽃과 지는 꽃 밖에서 기침을 하는 당신, 일요일이 시계를 봅니다. 무거운 구두를 신고. 서쪽으로만 질주하던 군용차 한 대가 잠시 문을 열고 수밀도가 보이는 공중에 물을 뿌리는, 오후 두 시는 매표소 안에 있고 14:00시는 보초를 서며 귀대를 확인합니다.

잠실역

한창옥

잠실蠶室을 향해 목을 길게 빼던
누에머리 닮은 남산의 형상을

세종대왕은 이미 아셨다

뽕나무를 키워 누에를 치던
잠실의 역사는 석촌호수 위에 잔잔히 비추고 있다

뽕잎 같은 녹색 지하철 노선 따라
누에고치의 실타래처럼 이어지는 2호선
안에서 풀어나가다 간혹 바깥세상에 걸린다

강변, 건대, 뚝섬, 왕십리역을 빼꼼이 내다보며
끊어질듯 이어지는 과거와 미래
양끝을 결합해서 얻는 지혜가 있다

세상의 안과 밖… 빛과 어둠은
차별 없이 비단 같은 평행선이 된다

지하철에서

허열

밤늦은 지하철 안, 나의 어깨에 기대어
잠이든 그 여인을 나는 모른다
4호선 명동역에선가 지친 모습으로 타
내 옆 자리에 털썩 주저앉은 여인
하루 종일 무엇을 하였기에
이리 쉽게 정신 줄을 놓은 것일까
굵은 손마디에 자주 빛 손톱칠도 벗겨지고
운동화를 신고 있는 젊은 여자
악몽이라도 꾸는지 팔이 움찔움찔 한다
생은 야간열차 타고 쫓겨 가는 여행 같은 것
사는 게 너무 힘들면 염치도 모르는데
돌아갈 둥지에 기다리는 가족들은 있을까
꽉 움켜쥔 손가방 안에 지전 몇 푼은 있을까
내려야할 역은 자꾸 가까워지는데
나는 그 지친 어깨를 차마 빼낼 수가 없다.

간이역

허영자

서러운 기다림
사철 꽃으로 피고 지련만
잘 가라고
잘 가라고만
____푸른 신호등

잊지 않고 돌아오겠노라
굳은 언약도 있으련만
잘 가라고
잘 가라고만
____푸른 신호등.

차안과 피안

허윤정

물소리
잠시
쉬는 곳이다

나는 그대들이 아프다*

허정애

환승역에서, 잘 가라는 인사를 한다.
다음을 기약하며 악수를, 포옹을 한다.
군중들에 떠밀려 아득히 멀어지는 그대, 그대들

만남의 시작이 그랬던 것처럼, 느닷없이
별별別別 결별이 찾아오지 않겠는가.
뇌를 가로지르는 무한 데시벨의 정적 속에
공고했던 시간이 허물어져 내리고
자신의 내용이었던 한 세계가
감쪽같이 사라지지 않겠는가.
기막힌 무無의 입벌림에 무릎 꿇지 않겠는가.

군중들에 떠밀려 아득히 멀어지는 그대, 그대들

---

* 롤랑 바르트 "나는 그 사람이 아프다" 변용

송정리역

허진아

집안의 마지막 어른이 돌아가셨다.
한 세대를 닫았다.
우리는 둥글게 앉아 어제 일처럼 과거를 꺼냈다.
모두 늙은 아이였다.
누가 저 문을 열 것인가?

겨울비가 내렸다.
헤드라이트에 유리창 빗방울이 떨었다.
주어진 티켓을 들고 말들이 엇나갔지만
입맛은 좋았다.

이제 고향은 텅 빈 무대, 기차가 멀지 않아
서둘러 자리에서 일어났다.
덕담이 닫히고 엘리베이터의
정적이 깊었다.

회전문을 나오자 누군가 급히 건물 안으로 들어갔다.
우리는 보았다.
손에 든 그 티켓을,

구례구역

허형만

매화꽃 하롱하롱 떠가고
햇볕도 점점이 반짝이는
섬진강 저 여린 속내를
창포에 머리 풀 듯
멧부리만 담궜다 떠나가는
멀고 깊은 지리산은 모르리

위로는 곡성이요 아래로는 순천이라
감도 없고 옴도 없는 길
오다가다 잠깐씩 가슴에 품는
알키한 기적소리
해거름녘 설핏해질 때
그 슬픔의 속내를 지리산은 모르리

동촌역*

허홍구

동촌 반야월 청천 하양을 지나
금호 봉정 영천으로 이어지는 기찻길
온통 능금 밭이었던 동촌 지나면
승객들의 얼굴도 능금 빛으로 붉게 물들었다

동촌을 지나면 바로 대구역이었고
이 역을 떠나면 대구를 벗어나는 나들목역
아직도 대구 능금의 향기가 묻어 있는 이곳

백년 가까이 손을 흔들어주던 역사驛舍는
오고 가던 그 많은 손님들 다 어디로 보내고
이제 노병처럼 홀로 앉아 편안하게 쉬고 있네

아침 햇살만이 그때처럼 눈부시게 내리는

---

* 동촌역(東村驛, Dongchon station) 1917년 11월 1일 영업 개시(대구광역시 동구 검사동 990번지) 2008년 2월 15일 폐역

간이역의 시간

홍경흠

어쩌다 귀청 찢는 기적 소리에
왁자하게 웃고 떠들었지

철길 위에 화물차가 서 있다
바퀴를 잡초가 꽉 잡고 있다
더 실어야 할 짐이 많다면서

넘어져 다칠까 걱정하는 몸들
고약한 땀 냄새가 났다
더러는 허리나 무릎이 무너졌지

침목과 레일과 볼트에
엉겨 붙은 녹슨 시간
바싹바싹 목이 타는 넋두리는

사랑을 도둑맞은 슬픈 노래
세월의 교도소에 수감 중이다

간현역 풍경

홍금자

지나간 날들의 시간은
어디쯤 가고 있을까
깊은 기억의 말미쯤
한 점 푸르게 찍혀있는
중앙선과 태백선의 교행점

환승의 긴 선로 위
기다림이 지칠 때쯤에야
머리에 하얀 김 쏟아내며
함부로 달려오던
추억의 긴 부드러움

삶의 어딘가에
묵은 사진첩 하나
가슴에 품고 산다는 것은
아득한 지상에서의 소중한 일
오늘따라 문득 손 내밀고 싶은
먼 기억 속 그림 간현역 풍경

역

홍보영

널 기다리고 기다리다 지쳐
마냥 나와 서 있는 순천역

수줍은 코스모스가
방긋 웃으며 날 반겨 주지만
난 반갑지 않네

고향역에 내려온 아는 이들이
날 보고 반갑다 하지만
난 반갑지 않네

송곳보다 깊게 새겨준 사금파리
아픔도 잊은 채

오늘도
가누질 못할 이 몸을 이끌고 나와
하염없이
오직 너를 기다리는 곳
역

종착역

홍사안

잃어버린 나를 찾아 나선 야간열차 여행은
구도자의 묵언수행길이라고 한다면 지나친 비약일까
등짐 훌훌 털어버리려는 것이라면
딱히 목적지가 없어도 이정표 없이도
떠나고 싶을 때 무작정 역으로 달려가
열차를 타기만 하면 되니까 부산하지 않아서 좋다
출발역이 어딘들 종착역이 어딘들 어떠랴
인생은 종착역을 향하여 저마다 제 속도로 달리다가
다시 되돌아 올 수 없는 길 위에 멈춰버리면
모든 것이 끝이라 그간의 약속은 지킬 수 없지만
열차의 종착역은 되돌아가면 다시 출발역이 되니까
하나도 문제될 것도 따질 것도 없다는 듯
모두 깊은 잠속에 빠져 있는 열차 안은 조용하지만
창 너머 은하계는 별꽃이 향연을 벌이고
달그림자 살며시 따라와 잃어버렸던 나를 찾아주어
함께 종착역 플랫폼을 나와 출발역으로 동행 하는데
여명 속에서 어깨를 툭 치며 바람결에 이르는 말
인생의 종착역은 죽음이 아니라 새로운 탄생이야.